Lothar von Seltmann

Peter & Gustchen

Lothar von Seltmann

Peter & Gustchen

Hand in Hand durchs Leben

BRUNNEN
VERLAG GIESSEN · BASEL

Die Bibelzitate sind der Lutherbibel von 1906 entnommen.

www.brunnen-verlag.de
Umschlagfotos: IFA Düsseldorf; privat
Umschlaggestaltung: Ralf Simon
Fotos im Innenteil: privat
Satz: DTP Brunnen
Herstellung: GGP Media GmbH, Pößneck
ISBN 3-7655-1883-2

Inhalt

Gustchen und Peter; Verlobungsfoto 1906

I.
Der Sohn des Fiedlers

Dorf unterm Schnee

Kalt war es, lausig kalt in diesen Januartagen des Jahres 1876. Ein eisiger Wind fegte durch das sanfte Tal. Er zauste die Weiden und Erlen am Bach, brach sich heulend und stöhnend an den Ecken der Häuser und trieb die Schneeflocken vor sich her, die aus einer tief hängenden Wolkendecke unaufhörlich herunterkamen. Großflächig legte er die weiße Pracht ab, um sie bald hier und da erneut aufzuwirbeln und dann wieder fallen zu lassen. Dabei wuchs die weiße Decke, die sich schon vor Tagen über das Land gelegt hatte, höher und höher. Bald erreichte sie im Dorf die Fenstersimse, und wo sich der Schnee in Ecken und Winkeln fing, sogar die niedrigen Traufen der Dächer, vor allem am Nordrand des kleinen pfälzischen Dorfes Oberhausen an der Appel.

Kaum ein Mensch war draußen zu sehen. Was hätte jemand auch im Freien tun sollen, außer gegen den Schnee zu kämpfen? Die Dorfstraßen und Verbindungswege von der schweren, kalten Pracht freizuhalten, wäre einer Sisyphusarbeit gleichgekommen. Also konnte das Zeug liegen bleiben, bis es sich zu räumen lohnte. Die Kinder trieb es auch nicht hinaus. Bei diesem Wetter draußen spielen? Lieber in der warmen Stube bleiben. Die größeren von ihnen wollten nicht einmal in die Schule, die ein paar Steinwürfe weit außerhalb des Dorfes südlich an der Appel stand – diesem Flüsschen, das durch das hügelige Land gemächlich nordwärts floss, um dann unterhalb von Bad Kreuznach in die Nahe zu münden. Der Dorflehrer hatte den Unterricht für die Tage dieses Wintersturms einfach abgesagt. Auch die kleinen Handwerksbetriebe des Dorfes, die Wilhelmsche mechanische Werkstatt, Krebs' Schmiede und die Drechslerei von Wilhelm Hölcker, hatten den Betrieb vorübergehend eingestellt. Selbst das Dorfgasthaus blieb geschlossen.

So spielte sich das Dorfleben im beschaulichen pfälzischen Oberhausen für ein paar Tage also nur in den Häusern ab.

Freilich, die häuslichen Öfen mussten versorgt werden, und das Holz dafür lagerte draußen in Schuppen oder war unter den Dachtraufen an den Hauswänden aufgestapelt. Also musste immer einmal wieder ein Vater oder eins der größeren Kinder vor die Türe, um den Vorrat in der Holzkiste neben dem Küchenherd aufzufüllen. Das gab dann ein lautes Schimpfen, weil der Schnee sofort durch die offene Tür nach innen stob, weil die Nase kalt und die Hände klamm wurden und die Füße in den Holzschuhen lausig froren.

Konnte das denn nicht bald aufhören mit diesem Wetter? Der Winter konnte so schön sein. Aber das hier?! Nicht einmal die Hunde wurden nach draußen geschickt. Sie durften es sich im warmen Stall gemütlich machen. Weil auch die Raben und Elstern sich irgendwohin verzogen hatten und die kleinen Vögel nicht singen, zwitschern und tschilpen mochten, war in diesen Tagen im ganzen Dorf kaum ein Laut zu hören, der auf Leben hindeutete. Nur der Sturm heulte und jaulte und übertönte damit jedes andere Geräusch. Dazu waren die hellen Stunden des Tages sehr kurz und die dunklen durch Kerzenlicht und Petroleumlampen nur notdürftig erhellt.

Bei den Hölckers war das nicht anders als in den übrigen Häusern des Zweihundert-Seelen-Dorfes. Auch in ihrem Haus waren die Kinder zum Spielen auf die warme Küche angewiesen, und auch hier musste Heinrich, der Vater, das Holz von draußen hereinholen. Er heizte in diesen Tagen auch die Schlafstube, was nur in besonderen Ausnahmefällen geschah. Außer dem Sturm gab es noch einen weiteren wichtigen Grund dafür, denn Heinrichs Frau schickte sich an, ihr viertes Kind zur Welt zu bringen. In einer eisigen Schlafstube war das wohl nicht gut. Mutter und Kind durften nicht durch die Kälte gefährdet werden.

Wenn das mit der Geburt nur vorangegangen wäre! Seit ein paar Tagen schon spürte die junge Frau immer wieder einmal Wehen. Aber die bewirkten noch nichts. Hoffentlich ließ der angekündigte Erdenbürger nicht mehr lange auf sich warten!

Dann kamen die Wehen häufiger, und Sophie Hölcker wusste, dass sie wohl bald »die Kindsfrau« brauchen würde, wie sie hier sagten. Die drei Kleinen brachte der Vater durch Sturm und Schnee schon einmal hinüber zu Bruder und Großmutter auf der anderen Straßenseite. Sie sollten bei der Geburt möglichst nicht in der kleinen Wohnung sein. Nur ungern legte Heinrich dafür seine geliebte Fiedel aus der Hand, an der er irgendetwas zu reparieren hatte. Schon bald war er wieder zurück, um seine Beschäftigung erneut aufzunehmen. Die Wehen kamen inzwischen häufiger und heftiger, und es dauerte nicht lange, bis seine Sophie ihn anwies: »Heinrich, du musst dich auf den Weg machen. Die Anna muss kommen. Ich weiß nicht, ob ich das alleine schaffe.«

»Wie soll die denn bei dem Wetter hierher kommen? Du schaffst das schon allein, Frau. Ich bin doch auch da.«

»Was willst du mir denn helfen? Bitte, Heinrich«, drängte Sophie. »Wühl dich durch den Schnee. Ich brauch die Anna. Ich spür das. Leg deine Fiedel weg und mach zu.«

Heinrich brummte irgendetwas Unverständliches in den Bart, legte sein Instrument auf den Schrank, griff sich ein paar Lappen, wickelte sie sich knurrend und brummend um die Füße und zog die Filzstiefel darüber. »Und wie soll die Anna durch den Schnee kommen?«, versuchte er noch einmal, den Weg in den Nachbarort, nach Münsterappel, abzuwenden.

»Das soll doch wohl ihre Sorge sein. Die Anna ist noch bei jedem Wetter gekommen, wenn sie zu einer Geburt gerufen wurde. Die kommt auch heute. Geh nur endlich, dass sie Bescheid kriegt. In zwei Stunden könnt ihr hier sein. Aber trag der Anna die Tasche. Dann geht es für sie leichter.«

»Ja, ja, ist ja schon gut«, stöhnte der Mann vor sich hin und knöpfte die dicke Jacke zu. »Dann sag deinem Kind, dass es wenigstens so lange wartet, bis die Anna hier ist.«

»Ich geb mir Mühe«, gab seine Sophie zurück und hielt sich den Bauch, weil es gerade wieder so sehr zog.

Heinrich griff seinen Hut und die Fäustlinge, verließ das Haus und schlug den Weg ins Kirchdorf ein. Er musste ganz schön gegen den eisigen Wind und das heftige Flockentreiben ankämpfen. Der Schnee lag stellenweise kniehoch und höher. Schließlich erreichte Heinrich doch sein Ziel. Die Kindsfrau ließ sich nicht lange bitten, sondern packte sofort ihre Sachen. Ein Kind, das zur Welt drängte, nahm auch keine Rücksicht auf äußere Bedingungen.

Der Rückweg mit Anna war etwas einfacher, weil der Wind ihnen jetzt nicht ins Gesicht blies und das Atmen schwer machte, sondern von hinten schob. Doch am Ende waren es fast vier Stunden seit Heinrichs Aufbruch, bis er und die Hebamme endlich im Haus ankamen.

So lange hatte der kleine Mensch nicht warten wollen. Vor einer halben Stunde etwa hatte er den Weg ins Leben gefunden und begrüßte Anna und den Vater, noch an der Nabelschnur hängend, mit lautem Geschrei. Sophie lag auf einer Decke auf dem Stubenboden und hatte das Kind mit einem Kissen notdürftig zugedeckt.

»Ich konnte es nicht mehr halten«, meinte sie wie zur Entschuldigung, noch ein wenig mühsam atmend, als die beiden den Raum betraten. »Ich konnte es auch nicht losmachen. Gut, dass ihr endlich kommt.«

Anna hielt sich nicht lange mit einer Begrüßung auf. Sie gab Heinrich sofort Aufträge und griff selbst energisch und gekonnt zu. »Ist schon gut, Sophie«, war ihre einzige Bemerkung. Wenig später waren Mutter und Kind versorgt. Sophie hielt ihr Viertes endlich glücklich in den Armen.

Heinrich hatte kaum ein Wort gesagt. Gefühle zu zeigen, war nicht seine Sache. Der kleine Peter war da, Mutter und Kind waren wohlauf, der Weg durch den Winter nach Münsterappel hätte ja eigentlich gar nicht zu sein brauchen, und ansonsten konnte er sich jetzt endlich wieder um seine Fiedel kümmern. Damit war für ihn der Alltag eingekehrt. Das bisschen Veränderung durch den neuen Menschen in der Familie würde nicht viel ausmachen. Die Kinder waren für ihn Frauensache. Daran würde sich durch das Vierte nicht viel ändern.

»Dann sag doch wenigstens den Kindern und der Großmutter Bescheid«, bat Sophie, »oder brauchen die von dem Jungen nichts zu wissen?«

»Ist ja schon gut, Frau«, fügte sich der Mann, »dann muss ich halt noch einmal durch die Kälte.«

»Du wirst auf dem kurzen Weg über die Straße schon nicht erfrieren, Mann. Wenn du zu deinen Freunden und zum Spielen gehen könntest, würdest du nicht so ein Gedöns machen. Jetzt geh und komm schnell wieder. Die Kinder sollen für die Nacht noch einmal bei der Großmutter bleiben. Morgen können sie nach Hause kommen und Peterchen anschauen. Ich mach es erst einmal wie der Junge und schlafe ein bisschen.«

Heinrich ließ sein Instrument auf dem Schrank liegen und verschwand nach draußen. Anna machte noch Ordnung in der Stube und in der Küche und packte dann ihre Tasche. »Das habt ihr zwei sehr gut hingekriegt«, meinte sie nur, »ihr wärt wahrscheinlich auch ohne mich zurechtgekommen. Aber so war es doch besser. Du bleibst liegen, Sophie. Den Jungen anlegen kannst du alleine. Sauber machen muss die Oma oder Heinrich. Der muss sich jetzt sowieso ein bisschen um den Haushalt kümmern. Du hältst dich ein paar Tage aus allem raus, dass du wieder zu Kräften kommst. Und wenn was ist, muss mich jemand holen. Übermorgen komme ich wieder.«

Während dieser langen Rede hatte sich die Hebamme bereits für ihren Rückweg fertig gemacht. Sie reichte der Wöchnerin nur noch die Hand und war schon draußen. Die junge Mutter strich ihrem Peter noch einmal über die schwarzen Löckchen und versank in einen erholsamen Schlaf.

In den nächsten Tagen fand das Leben im kleinen Dorf an der Appel wieder zu seinem gewohnten Gang zurück. Der Wintersturm hatte sich beruhigt und einer stillen Kälte Platz gemacht. Die Wege draußen wurden freigeschaufelt und die Höfe vom Schnee geräumt, so dass das Dorfleben bald wieder seinen gewohnten Verlauf nehmen konnte. Die Männer reparierten Schäden an ihren Häusern und schadhaftes Feldgerät, die Frauen trafen sich reihum zum Spinnen und Stricken und zum Schwätzen. Der Dorflehrer sammelte wieder sein Schulvölkchen, und der Gastwirt öffnete seine Stube für die, die sich bei ihm aufwärmen wollten.

Sophie Hölcker ging es gut, sie konnte nach wenigen Tagen das Wochenbett verlassen. Klein-Peter gewöhnte sich an das Erdenleben mit ergiebiger Muttermilch, dicker Säuglingskleidung über der Windel und mit drei Geschwistern, die den kleinen Kerl am liebsten als Spielzeug überall herumgeschleppt hätten. Der Junge entwickelte sich gut. Seine Mutter hatte im Haus alle Hände voll zu tun, während der Vater Hausarbeit nicht so ernst nahm. Er arbeitete tags bei seinem Bruder gegenüber in der Drechslerei. Abends beschäftigte er sich meistens mit seiner Fiedel.

Als der Frühling kam, war Heinrich wieder häufig unterwegs, um mit ein paar Freunden die Leute im Dorfgasthaus und in den Gasthäusern der umliegenden Orte musikalisch zu unterhalten und zum Tanz aufzuspielen. An den Wochenenden war er fortan kaum noch zu Hause. Dass er am Sonntagabend immer wieder einmal angetrunken nach Hause kam, gehörte wohl zur Natur dieser besonderen Freizeitbeschäftigung. Dann ging er nicht freundlich mit seiner Sophie um, was ein gedeihliches Familienleben nicht gerade förderte. Seine Frau ertrug solche Ereignisse meistens ohne hörbaren Widerspruch. Gegen den chronischen Geldmangel in der ohnehin bescheidenen Familienkasse kämpfte sie mit dem einzigen Mittel, das ihr als Hausfrau zur Verfügung stand, und das hieß sparen, sparen und wieder sparen. Dass dabei zuweilen die kleinen und großen Bäuche nicht ausreichend gefüllt wurden, konnte nicht ausbleiben.

Zwischen den Eheleuten zog in diesen Monaten die Kälte ein, und der innere Abstand zwischen ihnen wuchs. Auch die Kinder wussten in der Folgezeit immer weniger mit ihrem Vater anzufangen. Er wurde ihnen mehr und mehr zu einem Fremden. Denn er kümmerte sich kaum noch um sie, geschweige denn, dass er sich mit ihnen beschäftigt oder mit ihnen gespielt hätte.

Wenn Sophie ihren Heinrich auf die Notlage ansprach, bekam sie meist nur ein »Kümmere du dich um deins, ich mache meins« zur Antwort. Damit war das Gespräch beendet, ehe es recht beginnen konnte. Ermahnungen des Bruders und Arbeitgebers und der alten Mutter halfen auch nicht. Heinrich ließ sich einfach nicht ermahnen. Schon gar nicht ließ er sich vorschreiben, was er zu tun und zu lassen habe. Noch sei ja niemand aus der Familie verhungert. Dass die Oma immer wieder einmal einen Topf Suppe über die Dorfstraße herüberbrachte, empfand der Mann sogar noch als eine willkommene Entlastung für sein Gewissen.

Das alles ging den Sommer über so weiter, wurde im nächsten Winter nicht anders und verstärkte sich im folgenden Jahr. Es kam immer häufiger vor, dass Heinrich nach Hause gebracht werden musste, weil er den Weg nicht mehr fand oder ihn nicht mehr alleine bewältigte. Vereinzelt wurde er auch irgendwo zwischen den Dörfern im Straßengraben gefunden und dann von barmherzigen Menschen auf einer Schubkarre oder einem Handwagen nach Hause gebracht. Heinrich hatte bald alle Würde verloren. Er war zum Trinker geworden, der nur dann zu gebrauchen war, wenn er seine Fiedel strich. Schlimmer konnte es kaum noch kommen. Arme Sophie! Arme Kinder!

Eines Samstags war Heinrich zum Aufspielen drüben in Alsenz. Losgegangen war er mit seinen Freunden am Nachmittag bei gutem Wetter in leichter Sommerkleidung. Dann hatte er sich wohl ein paarmal zu oft freihalten lassen. Auf dem Rückweg in der Nacht blieb er irgendwo unterwegs liegen. Vielleicht hatten ihn seine Freunde auch liegen gelassen. Sie waren wohl selbst nicht mehr in der Lage gewesen, ihn nach Hause zu tragen.

Über Nacht schlug das Wetter um und es begann zu regnen. Heinrich kam schließlich sonntags gegen Mittag völlig durchnässt und in einer üblen Verfassung nach Hause, so dass Sophie einen gehörigen Schrecken bekam. Dieser Zustand war anders als sonst. Wortlos legte der Mann sich, wie er war, ins Bett.

Er bekam starken Schüttelfrost und hohes Fieber. Sophie und ihre Schwiegermutter gaben sich alle Mühe, dem Mann mit Wickeln und Umschlägen, Kräutern und Tees und sonstigen Hausmitteln Linderung zu verschaffen. Vergeblich. Nach wenigen Tagen tat der Vierunddreißigjährige seinen letzten schweren Schnaufer. Der kleine Peter und seine drei Geschwister waren ohne ihren Vater.

Die Kinder – das älteste erst sieben Jahre alt – erfassten die Lage wohl kaum. Peter war gerade mal drei.

Für Sophie war der Tod ihres Mannes schlimm, und doch war er ihr auch so etwas wie eine Erleichterung. Sie musste Heinrich nicht mehr nachblicken, wenn er mit seiner Fiedel im Kasten grußlos das Haus verließ, ohne zu sagen, wann und wie er denn zurückkommen würde. Sie musste nicht mehr ängstlich zusammenschrecken, wenn sie ihn nachts oder gegen Morgen kommen hörte und nicht wusste, wie er sich gleich zu ihr verhielt. Irgendwie würde sie schon durchkommen, wenn sie in den hellen Jahreszeiten den Bauern auf Wiesen und Feldern half und hier und da jemandem eine Handreichung tat. Die kleine Dorfgemeinschaft würde sie mit ihren vier Kindern im Winter schon nicht verhungern lassen. Und dann war da ja auch noch die Großmutter mit Schwager Wilhelm gegenüber. Die würden ihr sicher beistehen, wenn es nötig war. Die junge

Witwe war in ihrem Leid doch auch erleichtert und getröstet. Es würde schon weitergehen.

Glücklicher Ziegenhirte

Es ging weiter. Sophie biss sich durch. Nach dem Trauerjahr bot ihr Schwager Wilhelm die Hand und die Vaterschaft für ihre vier Kinder. Wilhelm war schon immer anders gewesen als sein älterer Bruder. Er war ein ruhiger und fleißiger Kerl und dazu sehr häuslich. Nach dem Tod seines Vaters, der ihm das Drechseln beigebracht hatte, hatte er die Werkstatt übernommen. Er kümmerte sich um die Mutter und versorgte die kleine Landwirtschaft. Das konnte alles so bleiben. Sophie wäre mit ihren Kindern versorgt, und sie hätte neue Aufgaben. Sie würde gerne mit Hand anlegen.

Die junge Frau war also einverstanden und zog nach der feierlichen Trauung in der Münsterappeler Kirche und der bescheidenen Hochzeitsfeier mit Leuten der Dorfgemeinschaft im Gasthof mit ihrer wenigen Habe hinüber auf die andere Straßenseite. Dort herrschte zwar auch kein Überfluss, aber die Zufriedenheit, um die Sophie ihre angeheiratete Verwandtschaft schon oft beneidet hatte. Die junge Frau konnte aufatmen. Und mit ihr die Kinder, die den Unterschied schon bald begriffen.

Die vier hatten wieder einen Vater, und dazu einen, der sich um sie kümmerte, der sie mitnahm in die Werkstatt, in den Stall, auf die Wiesen und Felder, und der mit ihnen auf dem Hof Windräder aufstellte und am Bach hinter dem Haus kleine Wasserräder zu dem großen baute, das es zum Antrieb der Drechselbank gab. Er schnitt ihnen auch schöne Holzklötze, malte sie bunt an und baute damit alles Mögliche. Dann wieder schnitzte er Handpuppen, die er zum Sprechen brachte.

Das machte den Kindern riesigen Spaß. Am meisten dem kleinen, ein wenig schmächtig geratenen Peter. Dieser fünfjährige Junge war irgendwie ein besonderer, alles andere als ein Raubein, im Temperament seinen drei älteren Geschwistern kaum ähnlich. Peter war lieb und hatte Gemüt. Er hielt sich möglichst heraus, wenn die drei Älteren untereinander stritten oder wenn es Streit mit Nachbarskindern gab.

Peter versuchte eher, zu schlichten und zu beruhigen und Unterlegene zu trösten. Er hatte Mitleid mit allem, was zu leiden hatte, und mit allen, die über irgendeinen Schmerz klagten. Zwischen Mensch und Tier gab es da für ihn keine großen Unterschiede.

»Tust du dem Onkel auch nicht weh?«, war seine immer gleich lautende Frage, wenn jemand mit Zahnschmerzen zu seinem Vater kam. Wilhelm Hölcker war nämlich auch der »Zahnarzt« des Dorfes. Drei kleine Zangen genügten ihm als Werkzeuge, um gequälten Menschen zur Linderung zu verhelfen. Darin hatte der Mann offenbar Geschick. Manchem alten und jungen Dorfbewohner konnte er mit der einzig möglichen Methode der damaligen Zeit in seinem Zahnleiden helfen.

Peter war ein braver Bub. Er gab seinen Eltern kaum Anlass zum Ärger. Der Junge liebte den Frieden, die Ruhe und Beschaulichkeit, und er tat von sich aus alles, um den Frieden für sich und andere zu pflegen. Stundenlang konnte er sich allein mit einer Sache beschäftigen, mit dem Federvieh spielen, die Ziegen streicheln und am Strick herumführen, den Schweinen im Koben oder in der Suhle zuschauen oder ein Käferlein über seine Hände kriechen lassen. Jede Blume im Garten und jeder Halm auf dem Feld wurde ehrfürchtig betrachtet und in seiner Schönheit gewürdigt.

Peter hatte eine große Liebe für alles Lebendige, und er konnte keinem Lebewesen etwas zu Leide tun. Fliegen im Haus fing er mit der bloßen Hand und brachte sie nach draußen, ehe jemand aus der Familie sie erschlagen konnte. Mit

Spinnen machte er es ebenso. Er verstand gar nicht, wie jemand sich vor diesen Tieren ekeln konnte, wie jemand überhaupt eine Abneigung gegen irgendwelche Tiere haben konnte. Die wollten doch auch alle leben. Dass die sich manchmal untereinander bekämpften und sogar auffraßen, war zwar schade, aber das gehörte zu ihrem Leben wohl einfach dazu. Dagegen konnte auch Peter nichts machen. Das akzeptierte er. Pflanzen durften für ihn nur zu einem wichtigen Zweck gepflückt oder abgeschnitten werden. Nicht einfach so. Er brauchte immer wieder die Erklärung seiner Eltern dafür, dass manches Kraut als Unkraut galt und gerupft werden musste, damit die Nutzpflanzen Platz zum Wachsen hatten.

Zum hölckerschen Hof und zur Drechslerei gehörte eine Zeit lang ein Eichhörnchen, ein sehr possierliches Tierchen. Peter nannte es »Hänschen«. Mit Hänschen freundete der Junge sich rasch an, so dass das Tier ihm bald aus der Hand fraß. Er konnte es locken, indem er das Geräusch nachahmte, mit dem sich Hänschen selbst bemerkbar machte. Das klang wie ein kurzes »kä kä«, wobei das »ä« verschluckt werden musste. Das possierliche Nagetier kam bald auf Peters Ruf herbeigesprungen und wurde so zutraulich, dass es dem Jungen auf die Hand sprang, auf die Schultern und gar auf den Kopf. Mit der Zeit verlor es auch die Scheu vor den anderen kleinen und großen Menschen auf dem Hof. Es fand sogar Eingang in die Familie, durfte mit ins Haus, sogar mit an den Küchentisch. Irgendjemand hatte dann immer eine Nuss, die der braune Eichkater gerne aus der Hand nahm, um sie auf einer Schulter zu knacken. Wer gerade der oder die Glückliche war, ließ es sich gefallen, dass die Nussschalen im Teller oder im Becher landeten. Alle liebten Hänschen, Peter freilich am meisten.

»Lass Hänschen lieber draußen, wenn du in die Werkstatt kommst, Peter«, hatte der Vater gewarnt. Der Junge hatte aber nicht darauf gehört. »Hänschen passt schon auf«, hatte er geantwortet und das Tier auf seiner Schulter mit in den Raum gebracht. Hier war es laut, denn die Treibriemen und die Maschinen quietschten und knarrten. Ob das Eichhörnchen verwirrt war von dem fremden Raum und den fremden Geräuschen? Es sprang jedenfalls dem Jungen von der Schulter und in der Werkstatt hin und her. Peter rief es sofort: »Hänschen, komm her! Komm sofort zu mir, Hänschen!« Aber Hänschen hörte nicht. Das sonst so sprungsichere Tier landete auf einem der Treibriemen und wurde einfach mitgenommen. Ob ihm das sogar noch gefiel? Dann war der Platz zwischen der Umlenkwelle und der Wand zu eng, und Hänschen schaffte den Absprung nicht mehr. Das arme Tier wurde eingeklemmt und stieß einen spitzen Schrei aus. Sofort hielt der Vater die Maschine an, und Peter befreite Hänschen aus seiner misslichen Lage. Aber irgendetwas stimmte nicht mehr mit dem Eichkater. Er hielt seinen Kopf merkwürdig schief und zuckte so komisch mit den Beinen und dem Schwanz.

»Vater, schau, was ist mit Hänschen?« Peter war dem Weinen nahe.

»Ich weiß es nicht«, musste der Vater zugeben. »Aber ich glaube, Hänschen ist schwer verletzt. Das arme Tier überlebt den Unfall nicht.«

»Hänschen darf aber nicht sterben«, jammerte der Junge. »Nein, Hänschen, du darfst nicht sterben, hörst du, Hänschen? Nicht sterben!«, streichelte er das Köpfchen.

Aber Hänschens Schicksal war nicht aufzuhalten. Peter hielt das Tier ganz vorsichtig in den Händen und musste zusehen, wie seine Bewegungen weniger wurden, wie ihm dann Blut aus dem Mäulchen floss und ihm nach ein paar Zuckungen die schönen braunen Augen brachen. Hänschen war tot, ganz leise in den Händen seines großen Freundes gestorben.

Peter konnte nichts mehr sagen. Heiße Tränen flossen über sein bleiches, erschrockenes Gesicht. Der Tod seines kleinen Freundes war wohl das Schlimmste, was der Junge in seinen wenigen Lebensjahren bisher erfahren musste. Er hockte sich in die Ecke der Werkstatt, hielt das tote Tier in den Händen und weinte eine ganze Weile still vor sich hin. Sein Vater bemühte sich sehr, den Jungen zu trösten, aber der hatte keine Ohren für gut gemeinten Zuspruch. Sein geliebtes Hänschen war tot, und das war nur schlimm.

Der Vater streichelte Peter und ließ ihn in der Werkstatt allein. Er ging hinaus, um den anderen von dem tragischen Ereignis zu berichten und ihnen zu erklären, dass der Junge jetzt einfach Zeit und Ruhe brauchte. Der würde später sicher von allein darauf kommen, was er mit dem Tier jetzt tun müsse.

So war es dann auch. Vielleicht eine Stunde später gab es auf dem Hof eine richtige feierliche Beerdigung. Peter selbst grub das Loch unter dem Birnbaum, in das er sein Hänschen vorsichtig hineinlegte. Dann klemmte er ein paar Hölzer in die Kuhle, damit die Erde nicht unmittelbar auf das schöne Fell des Tieres fallen konnte, als würde ihm das noch Schmerzen verursachen. Zuletzt schaufelte Peter das Grab sorgfältig wieder zu und stellte ein kleines Kreuz auf den Hügel. Das hatte er wohl während seiner Trauer in der Werkstatt schon vorbereitet.

Die Geschwister – inzwischen gab es zu den drei größeren auch schon ein kleineres –, die Eltern und die Oma standen ehrfürchtig schweigend dabei und trauerten mit. Peter war es dann selbst, der das Schweigen brach. »Wo kriege ich jetzt ein neues Hänschen her?«, fragte er mit belegter Stimme.

Das war das Signal für eine lebhafte Überlegung vor allem der älteren Brüder. »Wir fangen dir ein neues Hänschen, Peter. Wir wissen, wo ein Kobel ist mit Jungen drin.«

»Und wann macht ihr das?«, nahm der Junge die beiden sofort beim Wort.

»Gleich. Du kannst mitkommen. Wir brauchen nur einen Sack und ein paar Handschuhe.«

Selbstverständlich kam Peter mit. Er musste allerdings erleben, dass die Expedition scheiterte. Vater und Mutter Eichhörnchen waren nicht bereit, eins ihrer Jungen kampflos herzugeben. Sie wehrten den Angriff auf ihr Heim böse fauchend und mit Klauen und Zähnen zupackend ab. Die Brüder mussten das Feld räumen und ohne Beute wieder vom Baum hinuntersteigen.

Peter bekam nie wieder ein neues Hänschen. Dafür gab es anderes, das mit der Zeit sein Interesse in Anspruch nahm, und Hänschen blieb eine schöne Erinnerung.

Je größer der Junge wurde, desto mehr schaute er seinem zweiten Vater auf die Hände, um zu sehen, wie der was machte. Peter konnte stundenlang in einer Ecke der großen Drechselstube sitzen und sich mit ein paar Hölzchen beschäftigen. Der Junge war geschickt mit seinen kleinen Händen. Er verstand es auch vorzüglich, mit dem Pinsel umzugehen, um irgendwelche Teile anzumalen. Sogar das Schnitzmesser konnte er handhaben. Wenn seine Mutter oder der Vater ihn zur Vorsicht im Umgang mit gefährlichem Werkzeug ermahnte, wies er das zurück. »Lasst mich nur, ich kann das schon.« Er konnte es wirklich.

Als er in die Schule kam, mochte er seine Schiefertafel gar nicht gerne zum Schreiben von Buchstaben und Zahlen verwenden. Er benutzte den Griffel lieber zum Zeichnen aller möglichen Bilder. Peter brauchte eine zweite Tafel, damit er beides tun konnte, seine Bilder malen und seine Aufgaben schreiben. Nur schade, dass die Bilder auf der Schiefertafel so kurzlebig waren. Um ein Neues zu zeichnen, musste Peter das alte Bild immer auswischen. Ihrem Jungen Zeichenpapier zu kaufen, dazu hatten seine Eltern kein Geld. Es ging schon so recht knapp zu im hölckerschen Haus. Von der Drechslerei konnte Wilhelm Hölcker mit seiner wachsenden Familie nicht leben. Die kleine Landwirtschaft brachte auch nicht immer so viel, dass die acht, dann neun, schließlich zehn Personen immer satt wurden. Es gab Tage, da standen die Kinder vom Tisch auf und waren nicht satt geworden. Vor allem in ihren Wachstumsjahren war das so. Da konnten die Jungen schon einiges verdrücken, wenn denn genug in den Töpfen und Schüsseln war.

Peter wusste sich manchmal zu helfen, wenn er Hunger hatte, vor allem in Zeiten, wo es etwas zu ernten gab. Nicht dass der Junge aus dem eigenen oder aus Nachbars Garten etwas mitgenommen hätte. Nein, gestohlen wurde nicht. Doch eine Rübe vorsichtig aus dem Boden ziehen, sie seitlich am Kopf ein wenig reinigen und anbeißen musste doch möglich sein, wenn die Pflanze danach wieder sorgfältig in ihr altes Loch gesteckt wurde. Machten die Wühlmäuse das nicht auch so? Nur dass die die Rüben nicht aus dem Boden zogen und wieder hineinsteckten. Die fraßen die Feldfrüchte gleich von unten an.

Ähnlich machte Peter das mit Äpfeln und Birnen. Wenn er kein Fallobst fand, das er ohne Bedenken hätte essen können, pflückte er die Früchte nicht etwa ab und aß sie auf. Nein, er versuchte, so an die Früchte heranzukommen, dass er hineinbeißen und danach den restlichen Apfel oder die restliche Birne hängen lassen konnte. Die konnten doch dann weiterwachsen. Die Vögel machten das doch auch so. Die pickten doch auch das Obst an, während es noch an den Zweigen hing.

Dann ergab sich für Peter allerdings einige Jahre lang die Möglichkeit, wenigstens während der Sommerzeit täglich eine ausreichende Mahlzeit zu bekommen. Oberhausen war ein Ziegendorf. Beinahe in jedem Haus gab es ein oder zwei Ziegen. Manche Bauern hatten auch mehrere Geißen im Stall. Bei Hölckers war das nicht anders. Diese »Arme-Leute-Kühe« hütete lange Zeit der Ohm, ein alter Mann des Dorfes. Auf den Auwiesen entlang der Appel und entlang des Gutenbaches wurde kein Futtergras gemäht und kein Heu gemacht, und so wurden sie auf diese Weise für die Allgemeinheit genutzt. Der

Ziegenhirte bekam für seine Tätigkeit allerdings nichts bezahlt. Dazu hätten die Tierhalter nicht das Geld gehabt. Der Hirte erhielt bei ihnen eine Mahlzeit am Tag, in der Regel das Abendessen, und das jeweils so viele Tage, wie jemand Ziegen bei der Herde hatte.

Peter war zehn, als er in der Werkstatt seines Vaters ein Gespräch mitbekam, das der mit Hannes Krebs, dem Schulzen von Oberhausen, wie damals die Bürgermeister noch hießen, führte. Dabei ging es um dies und jenes und auch um Ziegen. Peter spitzte die Ohren, als er dieses Stichwort hörte. Er liebte Ziegen. Seit Hänschens Tod hatte er es gerne mit den weißen, gehörnten Vierbeinern zu tun, die manchmal so bockig sein konnten. Er kam mit den Tieren gut zurecht.

»Weißt du nicht jemanden, der unsere Ziegen hüten kann?«, fragte der Dorfschulze. »Der Ohm will aufhören. Er kann das nicht mehr, hat er gesagt.«

»Es sind doch genug Männer im Dorf, die Zeit dafür haben und das machen können«, gab Wilhelm zurück und zählte gleich ein paar Namen auf.

»Ich hab sie schon alle gefragt. Da will keiner. Die einen wollen nicht bei jedem Wetter draußen sein, die andern wollen Geld sehen. Der Freitisch ist ihnen nicht genug.«

»Aber mir ist der genug, Onkel Hannes«, mischte sich Peter mit heller Stimme ein. »Ich würde gerne die Ziegen hüten.«

»Du, Peter, und Ziegen hüten?«, fragte der Vater ungläubig zurück. »Du musst in die Schule. Da hast du keine Zeit zum Ziegenhüten.«

»Ich kann doch die Ziegen nachmittags hüten. Der Ohm ist doch auch immer erst nachmittags rausgegangen.«

»Und wann willst du deine Hausaufgaben machen?«

»Ph, Hausaufgaben. Das bisschen Schreiben und Rechnen mache ich aus dem Ärmel noch am Abend. Und das Lesebuch kann ich mit auf die Weide nehmen. Auswendiglernen kann ich auch draußen.« Peter redete sich richtig in Eifer. Er war begeistert von der Aussicht, Ziegenhirte des Dorfes zu werden.

»Aber nachmittags musst du mir und Mutter helfen. Du weißt, dass wir im Sommer auf unserem Land viel zu tun haben«, wandte der Vater ein.

»Dafür hast du doch die beiden Großen und das Mädchen. Die drei fassen doch auch schon mit an. Da kannst du den Jungen doch gehen lassen«, meinte der Schulze. »Ich würd's mit Peter versuchen. Überleg dir's, Wilhelm. Dann habt ihr abends einen Esser weniger.«

»Recht hast du, Hannes. Es geht manchmal wirklich sehr knapp zu, und der Boden im Topf leuchtet durch.« Der Vater schien einen Augenblick mit sich selbst um die richtige Antwort zu kämpfen. Sein Zehnjähriger als Ziegenhirte von Oberhausen? Ging das gut? Dann hatte Wilhelm Hölcker seine Entscheidung getroffen: »Wann macht der Ohm seinen Letzten?«

Peter hatte sofort begriffen, was der Vater mit der Frage meinte, und er ließ einen lauten Jauchzer hören. »Juhu, ich werde Ziegenhirte! Danke, Vater, danke! Juhu, ich geh die Ziegen hüten.« Er wartete die Antwort des Schulzen gar nicht erst ab und sprang gleich freudig ins Haus, um der Mutter die Neuigkeit zu melden.

Sophie freute sich mit ihrem Jungen. »Pass nur auf, dass dir kein Zicklein davonläuft oder in den Bach fällt, und benimm dich, wenn du bei den Leuten am Tisch bist«, meinte sie nur und hatte damit ihre Zustimmung schon erklärt. Die Großen aus der inzwischen auf sieben Köpfe gewachsenen Kinderschar lachten nur und machten ihre Witze über Peters Nachricht, während die Kleinen noch nicht begriffen, wovon ihr Bruder sprach. Der war jedenfalls heute der glücklichste Junge des Dorfes.

Wenige Tage später sah man den kleinen, schlanken Peter Hölcker selbstbewusst und ernsthaft durchs Dorf ziehen, barfüßig in knielanger Hose und weitem Hemd und auf dem Kopf ein kesses Hütchen, zudem bewehrt mit einem frischen Haselstock und einem großen Rindenhorn. Er musste sich doch bemerkbar machen, wenn er die Ziegen sammelte. Sein Vater hatte ihm einmal gezeigt, wie man aus der Rinde eines jungen Stammes und aus weichem Holz ein Signalhorn herstellen konnte, das dann auch laut genug tönte. Es war seine erste Handlung gewesen, nachdem seine Berufung zum Ziegenhirten besiegelt war, ein solches Signalhorn zu basteln. Also ließ der Junge das Ding vor den Häusern ertönen, damit die Ziegen herausgelassen wurden. Die Viecher wollten zwar in den ersten Tagen dem neuen Hirten nicht richtig gehorchen. Sie hatten die tiefe Stimme vom Ohm in ihren Ohren. Jetzt sollten sie auf die helle Stimme eines Jungen hören, woran sie sich nur schlecht gewöhnen konnten.

Aber Peter war ein geduldiger Hirte, der den Tieren immer gut zusprach und sie mit sanfter Gewalt in die richtige Richtung lenkte. Manche Wege kannten die Tiere ja ohnehin. Und neue Wege merkten sie sich bald und die Stellen, wo das gute Futter stand und die saftigen Kräuter und Sträucher, zum Beispiel am Bachlauf.

Zum Essen in den Häusern gab es für den neuen Hirten Quark und Pellkartoffeln, Salzkartoffeln mit Stipp oder Pfannkuchen mit Apfelmus oder andere leckere Sachen. Dazu anfangs auch viele gute Ratschläge, wie er denn richtig auf seine Geißen aufpassen müsse, wie er mit bockigen Tieren umgehen solle, und wie er dieses so und anderes so machen müsse.

Peter hörte sich die Ratschläge geduldig an und handelte, wie es die jeweilige Situation erforderte. Die etwa zwanzig Ziegen waren bei dem Jungen jedenfalls bestens aufgehoben. Dem machte es auch nichts, wenn es einmal regnete. Die Tiere rebellierten nicht dagegen, dass sie draußen sein mussten, da wollte Peter das gerne ertragen. Draußen sein in der Natur, Blumen und Gräser betrachten, den Vögeln zuhören, die Greifvögel am Himmel beobachten, die Wege von allerlei Krabbeltieren im Gras und am Weg verfolgen, einfach in der Sonne liegen und dabei doch seine Tiere nicht aus den Augen lassen – das machte ihn glücklich.

Ein großes Talent

Irgendwann nahm Peter dann seinen großen Zeichenblock und einen Stift mit nach draußen und fing an zu zeichnen, was er an den Weideplätzen vor Augen hatte. Die Erlen und Weiden und das Schlehen- und Haselgestrüpp am Bach, Gräser und Blumen, seine Ziegen, Meisen, Finken und Sperlinge. Herrliche Bilder, die dem Jungen selbst Freude machten und über die die Eltern und Geschwister nur staunen konnten. Wenn er dann auch noch Farbstifte verwenden konnte, wurden seine Bilder noch schöner. Peter hatte offenkundig eine besondere Begabung, mit Stift und Papier umzugehen und das Leben im Bild festzuhalten. So etwas wie Ehrfurcht vor dem kleinen Künstler zog in seine Familie ein.

Ob aus diesem Talent etwas zu machen war? Wohl nicht mit den Möglichkeiten seiner Eltern oder des verträumten Dorfes. Ob es draußen in der großen weiten Welt Möglichkeiten gab, ein solches Zeichentalent zu fördern? Aber wer von den Dörflern kam schon weit über das Tal und die angrenzenden Berge und Hügel hinaus? Nach Münsterappel kamen die Leute häufiger. Da waren der Pastor und die Kirche. Die wurde allerdings nur zu besonderen Anlässen und dann auch nur von ganz wenigen Dörflern besucht. In die Nachbarorte kam man gelegentlich auch. Das ging alles noch zu Fuß. Aber in die großen Städte zu kommen, nach Kreuznach, Alzey, Rockenhausen oder gar ins ferne große Kaiserslautern, das bedeutete Tagesreisen mit dem Fuhrwerk oder der Kutsche. Der Dorflehrer und der Schulze waren beinahe die einzigen, die diese große Welt erlebt hatten.

Und dann war es der Dorflehrer, der sich um das künstlerische Fortkommen seines Schülers Peter Hölcker kümmerte. Der Herr Magister Lauterbach, wie ihn die Dörfler respektvoll nannten, war schon seit einiger Zeit auf das besondere Talent des Jungen aufmerksam geworden. Er hatte es gefördert, so weit ihm das im schulischen Rahmen möglich war. Manches Tafelbild für den Unterricht in der einklassigen Dorfschule, besonders solche zur Naturkunde, durfte Peter weiß auf schwarz zeichnen und manchmal auch bunt ausmalen. Es genügte ihm, wenn sein Lehrer ihm eine Skizze als Vorlage in die Hand drückte. Meistens war das eine aus dem »Orbis pictus«, dem »Gemalten Erdkreis«, einer Bilderfibel von Johann Amos Comenius. Danach fertigte der Junge dann das Tafelbild. Und er machte das immer sehr gut, besser, als es sein Lehrer konnte.

Magister Lauterbach erkundigte sich in Kaiserslautern, als er wegen einer größeren Lehrerkonferenz dort zu tun hatte. Kollegen, denen er die mitgebrachten Bilder seines Schülers zeigte, waren ebenso begeistert von dessen Begabung wie er selbst. Irgendjemand wies ihn darauf hin, dass doch die »Kreisbaugewerkschule« der Stadt eine Abteilung »Kunstgewerbliche Fachschule« hätte. Bei dem offenkundigen Talent dieses Jungen müsse für ihn dort doch ein Platz zu bekommen sein, wenn er in einem Jahr aus der Volksschule entlassen würde.

»Aber der Junge muss dann hier auch wohnen können«, wandte Lauterbach ein.

»Dafür gibt es ein Stipendium«, glaubte ein Kollege zu wissen.

»Und wie bekommt der Junge das?«

»Zunächst wahrscheinlich gar nicht. Der ist doch noch viel zu jung«, meinte ein anderer.

»Wie alt muss er denn sein?« Magister Lauterbach brauchte genaue Nachrichten für Peter.

»Er muss sechzehn sein, Herr Kollege. Aber Sie können vielleicht Genaueres erfahren, wenn Sie sich mit dem Kollegen

Thiel aus Waldmohr unterhalten. Der unterrichtet an dieser Fachschule. Suchen Sie ihn auf.«

»Der Junge hat wirklich Talent«, staunte Lehrer Thiel, als sein Kollege von der Oberhausener Dorfschule ihm die Bilder seines Schülers vorlegte. »Es wäre wirklich schade, wenn dieses Talent zwischen den Bauernhäusern im Appeltal verkümmern würde. Ich werde sehen, wie ich dem Jungen helfen kann. Wenn Sie das nächste Mal in der Stadt sind, kommen Sie doch einfach wieder herein. Vielleicht weiß ich dann schon einen Rat. Aber der Junge muss wirklich zunächst sechzehn sein. Vorher ist da beim besten Willen nichts zu machen.«

»Bis dahin gehen noch gut zwei Jahre ins Land«, sagte der Dorflehrer ein wenig enttäuscht halblaut vor sich hin.

»Das muss nichts bedeuten, Herr Kollege«, griff der Gewerbelehrer diese Bemerkung auf. »Ihr Peter muss halt die Zeit irgendwie überbrücken, wenn ich ihm denn ein Stipendium und einen Platz besorgen kann. Lassen Sie mir zwei oder drei seiner Blätter hier, damit ich sie vorlegen kann. Und geben Sie mir einfach Zeit.«

Lauterbach überlegte schon, wie Peter die beiden Jahre nach seiner Schulentlassung gestalten könnte, vorausgesetzt, er bekäme den Platz an der Kunstgewerblichen Fachschule. Dem Lehrer kam eine Idee. »Ich behalte den Jungen noch ein Jahr in der Schule, oder ich hole ihn mir ab und zu in den Unterricht«, dachte er laut für sich selbst. »Er kann mir beim Malunterricht helfen. Und für den Naturkundeunterricht kann er mir weiter die Tafelbilder malen. Dann ist er wenigstens ein paarmal in der Woche sinnvoll beschäftigt. Vielleicht kann ich ihm ja auch ab und zu ein paar Pfennige zustecken quasi als Entlohnung für seine Hilfe. Nachmittags sollte er vorläufig weiter die Ziegen hüten. Dann braucht sich das Dorf nicht schon wieder einen Hirten zu suchen.«

Lauterbach war sehr zufrieden mit seiner Idee, als er später aus dem Alsenztal nach Oberhausen hinüberwanderte. Hoffentlich nahm die Schule Peter auf und es fand sich ein Weg für ein Stipendium und einen Platz zum Wohnen.

Mit Wilhelm und Sophie Hölcker war der Dorflehrer bald einig. Peter war richtig begeistert von den Aussichten, die ihm eröffnet wurden, wusste er doch sowieso nicht, was er denn ab dem kommenden Frühjahr machen sollte. Der Dorfschulze hatte sicherlich ebenso wenig Einwände gegen den Plan. Mit ihm müsste gelegentlich auch noch gesprochen werden.

Der Junge würde es also machen, wie sein Lehrer es vorgeschlagen hatte. Nach der offiziellen Entlassung Ende März würde er für ein weiteres Jahr quasi als inoffizieller Achtklässler weiterhin die Schule besuchen und ihm als Assistent zur Verfügung stehen. Wenn es nichts zu assistieren gab, konnte der Junge sich selbst weiterbilden mit Büchern und anderen Mitteln, die ihm zur Verfügung standen. An den Nachmittagen würde er in den Hütemonaten dann weiterhin die Ziegenherde der Dörfler betreuen.

Die Antwort aus Kaiserslautern ließ lange auf sich warten. Der Herr Magister musste eine weitere Konferenz in der großen Stadt ohne Antwort verstreichen lassen, bis er endlich, ein ganzes Jahr nach seiner Anfrage, den Bescheid bekam, Peter Hölcker solle einen offiziellen Antrag zur Aufnahme am 1. April 1892 in die Kunstgewerbliche Fachschule stellen. Seinem Antrag solle er drei Beispiele seiner Kunst beilegen.

Lehrer Lauterbach half den Eltern, den Bewerbungsbrief aufzusetzen. Peter saß derweil und zeichnete. Schließlich waren seine drei Beispielarbeiten fertig: eine »Winterszene an der Appel«, »Vögel am Futterhäuschen« und ein »Portrait« seiner jüngsten Schwester, die freilich noch in der Wiege lag, übrigens das elfte Kind seiner Mutter. Der Platz im Haus war mit den Jahren knapp geworden, wenngleich in den vergangenen Jahren dreimal der Tod eingekehrt war und außer der alt gewordenen Großmutter auch zwei der kleinen Geschwister mitgenommen hatte. Das waren traurige Monate gewesen, die aber jedesmal bald wieder vom bunten Leben in der großen Familie eingeholt wurden. Der Tod von Hänschen war dem fünfzehnjährigen Peter deutlicher im Bewusstsein. Das war zwar merkwürdig, aber es war so.

Peter war nun sehr gespannt, wie der Bescheid aus Kaiserslautern aussehen würde. Er freute sich auf die mögliche Veränderung in seinem Leben und konnte es kaum erwarten, aus dem Haus und dem Dorf herauszukommen. Mit den älteren Brüdern verstand er sich in letzter Zeit immer weniger. Die waren richtige Flegel geworden und seine ältere Schwester eine richtige Zicke. Die Mutter sagte zuweilen, sie hätten ganz das Wesen ihres Vaters, was Peter allerdings nicht so recht verstehen konnte, weil er sich an den leiblichen Vater nicht erinnerte.

Die drei ältesten Hölcker-Kinder waren alle noch mit in der Familie, weil es für sie keine anderen Möglichkeiten gab, als zu Hause wohnen zu bleiben, dem Stiefvater in der inzwischen erweiterten Werkstatt und in der Landwirtschaft und der Mutter im großen Haushalt und bei der Versorgung der fünf kleineren Kinder zu helfen. Ein weiteres Kind hatte sich angekündigt.

Mit dem Vater verstand sich Peter weiterhin gut. Der war ein sanfter, stiller Mann, der seine Arbeit machte und möglichst jedem Ärger aus dem Weg ging. Auch dem Ärger mit den großen Söhnen, die ja seine Stiefsöhne waren, was diese Kerle immer wieder einmal herauskehrten. Auch dem Ärger mit der Mutter. Die hatte sich in den letzten Jahren merkwürdig verändert, besonders seit die Oma nicht mehr lebte. Sie war eine Grantel geworden, der kaum etwas recht zu machen war. Der große Haushalt war für sie wohl eine einzige Überforderung. Schimpfen und Fluchen kamen ihr schnell von den Lippen. Das war etwas, was Peter überhaupt nicht ertragen mochte. Solche Wörter, wie die Mutter sie zuweilen gebrauchte und wie die Raubeine von Brüdern es ihr nachtaten, liebte er nicht und gebrauchte er auch nicht. Wenn es laut wurde, verzog er sich lieber in Vaters Werkstatt oder in den Stall zu seinen Ziegen oder in die Scheune, je nachdem, wo gerade die Luft am reinsten war.

Die fünfjährige Katharina, die mochte Peter besonders, mehr als alle anderen Geschwister. Eine Erklärung dafür hatte er selbst nicht. Das war einfach so. Dieses Mädchen mit seinem hübschen Gesicht und seinen blonden Locken war so lieb, sanft und anhänglich und ihm selbst von allen Geschwistern am ähnlichsten. Katharina war die Einzige, die er zum Ziegenhüten mitnahm. Die anderen hatte er nie dabei haben wollen, wenn er mit seinen Tieren draußen war, und erst recht nicht, wenn er abends in einem der Häuser zum Abendessen einkehrte. Wenn Kathi dabei war, verzichtete er sogar auf einen Teil seiner Portion. Kathi würde er gerne mitnehmen, wenn er in die ferne Stadt ziehen sollte. Aber das würde ja wohl nicht gehen.

Vor dem Wechsel war ihm nun doch ein wenig bange. Würde er in der fremden Welt zurechtkommen? Was erwartete ihn in einer vielleicht großen Schule, wo er doch nur die einklassige seines Dorfes kannte? Mit was für Menschen bekäme er zu tun? Ob er die Ansprüche der Ausbildung erfüllen konnte? Wo und mit wem würde er wohnen? Wer würde ihn versorgen?

Dann ging plötzlich alles ganz schnell. Am 20. März kam der Bescheid von der Schule. Am 1. April war der erste Schultag. Bis dahin musste ein Zimmer für ihn gefunden sein, möglichst mit Familienanschluss wegen der Kost. Ob das in den wenigen Tagen noch klappte? Und wer half ihm dabei? Alles stand plötzlich groß, dunkel und erschreckend vor Peter.

Wieder war es der Lehrer, der sich darum kümmerte. Er reiste mit Peter nach Kaiserslautern und war ihm dort bei der Wohnungssuche behilflich. Mit Unterstützung des Gewerbelehrers Thiel fanden sie ein bescheidenes Zimmerchen bei einer

Witwe ganz in der Nähe der Schule. Frau Berg, eine freundliche, weißhaarige alte Dame mit runzligem, aber hellem Gesicht und strahlenden Augen darin, die älter aussah, als sie vielleicht wirklich war, war gerne bereit, dem angehenden Herrn Kunstmaler Kost und Logis zu bieten. Der schlanke Junge mit seinen sechzehn Jahren und seinem dunklen Wuschelkopf erinnerte sie an ihren Sohn. Der war – ein paar Jahre älter – im deutsch-französischen Krieg bei dem Sturm auf die Spicherer Höhe bei Saarbrücken vor gut zwanzig Jahren, am 6. August 1870, für das Vaterland gefallen und lag dort im so genannten Ehrental begraben.

Das zierliche Mütterchen war auch bereit, erst einmal die Miete zu stunden, bis die Sache mit dem Stipendium geregelt war. Die Frau freute sich richtig, künftig nicht mehr allein in der Wohnung zu sein, sondern einen Schutz zu haben in den unsicheren Zeiten, wie sie sagte. Wie sie das nun genau meinte, konnte der Junge vom Dorf nicht deuten. Aber vielleicht war das ja einfach anders, als älterer Mensch allein in der Stadt zu leben, wo es so schrecklich viele und große Häuser gab und so breite, gepflasterte Straßen mit Bürgersteigen und so viele Menschen, wie Peter sich das vorher nicht hatte vorstellen können. Er würde sich schon an alles gewöhnen, wenn er erst mal bei Frau Berg eingezogen war.

Am letzten Märztag 1892 zog der Kunstmalerlehrling Peter Hölcker dann bei Frau Emma Berg in der Lichtenbrucher Straße in Kaiserslautern ein. Damit schlug der junge Mann ein neues Kapitel seines Lebens auf.

Auf der ersten Etappe dieses Lebensabschnitts fand sich ein Buch mit einem schwarzen Einband. Es lag auf dem Nachttisch neben dem blütenweiß bezogenen Bett. »Die Heilige Schrift« stand in verblassten Goldbuchstaben auf dem fein gemusterten Einband. Peter wusste, dass das eine Bibel war, aber er hatte noch nie ein solches Buch in den Händen gehalten. Darauf lag ein Zettel für ihn, auf dem in schöner Schrift ein Reim stand: »Suche Jesum und sein Licht, alles andre hilft dir nicht!« Was das wohl bedeuten sollte? Peter hatte keine Ahnung.

Er nahm das Buch in die Hand und schlug es auf. Auf dem ersten Blatt stand zu lesen: »Fritz Berg, Palmarum 1860«. Das Buch musste wohl dem gefallenen Sohn der Frau Berg gehört haben. Peter setzte sich auf die Bettkante und blätterte zur nächsten Seite. Da stand noch einmal »Die Heilige Schrift« und dann der Zusatz »Alten und Neuen Testaments übersetzt von Doktor Martinus Luther« und dann noch »Cansteinsche Bibelanstalt«.

In Peters Kopf begannen die Gedanken zu kreisen. Die Bibel hatte zu tun mit Gott und der Kirche und dem Glauben. Das wusste er, aber mehr darüber wusste er nicht. Nur ein einziges Mal in seinem Leben war er in Münsterappel in der Kirche gewesen. Er konnte sich gar nicht erinnern, wie die von innen aussah. Von frommen Sachen hatten die Eltern nichts gehalten. Die waren nie in die Kirche gegangen, und er hatte bei ihnen auch nie eine Bibel gesehen. Die meisten Leute im Dorf hatten sich so verhalten. Nur von dem Ohm fiel ihm ein, dass der jeden Sonntag nach Münsterappel in die Kirche gelaufen war. Die Mutter hatte sich darüber einmal abschätzig geäußert.

Sein Lehrer Lauterbach hatte ganz selten einmal Geschichten aus der Bibel erzählt und von Gott und Schöpfung und von Jesus und Wundern geredet.

Peter kamen plötzlich einzelne Erinnerungen. Der Pfarrer war nur zu den drei Beerdigungen bei ihnen im Haus gewesen. Was er da gesagt hatte, wusste Peter nicht mehr. Dass der viel von Gott oder auch von Jesus gesprochen hätte, daran konnte er sich nicht erinnern.

Der Lehrer hatte immer wieder davon gesprochen, dass das mit der Schöpfungsgeschichte in der Bibel nicht stimmen könnte. Ach ja, so war das gewesen: Die Erde sei nicht geschaffen worden, sondern habe sich entwickelt aus einer Urzelle oder so was Ähnlichem, und der Mensch sei ganz früher einmal ein Affe gewesen, der sich im Laufe einer sehr langen Zeit eben zum Menschen entwickelt hätte. Und das mit Jesus und der Erlösung sei auch Humbug. Der Mensch brauche nicht erlöst zu werden. Er sei gut. Er müsse halt nur auch das Gute wollen und tun. Und wenn es sich als nötig erwies, dann müsse man dem Menschen eben mit Strenge und Strafe zeigen, was gut war.

Wenn das stimmte, dann musste er, Peter Hölcker, ein guter Mensch sein, denn der Lehrer hatte ihn ganz selten strafen müssen, genau genommen eigentlich nie. Mit anderen Jungen des Dorfes hatte der Magister da ganz anders umgehen müssen. Manche hatten alle paar Tage den Rohrstock zu spüren bekommen.

»Suche Jesum und sein Licht, alles andre hilft dir nicht.« Peter las noch einmal den Zettel, der auf der Bibel gelegen hatte. Die kleine Frau Berg war wohl eine fromme Frau, die gedacht hatte, so ein Junge vom Dorf müsse auch ein frommer Mensch sein. Aber das war er nicht, und das mit dem Glauben musste ihn jetzt auch nicht sonderlich interessieren, ging es Peter durch den Kopf. Er steckte den Zettel irgendwo zwischen die Seiten des Buches und schob es in die untere Schublade seines Nachtschränkchens. Nein, das sollte er doch besser nicht tun, ging es ihm plötzlich durch den Kopf. Frau Berg könnte denken, er sei undankbar, wenn sie ins Zimmer kam und die Bibel nicht liegen sah.

»Herr Hölcker, kommen Sie bitte zum Essen«, hörte Peter seine Wirtin rufen. Rasch zog er das Buch wieder hervor und lehnte es auf den kleinen Tisch gegen die Wand. Da war es ihm auch nicht im Weg. Vielleicht würde er doch gelegentlich darin lesen.

Der schlichte Küchentisch war liebevoll gedeckt, »zwar nur bescheiden, aber zur Feier der Begrüßung mit einer bunten Decke«, wie Frau Berg erklärte, als wollte sie sagen, dass das nur in besonderen Fällen so sei. Aber so bescheiden sah das doch gar nicht aus, ging es dem jungen Untermieter durch den Kopf. Zwei hölzerne Brettchen und Messer darauf, frisches dunkles Brot in einem Körbchen, Quark in einer Schüssel, ein wenig Käse, Leberwurst im Glas, Gurken. Das sah doch sogar gut aus.

Während der Mahlzeit sollte der Herr Hölcker seiner Wirtin bitte Rede und Antwort stehen. Frau Berg wollte doch gerne wissen, wen sie denn für die kommende Zeit bei sich aufgenommen hatte. Vor dem Essen aber faltete sie die Hände und sprach ein längeres Tischgebet, in dem sie Gott für die Speisen auf dem Tisch dankte und dafür, dass sie ab heute nicht mehr alleine in der Wohnung sein musste. Auch betete sie für ein gutes Miteinander in der Wohnung und um Segen für alles und besonders für die morgen beginnende Ausbildung des Herrn Hölcker.

Als die Frau endlich Amen gesagt hatte – was dieses Wort auch immer bedeuten sollte –, atmete Peter innerlich auf. Er hatte nie erlebt, dass ein Mensch laut ein Gebet gesprochen hatte. Er wusste auch gar nicht, wie er sich dabei verhalten sollte. Wohin mit den Händen, wohin mit den Augen? In diesen Dingen hatte er überhaupt keine Erfahrung. Na ja, er würde es schon lernen, sich den Gegebenheiten am Bergschen Tisch anzupassen.

»Nun greifen Sie zu, Herr Hölcker, und genieren Sie sich nicht«, ermunterte die Frau ihren neuen Untermieter. »Ich hoffe, Sie sind zufrieden mit dem, was ich Ihnen bieten kann. Zu Hause auf dem Dorf war der Tisch sicher reicher gedeckt.« Was sollte er darauf antworten? Am liebsten würde Peter gar nichts sagen. Aber das wäre unhöflich gewesen. »Es ist alles gut und genug, Frau Berg«, hörte er sich antworten. »Es ist alles reichlich. Zu Hause war es oft sehr knapp für elf Personen.«

Das war jetzt das Stichwort für Frau Berg. Sie zog den jungen Mann in ein Gespräch, an dessen Ende sie einigermaßen Bescheid wusste über die Lebensbedingungen, aus denen ihr Untermieter kam. Der hatte ihr offen und ehrlich Auskunft gegeben und war dann richtig froh, als die gemeinsame Mahlzeit schließlich zu Ende war und er sich in sein Stübchen zurückziehen konnte. Nach irgendwelchen Glaubenssachen hatte Frau Berg übrigens nicht gefragt. Das war auch gut so. Jetzt aber nichts mehr reden und nichts mehr denken, nur noch schlafen und die neue Zeit erwarten, die mit dem Unterricht in der Malerklasse an der Kunstgewerblichen Fachschule morgen begann.

Es wurden gute Jahre für Peter an der Schule mit vielfältigem und abwechslungsreichem theoretischen und praktischen Unterricht an sechs Tagen in der Woche von morgens acht bis in den Nachmittag. Die Wege zur Schule legte der Kunstschüler zu Fuß zurück. Das tat gut, vor und nach dem langen Sitzen im Unterricht. Mit den Lehrern und den Mitschülern kam der Junge vom Dorf gut zurecht. Er war ja schon immer einer gewesen, der sich lieber unterordnete, als dass er sich vordrängte.

Sein Pensum Theorie über Werkstoffe und Werkzeuge, über Farben, ihre Herstellung, ihre Mischung, ihre richtige Verwendung in den verschiedenen Stilepochen auf den wechselnden Untergründen und gemeinsam mit anderen Materialien und über alles mögliche Sonstige, was ein Kunstmaler wissen muss, lernte er mit Fleiß und ohne Schwierigkeiten. Die Prüfungen bestand er mit Bravour. Sein heimischer Förderer, Magister Lauterbach, konnte stolz auf seinen ehemaligen Schüler sein. Und seine Familie auch. Wie die ganze Dorfgemeinschaft. Nur hatte die für solche weltfremden Dinge wie Kunst und Kunstmalerei kaum Verständnis. Der Junge sollte halt seinen Weg gehen und anständig bleiben in der Welt, in der er lebte.

Mit Begeisterung beschäftigte sich Peter auch mit den Werken großer und kleiner Künstler unterschiedlicher Zeiten. Wobei er der gegenwärtigen Kunst nichts Besonderes abgewinnen konnte. Aus der Zeit des Barock und des Rokoko gab es dagegen hervorragende Kunst in der Architektur und Bildhauerei. Am meisten aber in der Decken-, Wand- und Tafelmalerei. Die Fresken des italienischen Meisters Tiepolo faszinierten ihn. Die Bilder des Spaniers Velazquez ebenso.

Vor allem aber hatten es Peter Hölcker die großen Meister der Niederlande angetan. Stundenlang konnte er vor einem Rubens- oder einem Rembrandt-Gemälde sitzen und die üppige Farbigkeit oder das besondere Spiel von Licht und Schatten, von Hell und Dunkel in sich aufnehmen, den schier unendlichen Formen- und Figurenreichtum, die faszinierende Bildgestaltung mit ihrer erstaunlichen Tiefenwirkung aufsaugen. So müsste er malen können! Leider war er mit seinen Fähigkeiten davon unendlich weit entfernt, auch wenn ihm seine Lehrer immer wieder sein außergewöhnliches Talent bestätigten.

Ebenso begeistert war er von Rembrandts Zeichnungen und Radierungen. In manche vertiefte er sich lange und schaute sich die Linienführungen mit der Lupe an. Was hatte dieser Mann mit seinem Stift oder mit der Radiernadel für Kunstwerke geschaffen!

»Nicht neidisch sein, Peter Hölcker«, sagte er sich hin und wieder, »und auch nicht traurig. Du bist wohl eher ein guter Reproduzent als ein Produzent auf dem Feld der Malerei. Aber die muss es ja auch geben. Gute Restaurateure werden immer wieder gebraucht.« Ein solcher würde er wohl eines Tages sein. Darin war der Kunstschüler durchaus zuversichtlich und auch ein Stück weit von sich selbst überzeugt.

Die praktischen Anteile der Ausbildung waren ihm allerdings meistens lieber als theoretisches Lernen. Dabei musste man nicht sitzen, sondern man konnte in Bewegung sein. Dabei musste man auch nicht ernst und schweigend zuhören. Man konnte mit den Lehrern und den Kollegen reden, auch mal scherzen und lachen. Oder herauslassen, was man in seinem Inneren hatte, wenngleich die Arbeit an der Staffelei mit Stift oder Pinsel hohe Konzentration erforderte. Wenn dann der Lehrer mit dem Ergebnis wieder einmal zufrieden war, gab ihm das neuen Auftrieb für die nächste Aufgabe.

Mit Frau Berg kam Peter Hölcker immer sehr gut zurecht. Die liebenswürdige kleine Dame verwöhnte ihn, wie er in seinem Leben noch nie verwöhnt worden war. Das tat ihm einfach gut. Der Tisch war zwar nie besonders üppig, aber stets abwechslungsreich und ausreichend gedeckt. Das Zimmerchen war immer in Ordnung und sauber, und um seine Wäsche brauchte der Untermieter sich auch nicht zu kümmern. Die schmutzige brauchte er nur hinzulegen, nach zwei Tagen fand er die saubere ordentlich versorgt wieder vor. Besser konnte es nicht sein.

Ärgerlich war er darüber, dass die Regelung des Stipendiums so lange auf sich warten ließ und die gute Frau ihr Geld nicht bekam. Im Gegenteil, sie musste ihm immer wieder einmal ein paar Groschen Taschengeld leihen.

»Machen Sie sich da mal keine trüben Gedanken, Herr Hölcker«, meinte Frau Berg jedes Mal, wenn ihr Untermieter ihr wieder sagen musste, dass die Frage des Stipendiums immer noch nicht geklärt sei. »Ich weiß doch, dass ich mein Geld bekomme. Und Sie laufen mir ja auch so bald nicht weg. Also keine Sorge.«

»Nein, Frau Berg, ich laufe Ihnen sicher nicht weg«, gab Peter Hölcker dann jedes Mal zurück. »So gut wie bei Ihnen wird es mir nirgendwo anders gehen. Ich werde mir Mühe geben, Sie nie zu enttäuschen. Ich bleibe, solange Sie mich bleiben lassen oder bis meine Ausbildung zu Ende ist.«

»Daran darf ich gar nicht denken, Herr Hölcker«, kam es dann zurück. »Ich freue mich so, dass Sie hier sind. Ich mag mir nicht vorstellen, wie das wird, wenn Sie einmal wieder gehen.«

Das mochte sich der junge Mann freilich jetzt auch noch nicht vorstellen. Bis dahin floss ja auch noch eine Menge Wasser das kleine Flüsschen Lauter hinunter.

Peter Hölcker wohnte schon einige Monate bei seiner Frau Berg, wie er die alte Dame inzwischen nannte, wenn er mit jemandem über sie sprach, als er ihr endlich das geliehene Geld zurückzahlen konnte. Eines Abends kam sie mit fragendem Blick auf die Bibel zu sprechen, die ihren Platz auf dem kleinen Tisch in der Stube behalten hatte, ohne dass sie bisher aufgeschlagen worden war. Der Zettel steckte auch noch darin.

Der junge Mann wurde ein wenig verlegen, aber er gab zu, dass er bisher nicht in dem Buch gelesen hatte. »Bei uns zu Hause hat niemand nach Gott und dem Glauben gefragt. Ich weiß gar nicht, ob wir überhaupt eine Bibel hatten.«

»Sie müssen sich deswegen nicht entschuldigen, Herr Hölcker«, zeigte Frau Berg Verständnis. »Der Glaube ist nicht jedermanns Ding. Und manche Pfarrer kümmern sich wenig um das Seelenheil ihrer Schäfchen. Dennoch sollten Sie ab und zu in den Evangelien lesen oder in einem der Briefe des Apostels Paulus. Es wird Ihnen nicht schaden. Ich kann Sie dazu nur einladen und ermuntern.«

Peter Hölcker bedankte sich artig für den freundlichen Hinweis, ohne zu versprechen, dass er ihn auch befolgen würde. Im Inneren nahm er sich allerdings vor, der Frau zuliebe die Bibel doch gelegentlich aufzuschlagen und darin zu lesen.

»Hat es Sie eigentlich nie gestört, wenn ich bei den gemeinsamen Mahlzeiten meine Gebete gesprochen habe?«, wollte Frau Berg noch wissen.

Nein, das hatte ihn nie gestört, konnte Peter guten Gewissens antworten. »Manchmal hat mir das sogar gut getan, wenn Sie für meine Ausbildung gebetet haben«, fügte er hinzu.

»Beten Sie nie?«, fragte sie mit einem aufmunternden Blick weiter.

Der junge Mann wich dem Blick aus und umging eine direkte Antwort. »Bei uns zu Hause wurde nicht gebetet. In der Schule auch nicht. Ich habe vor Ihnen nie jemanden beten gehört.«

»Sie sollten es einfach probieren. Es lebt sich leichter, wenn man Gott sagen kann, was einen bewegt. Probieren Sie es aus.«

Peter Hölcker antwortete nicht darauf. Er bedankte sich nur noch für das Essen und die Freundlichkeit dazu und zog sich dann zurück. Das mit dem Beten war nicht seine Sache, aber das musste er seiner freundlichen Wirtin ja nicht so sagen. Nein, sollte sie ruhig weiter ihre Gebete sprechen und ihn auch darin erwähnen. Er selbst brauchte diese Frömmigkeit nicht.

Seiner Gastgeberin zuliebe las Peter vereinzelt mal hier, mal da im Alten oder auch im Neuen Testament. Was er da las, war mal mehr, mal weniger interessant, meistens für ihn unverständlich. Dabei ging es dem jungen Mann auch gar nicht um das Verständnis dessen, was er las. Er konnte gelegentliche Hinweise oder Fragen seiner Wirtin jetzt wenigstens positiv beantworten. Die freute sich und gab sich zufrieden.

Einige Jahre später war Peter Hölcker der Frau dann sogar dankbar, dass sie ihn nie mit Fragen des Glaubens bedrängt, aber ihn ab und an daran erinnert hatte, dass der Mensch Jesus brauchte, um glücklich zu sein.

»Suche Jesum und sein Licht, alles andre hilft dir nicht!« Wie oft der Kunstschüler das Zettelchen mit dem Reimvers gelesen hatte, konnte er später nicht sagen. Er hatte es immer als Lesezeichen benutzt.

»Herr Kunstmaler«

Nach Abschluss seiner Ausbildung blieb Peter Hölcker noch für eine Weile in Kaiserslautern. Er verdingte sich dort bei einem Maler, der sich auf »Restauration und Instandhaltung historischer Gemälde« spezialisiert hatte. Als examinierter Kunstmaler verdiente Peter nun sein erstes eigenes Geld, blieb zunächst noch eine Weile in seinem bisherigen Quartier wohnen und suchte sich dann ein Zimmer, das größer war und in dem er seine Staffelei aufstellen konnte. Er richtete sich am neuen Ort sozusagen ein kleines Atelier ein, zum Leidwesen seiner lieben Frau Berg, die sich doch tatsächlich bei seinem Auszug ein paar Tränen abwischen musste.

In seiner wenigen freien Zeit an den Abenden und an den Sonntagen zeichnete und malte der junge Künstler, was ihm wert war, es festzuhalten. Hier und da konnte er auch im Auftrag ein Porträt malen und verkaufen. Aber was durfte ein Bild kosten? Wie hoch sollte er den Lohn für eine Stunde Arbeit ansetzen? Wie sollte er seine Materialkosten in den Preis einrechnen? Wenn es dafür doch feste Vorgaben gegeben hätte! Peter Hölcker tat sich schwer, seine Arbeit zu berechnen und einen angemessenen Preis zu verlangen. Deshalb kam er auch finanziell auf keinen grünen Zweig. Aber so war der Künstler nun mal, er gab sich auch mit blassgrünen Zweiglein zufrieden. Hauptsache, er konnte seine Miete bezahlen und hatte darüber hinaus sein Auskommen. Seinen Kunden war es recht, wenn die Rechnungen niedrig ausfielen. Wer beklagte sich schon über zu geringe Preise?

Wenige Monate vor der Jahrhundertwende fand sich der Kunstmaler Peter Hölcker dann im fernen Mülheim an der Ruhr wieder. Er war jetzt dreiundzwanzig Jahre alt. Irgendwie war die Nachricht in die Pfalz gedrungen, dass im Schloss Styrum in Mülheim in nächster Zeit umfangreiche Restaurationsarbeiten an Wand- und Deckenfresken ausgeführt werden sollten. Dafür wurden Experten gesucht. Das klang interessant. Er war Experte, hatte sich durch ein gutes Examen qualifiziert und hatte inzwischen auch ein paar Jahre Praxiserfahrung. Warum also nicht an die Ruhr reisen und sich die Sache ansehen? Peter Hölcker nahm Urlaub. In einer Woche sei er wieder zurück. Danach werde er sehen, ob er in der Pfalz bleibe oder ins Rheinland umsiedle.

Zunächst machte er einen Abstecher in sein Heimatdorf, um die Eltern und Geschwister zu sehen, besonders Katharina, für die er immer noch viel Platz in seinem Herzen hatte. Seinen Dorflehrer hätte er auch gerne begrüßt. Der hatte sich aber an einen anderen Ort versetzen lassen. Schade.

Nach einigen Tagen ging es dann weiter mit der Bahn, umständlich und mit häufigem Umsteigen, nach Mülheim.

Es war Abend, als der junge Mann dort ankam und ein wenig unschlüssig im Bahnhofsgebäude stand. Wo unterkommen in dieser fremden Stadt, um nicht unter einer der Ruhrbrücken schlafen zu müssen? Doch wozu gab es seit einigen Jahren die Einrichtung der Bahnhofsmission, die sich um hilfsbedürftige Reisende kümmerte? Allerdings nur um Mädchen. Er war zwar kein Mädchen, aber zumindest heute war er hilfsbedürftig, dachte sich der Ankömmling und versuchte sein Glück bei der freundlichen Frau mit der Armbinde.

Nein, das ginge leider nicht, musste er hören. Sie hätte wirklich nur ein paar Plätze für weibliche Alleinreisende. Aber dort drüben, auf der anderen Seite des Bahnhofsvorplatzes befände sich eine kleine Pension »Bei Helga«. Die sei preiswert und dort könne er auch zu dieser späten Stunde noch ein Bett bekommen.

Peter Hölcker versuchte sein Glück und lag wenig später in einem schönen weichen Bett. Am nächsten Morgen bekam er von einer ebenso drallen wie energischen Frau Helga ein »gutes Mülheimer Frühstück«, wobei ihm unerfindlich blieb, was daran speziell »Mülheimer« sein sollte. Aber was machte es – er konnte sich frisch gestärkt auf den Weg nach Styrum machen, um sich dort nach der angebotenen Arbeit für Restaurateure zu erkundigen.

Weitere zwei Wochen später zog der Kunstmalergeselle und Restaurateur in ein nettes, kleines, möbliertes Zimmer mit Frühstück ein. Die Wirtin war nicht so schlicht und lieb wie seine Frau Berg, und es war auch wohl nicht so einfach mit ihr umzugehen. Die Dame wirkte sehr vornehm und war offenbar ein Pingel, wie man hierzulande Leute nannte, die es mit der Ordnung sehr genau nahmen. Unbedingte Sauberkeit, Ruhe, höfliches, anständiges Benehmen, Verzicht auf Zigarren und Zigaretten, natürlich keine Damenbesuche und so weiter und so fort.

Das alles bereitete dem neuen Untermieter keine Schwierigkeiten. Nur eine Bitte hätte er, wagte der Maler vorsichtig anzumerken. Ob er denn seine kleine Staffelei aufstellen dürfe. Er sei Maler und wolle auch gelegentlich, quasi zum Zeitvertreib, das eine oder andere Bild malen. Vor ihrer Entscheidung über die Frage wollte Frau Koschewski erst wissen, ob er denn auch die Kunst des Porträtmalens beherrsche. Sie habe adelige polnische Vorfahren, erwähnte sie so nebenbei. Die hätten sich allerdings früher mit »sz« in der Mitte und »y« am Ende geschrieben.

»Selbstverständlich bin ich auch Porträtmaler«, konnte Peter guten Gewissens versichern.

»Und würden Sie von mir ein Porträt malen?«, flötete die Dame.

»Sehr gerne, gnädige Frau«, nahm der Mann den Auftrag bereits an, als wäre er tatsächlich schon erteilt. Das schöne helle Zimmer wollte er unbedingt haben.

»Koschewski«, wiederholte sie ihren Namen polnischen adeligen Ursprungs. »Gut, Herr Kunstmaler. Wie ist doch gleich Ihr Name?«

»Hölcker, mit ›ck‹ in der Mitte.«

»Gut, Herr Hölcker, Sie können bei mir wohnen. Aber decken Sie den Fußboden ab, wenn Sie malen. Flecken auf den Dielen oder gar auf dem Teppich ertrage ich nicht.«

»Sie werden nicht unter Flecken auf den Dielen oder gar auf dem Teppich zu leiden haben, gnädige Frau«, versicherte er und trug sein Gepäck schon ins Zimmer. Hier konnte er bleiben. Die pingelige Frau Koschewski würde er schon gerne gelegentlich porträtieren, wenn sie ihm nur sonst seine Ruhe ließ. Und die Dielen und den Teppich wollte er gerne besonders schonend behandeln.

Die nächsten Wochen verliefen für Peter Hölcker wunderbar. Tagsüber stand er mit Lust und Freude zusammen mit Martin, einem jungen Mann aus der Kohle- und Stahlstadt Bochum, auf seinem Gerüst im Jagdzimmer des Schlosses. Später arbeitete er noch für eine Stunde am Porträt seiner Vermieterin, nachdem er vor dem Nachhausekommen in einer kleinen Gaststätte in der Nähe seine Abendmahlzeit eingenommen hatte. Mittags aß er nur ein Brot, das er sich vom Frühstückstisch mitnehmen durfte. »Denken Sie, Sie hätten das Brot noch hier gegessen«, gewährte Frau Koschewski diese besondere Gunst. Sie war ja auch sehr zufrieden mit dem netten jungen Künstler, der sie so wunderbar malen konnte. Ihre Freundinnen würden sicher sehr neidisch sein.

Dann kam eine Zeit, in der der Maler mit seinen Gedanken weniger mit seiner momentanen Aufgabe als mit einer ganz anderen Sache beschäftigt war. Da hatte ihm sein junger Kollege auf dem Gerüst eine Einladung zugesteckt. »Komm in den CVJM!«, stand auf dem Zettel, dazu nur noch eine Adresse und der Hinweis, dass es da dienstags und freitags Gruppenabende für junge Männer gebe. Und dann stand da noch ein Satz, sogar kalligraphisch gestaltet. Peter Hölcker hatte seinen Augen nicht getraut. »Suche Jesum und sein Licht, alles andre hilft dir nicht!« Den Satz kannte er doch. Den hatte er doch schon x-mal gesehen, damals bei seiner Frau Berg auf dem Lesezeichen für die Bibel, in der er so selten gelesen hatte. Was hatte das wohl zu bedeuten, dass ihm hier wieder dieser fromme Reim in die Hände kam?

»Wat hocks de Pfälzer den ganzen Abend auf deine Bude un quäls immer noch dein' Pinsel für deine Frau Koschewski, oder wie die heiß? Du solltes ma lieba mit mir inne CVJM gehn«, meinte sein Kollege Martin am nächsten Tag in der Mittagspause. Ob der auch richtiges Deutsch reden konnte?

»CVJM? Ich hab deinen Zettel gelesen. Was ist das, CVJM?«, offenbarte Peter seine Unkenntnis.

»CVJM kenns de nich? Is woll noch nich bis in die Pfalz vorjedrungen. Warte, ich erklär dir's. C steht für christlich, V steht für Verein, J steht für jung, und M für Männer. Christlicher Verein junger Männer. Dat heiß CVJM.«

»Christlicher Verein junger Männer?« Peter wurde neugierig. »Was macht ihr da einen ganzen Abend, wenn ihr zusammenhockt?«

Martin gab gerne Auskunft. »Wir singn zusamm, son richtigen Männergesang. Ich sach dir, dat tönt, mi'm Hans am Klavier. Dann lesen wir inne Bibel, un der Albert erklärt, wat da steht. Dann singn wir noch mal, un dann wird jebetet. Un dann isset meist spät un Zeit für nach Hause un ab in de Heia.«

»Ich bin aber doch gar nicht fromm.«

»Kannse aber werdn, Kumpel. Kann nich schaden.«

»Wann ist der nächste Abend?«

»Hört sich schomma gut an, wenne so frachs, Peter. Dienstach un Freitach is Jungmänneramd, haste doch jelesen. Heute is Donnerstach. Also morjen Abend. Ich hol dich ab. Kommse also mit? In Ordnung?«

»In Ordnung, Martin, ich komme mit. Weil du so ein guter Kollege bist, tu ich dir den Gefallen.«

»Kollege? Warum sachse einlich immer Kollege? Bei uns heiß dat Kumpel. Verstehste? Kollege is wat für höhere Leute.«

»Also gut, Kumpel«, gestand Kumpel Peter zu. »Das muss einem ja auch erst mal gesagt werden. Dabei sind wir doch eigentlich höhere Leute hier oben auf unserem Gerüst.«

»Haha, bis wohl 'n Spaßvogel. Ich mein dat wie bessere Leute vonne Behörde oder so.«

Peter Hölcker lächelte. Ein netter Kerl, dieser Kumpel Martin, musste er denken. Wir könnten Freunde werden.

Am nächsten Abend saß Peter im Kreis von vielleicht zwanzig jungen Männern zwischen sechzehn und sechsundzwanzig, wurde von Albert, dem Leiter, und den anderen freundlich und neugierig begrüßt, gab dann auch gerne Auskunft zu seiner Person und Geschichte und ließ sich in einen Abend hineinnehmen, wie er nie zuvor einen erlebt hatte.

Mit welcher Ernsthaftigkeit und zugleich Fröhlichkeit diese Burschen ihre christlichen Lieder sangen, mit welcher Wissbegier und Hingabe die an den Lippen ihres Leiters hingen und mit welcher Inbrunst die am Ende freie Gebete sprachen und sich dabei auch gar nicht von dem Neuen in der Runde stören ließen! Peter war beeindruckt.

Er fühlte sich an seine Frau Berg erinnert und ihre Art, vor dem Essen zu beten. Er erinnerte sich auch wieder an ihre sanften Ermahnungen, doch ab und zu in der Bibel zu lesen. Und ihm ging der Refrain dieses Liedes nicht mehr aus dem Kopf: »Suche Jesum und sein Licht, alles andre hilft dir nicht!« Das Lied war wohl so etwas wie die Hymne dieses CVJM-Kreises. Es wurde nämlich am Anfang und am Ende des gemeinsamen Abends gesungen.

Peter musste für sich selbst zugeben, dass er wohl ein Heide war. »Wer nicht nach Gott fragt, ist ein Heide«, hatte Albert gesagt. Er, der Junge aus dem Appeltal, hatte bisher nie nach Gott gefragt. War er eigentlich als Kind getauft? Er wusste es nicht.

Konfirmiert war er jedenfalls nicht. In seinem Dorf waren Gott und Glaube kein Thema gewesen. Nicht in der Familie, nicht in der Schule, in seinem ganzen bisherigen Leben nicht. Was hatte der Pfarrer von Münsterappel eigentlich gemacht, wenn Gottesglaube in seiner Gemeinde kein Thema gewesen war? Den hatten solche Dinge offenbar nie wirklich interessiert, und deshalb hatte er auch kein Interesse bei seinen Gemeindegliedern dafür geweckt. Auch nicht bei ihm, Peter Hölcker, der wegen dieser Versäumnisse zum Heiden geworden oder ein Heide geblieben war. Der Ohm, der alte Ziegenhirte, musste eine Ausnahme gewesen sein, dass der immer wieder in die Kirche gegangen war. Was hatte der sich da wohl geholt?

Diese Gedanken ließen den jungen Mann nicht mehr los. Sie beschäftigten ihn am Samstag und Sonntag so sehr, dass er schon am Montag nach seinem ersten CVJM-Abend Martin nach einer Bibel fragte.

»Wat, du has keine Bibel? Dat kann doch nich wahr sein.« Martin war richtig entsetzt über Peters Frage. »Un dat daaf nich so bleim. Dat nächste Mal im Kreis kriechste ne Bibel, Kumpel. Dat sach ich dir. Versprochen!«

Peter bekam seine Bibel, und er las ab sofort in jeder freien Minute in diesem Buch, als gälte es einen Preis zu gewinnen. Zuerst las er nach dem Rat vom Leiter des CVJM das Evangelium nach Johannes und vor allem den ersten Brief dieses Jüngers. Um Texte aus diesem Buch des Neuen Testaments ging es nämlich zurzeit an den Abenden im »Verein«, wie die Teilnehmer ihren Kreis selbst bezeichneten. Und der Albert hatte eine feine Art zu erklären, was da stand über die Liebe Gottes und den Sohn Gottes und den Glauben an ihn.

Am nächsten Vereinsabend sollte es um das fünfte Kapitel dieses Briefes gehen, über die »Liebe Gottes und die Liebe zum Bruder«. Peter las schon einmal, was da stand. Gute Sätze, schwierige Sätze, die kaum zu verstehen waren, und dann wieder ganz einfache, die einem sofort einleuchteten: »Das ist die

Liebe zu Gott, dass wir seine Gebote halten; und seine Gebote sind nicht schwer.« – »Wer Gott nicht glaubt, der macht ihn zum Lügner.« – »Wer den Sohn Gottes hat, der hat das Leben; wer den Sohn Gottes nicht hat, der hat das Leben nicht.«

Glaubte er an Gott? Hielt er seine Gebote? Hatte er Leben? Hatte er keins? Er lebte doch, gesund, fröhlich und zufrieden. Aber hier war ja wohl von einer anderen Art Leben die Rede. Der Albert und die anderen im Kreis schienen dieses Leben zu haben. Brauchte er das auch?

Solche Fragen verfolgten Peter tags bei der Arbeit und nachts in seinen Träumen. Er konnte den nächsten Jungmännerabend kaum erwarten. Er brauchte Antworten, und er brauchte sie ganz dringend. Eher käme er wohl innerlich nicht wieder zur Ruhe.

Und dann dauerte es nicht einmal vom Freitag bis zum nächsten Dienstag, und Peter Hölcker hatte die Antworten auf seine Fragen erhalten und seine eigene Antwort gegeben.

Martin lud ihn am Samstag zu einem besonderen Gottesdienst in die Styrumer Kirche ein. Die Predigt würde ein gewisser Ernst Modersohn halten, ein junger Pastor von noch nicht einmal dreißig Jahren, der in christlichen Kreisen bereits einen besonderen Namen hatte. Den müsse er sich unbedingt anhören. Der Mann könne vielleicht predigen! Der hätte was zu sagen mit Feuer und Vollmacht. Was auch immer das war.

Warum sollte er nicht hingehen? Peter ließ sich sogar gerne einladen und von Martin abholen. Die beiden junge Leute setzten sich im Kirchenschiff der Kanzel gegenüber, damit sie gut hören und sehen konnten. »Dat Auge hört mit«, gab Martin zur Begründung an.

Was nach dem und für den Neuling beeindruckenden liturgischen Teil des Gottesdienstes mit seinen Gesängen und Lesungen dann in der Predigt kam, war schon sehr ungewöhnlich. Dieser Mann da oben auf der Kanzel in seinem schwarzen Gewand mit dem komischen weißen Kragen begann in feurigen und eindrücklichen Worten über 1. Johannes 5,12 zu reden: »Wer den Sohn Gottes hat, der hat das Leben; wer den Sohn Gottes nicht hat, der hat das Leben nicht.«

Das sollte doch das Thema im Verein am kommenden Dienstag sein. War das Zufall, dass der Text hier heute gepredigt wurde? Oder hatte Gott seine Hand im Spiel und ließ den Prediger ganz speziell für den Pfälzer Maler diese beiden Sätze auslegen? Sollte die lebenswichtige Einladung am Ende der Predigt nur für ihn ausgesprochen werden, und das auch noch mit dem bereits bekannten Liedvers? Peter in seiner Kirchenbank hing an den Lippen des Predigers.

»Seele, was ermüd'st du dich
in den Dingen dieser Erden,
die doch bald verzehren sich
und zu Staub und Asche werden?
Suche Jesum und sein Licht,
alles andre hilft dir nicht.

Sammle den zerstreuten Sinn,
lass ihn sich zu Gott aufschwingen,
richt ihn stets zum Himmel hin,
lass ihn in die Gnad eindringen.
Suche Jesum und sein Licht,
alles andre hilft dir nicht.«

»Darum, lieber Zuhörer«, schloss Ernst Modersohn seine Predigt, »bleib nicht im Tode, sondern wähle das Leben. Bleib nicht in den vergänglichen Dingen dieser Erde, sondern wähle Jesus. Er gibt dir Leben, ewiges Leben. Er selbst ist das Leben. Komm, junger Mensch, der du noch immer zögerst. Bleib nicht in der Finsternis, sondern wähle Jesus. Er gibt dir Licht. Er selbst ist das Licht. Komm! Komm jetzt! Gelobt sei Gott. Amen. Und der Friede Gottes, welcher höher ist denn alle Vernunft, bewahre eure Herzen und Sinne in Christo Jesu. Amen.«

Peter Hölcker fiel es wie Schuppen von den Augen: Diese Einladung war für ihn gesprochen, für ihn ganz persönlich. Und er musste ihr folgen. Er musste kommen. Er wollte kommen. Er wollte und musste diesen Frieden Christi haben. Noch hier und heute in dieser Kirche.

»Ich muss mit dem Pastor sprechen. Dringend«, flüsterte er Martin zu.

»Der steht gleich anne Ausgangstür. Kanns ihn ansprechen«, flüsterte Martin zurück. Dann setzte auch schon die Orgel mächtig ein, und Peter sang, innerlich sehr bewegt, die Strophen mit, die er aus dem Verein bereits kannte:

»Du verlangst oft süße Ruh,
dein betrübtes Herz zu laben:
eil zum Lebensquell hinzu,
da kannst du sie reichlich haben.
Suche Jesum und sein Licht,
alles andre hilft dir nicht.

Du bist ja ein Hauch aus Gott
und aus seinem Geist geboren,
darum liege nicht im Tod!
Bist du nicht zum Reich erkoren?
Suche Jesum und sein Licht,
alles andre hilft dir nicht.

Nahe dich dem lautern Strom,
der vom Thron des Lammes fließet,
und auf die, so keusch und fromm,
sich in reichem Maß ergießet.
Suche Jesum und sein Licht,
alles andre hilft dir nicht.«

Nach dem Segen drängte Peter Hölcker zum Ausgang, um den dort wartenden Prediger dieses wirklich besonderen Gottesdienstes ja nicht zu verpassen. Pastor Modersohn nahm sich auch gleich des jungen Mannes an, um ihm in der Sakristei dabei zu helfen, sein Leben in Gottes Hand zu legen, und ihn für einen guten Weg des Lichtes und des Lebens zu segnen. Danach verließ ein strahlender Peter die Kirche, um seine Freunde vor der Kirche zu suchen.

Wurde das ein Hallo der jungen Männer, die mit Martin draußen auf ihn warteten! Jetzt war Peter nicht mehr nur Kumpel, jetzt war er Christ und deshalb auch ihr Bruder. Das musste mit einem dreifachen »Hoch« und herzlichen Gratulationen gewürdigt werden. Halleluja!

Noch am selben Tag stellte Peter sich an seine Staffelei, um zur Erinnerung an diesen Tag eine Kalligraphie zu zeichnen. Das Predigtwort dieses Sonntags sollte ihm hinfort immer vor Augen stehen. Auch andere sollten es lesen und ihn nach seiner Bedeutung fragen können: »Wer den Sohn Gottes hat, der hat das Leben; wer den Sohn Gottes nicht hat, der hat das Leben nicht« (1. Johannesbrief 5,12).

Sein äußeres Leben brauchte Peter Hölcker, der demnächst vierundzwanzig wurde, nicht wesentlich zu ändern. Das war noch nie spektakulär gewesen, geschweige denn wild und ausschweifend. Leichtsinn und Oberflächlichkeit waren ihm fremd. Er hatte schon immer sehr einfach gelebt, zunächst schlicht bäuerlich, dann bescheiden bürgerlich und gediegen und immer ehrlich. Das sollte auch so bleiben.

Sein inneres Leben richtete er allerdings nach und nach neu aus. Vor allem zwei Dingen gab er viel Platz in seinem Denken und Empfinden. Das eine war die Frage nach dem, was Gott von ihm und für ihn wollte. Nach Gottes Willen sollten künftig seine Werktage und seine Sonntage gestaltet werden. Diese Frage nach Gottes Willen für ihn wurde zum ersten und wichtigsten Gebet nach dem morgendlichen Aufwachen.

Das andere war der Dank für alles, was er aus den Händen Gottes empfing und annahm, war es nun klein und unscheinbar oder auch groß und bedeutsam, schien es nach außen vorteilhaft und gut oder auch schlecht und eher von Nachteil. Gott machte es recht. Diese Denkweise bestimmte künftig seine Zeit vor dem Einschlafen.

Sein Denken, Tun und Lassen zwischen diesen Eckpunkten des Tages stellte der junge Christ damit unter die Herrschaft seines Herrn Jesus Christus. In der Abhängigkeit von ihm und in der Verantwortung vor ihm das irdische Leben zu gestalten, wurde für das neue von der Ewigkeit her bestimmte Leben am Ende des alten Jahrhunderts und dann im neuen sein wichtigstes Anliegen.

Vier Jahre blieb Peter Hölcker in Mülheim an der Ruhr. Vier Jahre wohnte er bei Frau Koschewski, die immer entgegenkommender wurde und ihre pingelige Art mehr und mehr ablegte. Die Porträts, die ihr junger Herr Kunstmaler für die Verwandtschaft polnischer adliger Herkunft anfertigte – meist ohne Entgelt, versteht sich, zuweilen aber auch gegen ein großzügiges Taschengeld –, taten das Ihre dazu, dass das Miteinander in der Wohnung an Offenheit, Freundlichkeit und Großzügigkeit zunahm. Die Einschränkungen blieben auf den Genuss von Zigarren und Zigaretten begrenzt, und Frauenbesuche gab es weiterhin auch nicht. Es gab aber auch kein weibliches Wesen, das Peter Hölcker zu sich hätte einladen wollen. Sein Herz war frei. Noch war es frei. Gott würde ihm zeigen, wer es einnehmen sollte.

Dafür kamen immer wieder einmal einige der Freunde vom CVJM zum gemeinsamen Bibellesen oder auch nur, um ein Schwätzchen zu halten und vielleicht ernsthaft über die Fragen der Zeit zu sprechen, wie man sie den Zeitungen entnehmen konnte.

An den Wochenenden taten sich häufig einzelne Jugendliche

zusammen, manchmal auch der ganze Verein unter Alberts Leitung, um zu Wasser und zu Land die Freizeit miteinander zu verbringen. Bootsfahrten auf der Ruhr und Wanderungen hinein in die Ruhr- und Rheinstädte oder ins Bergische Land bestimmten manches Wochenende, ähnlich den Aktivitäten der Wandervogel-Bewegung. Glückliche Zeiten einer fröhlichen christlichen Jugend.

Schade, dass alles einmal ein Ende hat, auch die Zeit für Peter Hölcker an dieser bisher wichtigsten Station seines Lebens. Der Auftrag im Schloss Styrum war abgeschlossen. Ein neuer tat sich im Ruhrgebiet für ihn als Kunstmaler und Restaurateur nicht auf.

Sein alter Lehrer und Ausbilder Thiel aus Kaiserslautern, mit dem er noch im brieflichen Kontakt stand, hatte ihm einen Zeitungsausschnitt mit dem Gesuch eines Malers in Saarbrücken geschickt. Ob das vielleicht etwas für ihn sei? Beim betenden Nachdenken, wie er damit umgehen sollte, kam Peter ein Vers aus dem 16. Psalm vor die Augen: »Das Los ist mir gefallen aufs Liebliche; mir ist ein schön Erbteil geworden«, stand da.

War es das? Ja, das war es. Peter Hölcker war sich plötzlich sicher, dass dieser Vers Gottes Antwort auf seine Frage war. In großer innerer Ruhe schrieb er einen Brief an die angegebene Anschrift und bat um Anstellung als »Maler und Restaurateur«. Abschriften seiner Zeugnisse und Beurteilungen legte er bei und gab ihn zur Post. »Gott, du machst es richtig. Wenn diese Stelle mein Platz ist, gehe ich nach Saarbrücken. Lass mich bitte nur nicht zu lange auf Antwort warten«, betete er und legte die Sache in Gottes Hand. Wie hatte doch dieser junge Pastor Ernst Modersohn kürzlich in einer Predigt gesagt? »Zur Stärke des Glaubens gehört, dass man den Ausgang einer Sache Gott überlässt.«

Vier Wochen später saß der junge Kunstmaler und Restaurateur mit all seiner Habe, die immer noch in zwei große Koffer passte, in der Bahn, um neuen Aufgaben entgegenzureisen. Um seine Freunde im Mülheimer CVJM und in der Gemeinde in Styrum tat es Peter Hölcker schon ein wenig Leid. Aber er würde auch am neuen Ort Freunde finden. Auch in Saarbrücken gab es Leute, mit denen er seinen Glauben teilen konnte. Da war er sich sicher.

Frau Koschewski musste sich nun jemand anderen suchen, der ihr die Geburtstags- und Weihnachtsgeschenke malte. Die vornehme Dame trauerte sicherlich ihrem Mieter mehr nach als der seiner Vermieterin. Vor einiger Zeit hatte er ihr eine Bibel geschenkt. Vielleicht würde sie in der Erinnerung an ihn ab und an darin lesen.

II.
Das Mädchen mit den dunklen Zöpfen

Ankommen in der Fremde

So trüb wie dieser Spätsommertag im Jahre 1893, so trüb war die Stimmung der elf Reisenden, die sich auf der gepflasterten Landstraße an der Saar entlang dem Ortsrand von St. Arnual näherten. Gott sei Dank, jetzt war es bis nach Saarbrücken und dem Ende ihrer Reise nicht mehr weit! Auf der Straße dorthin zogen zwei Kaltblüter einen großen Wagen, eine Art Kremser, der in der vorderen Hälfte hinter dem Bock mit einer grauen Plane überdacht, hinten aber offen war. Auf dem Bock saßen ein alter Kutscher, dem die Pfeife nicht ausging, und ein parfümierter junger französischer Gendarm, der den Rauch nicht leiden mochte. Den beiden konnte man es von den Gesichtern ablesen, dass sie gar nicht gerne nebeneinander unterwegs waren. Von Anfang an hatte ihr gemeinsamer Auftrag ihnen die Laune verdorben. Warum musste dieser Alte ständig seine Pfeife qualmen lassen? Und warum musste der Junge so penetrant nach Parfüm stinken? Das Wetter verbesserte ihre Stimmung auch nicht gerade. Es regnete zwar nicht richtig, aber in der Luft hing ein grauer, nasser Nebel. Ein Glück, dass die Fahrt wenigstens ohne Zwischenfälle verlief.

Die Ursache für den Missmut der beiden ungleichen Männer auf dem Kutschbock war ein Umzug. Sie hatten mit ihrem Wagen eine neunköpfige Familie vom lothringischen Saaralben auf deutsches Gebiet zu bringen. Weshalb das sein musste, hatte ihnen niemand erklärt. Auch ihre Fahrgäste nicht, für die sie unterwegs waren. Der Fuhrmann wusste nicht mehr als seinen Auftrag, die Leute und ihr Gepäck zu transportieren. Der Gendarm sollte die Reise begleiten und dafür sorgen, dass die Leute auch gut an ihrem Ziel ankamen und nicht unterwegs vielleicht den Fuhrmann zwangen, die Richtung zu ändern, oder es vorzogen, doch lieber ganz wieder umzukehren. Denn ihr Umzug war kein freiwilliger. Die Hintergründe dieser Geschichte aber kannte der Gendarm nicht.

So saßen die beiden Männer meistens einander stumm ertragend auf ihrer harten Kutscherbank und ließen den beiden grauen Wallachen die Zügel locker. Ganz selten wechselten sie ein paar Worte. Vielleicht lag das ja auch daran, dass der Kutscher Deutsch und der Gendarm Französisch sprach und ihre jeweiligen Nationen gut zwanzig Jahre nach dem deutsch-französischen Krieg und der Schlacht am Spicherer Berg nicht unbedingt befreundet waren. Zumindest nicht in dieser Gegend. Jetzt ausgerechnet noch am Fuß dieses Berges vorbeizufahren, weckte natürlich Erinnerungen, zumindest bei dem Älteren der beiden. Der Gendarm war damals noch ein Kind gewesen.

Ab und zu gab der Kutscher ein Kommando und ließ die Peitsche knallen, um seine Pferde anzutreiben oder sie in der richtigen Spur zu halten, obwohl es meistens sowieso nur geradeaus ging. Mit den Menschen hinter ihren Rücken sprachen sie noch weniger als miteinander, nämlich überhaupt nicht.

Dort unter der Plane befanden sich in der Mitte ein Lager aus Strohsäcken und an den Seiten schmale Sitzbänke. Der Platz war recht eng für die neun Personen der Familie. Der Vater war offensichtlich krank, die deutlich jüngere Mutter schwanger. Der Älteste der Kinderschar war vierzehn Lenze alt, seine sechs Geschwister folgten ihm im Abstand von jeweils etwa zwei Jahren. Streckenweise waren die größeren Kinder schon mal hinter dem Wagen hergegangen, jetzt aber, wo sie sich ihrem Ziel nach fast sechsstündiger Fahrt endlich näherten, mochte keins von ihnen mehr zu Fuß gehen. Sie waren zu müde und froh, dass die beiden Kaltblüter immer noch das Gefährt zogen.

Dicht gedrängt saßen jetzt alle neun auf Holz oder Stroh vorne im Wagen unter der Plane. Der übrige Teil war mit einer Reihe großer und kleiner Kisten und Koffer und einigen wenigen Möbelstücken beladen. Wenn das der gesamte Hausstand der Familie Wahrenberg war, konnten sie nicht zu den Reichen gehören. Es sei denn, sie hätten ihren übrigen Besitz vor dem Umzug verkauft. Hätten die Leute zu den Wohlhabenden gehört, wären sie sicher auch anders gekleidet gewesen. Die Armut und die Not schauten ihnen deutlich aus den Kleidern, die sie trugen. Und hätten die beiden Männer vorne auf dem Kutschbock hingehört, hätten sie manches Magenknurren von hinten vernommen. Denn wirklichen Reiseproviant hatten die letzten Vorräte in der verlassenen Wohnung in Saaralben nicht mehr hergegeben. Die hungrigen Mäuler mussten sich für die Reise mit ein paar trockenen Brotkanten zufrieden geben.

Beim ersten Tageslicht waren die Eltern Wahrenberg mit ihren sieben Kindern von dem Fuhrmann und dem begleitenden Gendarm abgeholt worden. Die beiden hatten angegeben, noch vor Dunkelheit wieder zurück sein zu wollen. Was sie auch schaffen konnten, wenn es in Saarbrücken für sie keinen besonderen Aufenthalt gab. Dort wollten sie bis kurz nach Mittag eintreffen.

Also fuhren sie fast ohne Aufenthalt bis Saarbrücken, auf den Platz vor dem Rathaus in der Nähe des Schlosses, und ließen unverzüglich absteigen und abladen. Ihren Pferden gönnten sie nur eine kurze Pause für eine Futterration aus den Hafersäcken unter ihren Mäulern. Dann tränkten sie die Tiere noch aus dem nahen Brunnen und machten sich sofort wieder auf den Rückweg. Der Gendarm drückte dem Vater der Familie zuvor noch einen Umschlag in die Hand mit der Maßgabe, sich im Rathaus zu melden und den Brief abzugeben. Die dort seien ab sofort für sie zuständig. Für ihn war der Auftrag damit erledigt.

Den Wahrenbergs blieb nur, mit Wehmut zuzusehen, wie der Reisewagen vom Platz fuhr und um die Südecke des Schlosses verschwand. Hier standen sie nun, von vielen jungen und alten Passanten begafft, und wussten für den Moment nicht, wie es für sie weiterging und woher sie etwas für ihre hungrigen Mägen bekamen. Auf dem Platz wurden gerade die letzten Marktstände abgebaut. Hier gab es also nichts mehr. Und wo sie für die nächste Nacht unterkommen konnten, wussten sie noch weniger.

»Was machen wir jetzt, Mutter?« Die so in die Ratlosigkeit hinein fragte, war die zwölfjährige Auguste Dorothee Luise, ein resolutes Mädchen mit dunklen Zöpfen, das seiner auffallend jungen Mutter wie aus dem Gesicht geschnitten war. Jetzt bestürmten die Kinder die Eltern mit vielen Fragen. Sie hatten Hunger und ihnen war kalt. Für ein paar Augenblicke hörte es sich in dem kleinen Haufen Menschen an wie in einem Hummelschwarm. Alle redeten durcheinander, so dass die Vorübergehenden erst recht stehen blieben, um zu erfahren, was mit diesen Leuten wohl los sei, die wie Strandgut an einem unbekannten Ufer zurückgelassen schienen.

Die Mutter – sie war offenbar die Tonangebende in dieser Familie – ordnete Ruhe an und erklärte: »Als Erstes danken wir Gott, dass wir jetzt hier sind. Dann bitten wir ihn, dass er uns weiterhilft. Dann gehe ich ins Rathaus und gebe den Brief ab und frage, wie es weitergeht. Ihr seid brav und haltet Ruhe und wartet. Denkt dran, euer Vater darf sich nicht aufregen. Verstanden?«

»Ja, Mutter!«, »Verstanden, Mutter!«, kam es aus mehreren Mündern gleichzeitig. Dann falteten alle wie selbstverständlich die Hände, auch der Vater, der vorher wie teilnahmslos auf einem Gepäckstück gesessen hatte, und die Mutter sprach laut ein Gebet. Alle bestätigten es mit ihrem lauten Amen, sogar die Kleinen schon.

Merkwürdige Leute, mochte mancher Vorübergehende denken. In einer solchen Situation ein Gebet? Und das mitten auf der Straße und laut gesprochen von einer Frau?

»Darf ich mitgehen, Mutter?«, fragte Auguste. »Vielleicht kann ich dir helfen?«

»Was willst du mir helfen, Kind? Bleib und pass auf Agnes auf«, erwiderte die Frau und änderte im selben Atemzug ihre

Meinung. »Du hast Recht, Auguste, komm doch mit und nimm Agnes auf den Arm und Henner an die Hand. Ich glaube, das kann hilfreich sein, wenn die Kleinen dabei sind. Frieder«, die Mutter schaute ihren Vierzehnjährigen an, »du passt auf die Sachen auf und auf die Kleinen. Vater braucht Ruhe. Wir vier gehen.«

Damit wandte sie sich zum Rathaus und ging mit festen Schritten die Stufen hinauf. Auguste mit der zarten und blassen Agnes auf dem Arm und mit Henner an der Hand folgte ihr. Wie würde es jetzt weitergehen?

Lange hielt der Mann in der Amtstube den Brief, den Luise Wahrenberg ihm übergeben hatte, in der Hand. Wortlos runzelte er die Stirn, verzog den Mund, zuckte mit den Schultern und schaute zwischen der Mutter und ihren drei Kindern hin und her, die plötzlich seine kleine Amtsstube füllten. Er schien darüber nachzudenken, wie er sich jetzt verhalten sollte.

Die Frau ergriff als Erste die Initiative. »Ich möchte den Herrn Bürgermeister sprechen«, verlangte sie mutig.

»Der Herr Bürgermeister Feldmann ist nicht für jeden zu sprechen«, gab der Beamte zurück. »Bestimmt nicht für solche hergelaufenen Leute wie Sie.« Der Mann schaute missmutig drein, seine Stimme klang barsch. Wie konnte die Frau eine solche Bitte äußern!

»Ich bin nicht jeder, mein Herr«, baute die sich vor dem offenbar Ratlosen auf, »und schon gar nicht eine ›solche Hergelaufene‹. Ich bin Luise Wahrenberg, verheiratet mit einem Mann, dem die Arbeit in der Fabrik die Gesundheit zerstört hat. Und ich bin Mutter von sieben Kindern. Wir brauchen ein Quartier, und meine Kinder haben Hunger. Oder sollen wir neun Menschen uns draußen vor dem Rathaus auf dem Pflaster niederlassen und die Leute anbetteln?«

Jetzt schien der Beamte überrascht. »Es hat Sie niemand gerufen. Warum sind Sie nicht in Saaralben geblieben? Da hatten

Sie doch Ihr Quartier und sicher auch Ihr Essen. Warum gehen Sie nicht überhaupt zurück nach Westfalen, wo Sie ja wohl ursprünglich hergekommen sind?«

»Ihre Beschwerde richten Sie bitte an die Verwaltung in Lothringen. Wir haben uns dort nichts zu Schulden kommen lassen, außer dass wir Deutsche sind und …«

»… und dass Sie mit neun Personen den Leuten nichtsnutzig und faul auf der Tasche gelegen haben«, unterbrach sie der Mann ärgerlich.

Luise Wahrenberg wollte diesen Vorwurf natürlich nicht auf sich sitzen lassen. Der Zorn über die Bemerkung trieb ihr die Röte ins Gesicht. »Erklären Sie mir bitte, wie eine Familie leben soll, wenn dem Ernährer wegen der Salze und Dämpfe aus den Siedeöfen die Luft wegbleibt und der Körper kaputt ist und er nicht mehr arbeiten kann? Und erklären Sie mir bitte auch, wie eine Mutter von sieben Kindern …«

»Er muss das nicht erklären, Mutter«, mischte sich jetzt ihre Zwölfjährige ein. »Du wolltest doch den Herrn Bürgermeister sprechen. Der hat sicher ein Herz für arme Leute. Dieser Mann hat keins.«

Die mutigen Worte des Mädchens beeindruckten den Beamten, und er wurde plötzlich unsicher. »Warten Sie hier«, beschied er sie jetzt und verließ den Raum, den Brief in der Hand.

»Das hast du gut gemacht, Kind«, lobte die Mutter das Mädchen. »Der Mann spricht sicher jetzt mit dem Bürgermeister.«

»Und der gibt uns dann ein Quartier. Das hat Gott bestimmt schon vorbereitet«, war sich Auguste sicher, »und dann kriegen Agnes und Henner endlich auch was zu essen.«

»Du hast doch sicher auch Hunger, mein Kind«, sorgte sich Luise und nahm der großen Tochter Agnes ab. Die schlang ihre zarten Ärmchen um den Hals der Mutter und begann zu weinen. »Agnes will essen«, schluchzte sie, »und trinken. Henner hat auch Hunger, Mutter.« Aus Sympathie zu seiner Schwester fing der Vierjährige jetzt auch an zu weinen.

»Nun beruhigt euch mal wieder, ihr beiden«, versuchten Mutter und große Schwester zu trösten. »Ihr bekommt bald etwas zu essen und zu trinken. Passt auf, gleich kommt der Mann zurück und sagt uns, wie es weitergeht.« Die beiden hatten schon noch eine Weile zu tun, die Kleinen zu beruhigen und die Tränen abzuwischen. Schließlich gelang es ihnen aber doch.

Als der Beamte zurückkam, hatte auch das letzte Schluchzen aufgehört. Gespannt schauten ihm die vier Bittsteller entgegen.

Der Mann war wie umgewandelt. »Danken Sie Gott, dass der Herr Bürgermeister Feldmann ein großherziger Mensch ist«, begann er seine Rede. »Sie bekommen im Armenhospiz an der Ludwigskirche zwei Zimmer zugewiesen, die vor ein paar Tagen frei geworden sind. Ein Amtsdiener bringt Sie hin. Morgen Vormittag kommen Sie wieder hierher, damit Sie sich ordentlich anmelden können. Wenn es geht, sollte Ihr Mann mitkommen. Haben Sie Geld?«

»Nicht viel, aber etwas. Wir konnten in Saaralben ein paar Möbel verkaufen. Es reicht für ein paar Tage«, antwortete Luise Wahrenberg.

»Die Armenküche hat für heute schon geschlossen. Die befindet sich im selben Haus«, fuhr der Mann fort. »Von morgen an können Sie da mittags Ihr Essen holen. Sie haben vier Wochen Zeit, sich in der Stadt eine einträgliche Arbeit zu suchen, wenn das überhaupt geht.« Bei diesem Satz warf der Mann einen Blick auf den deutlich gewölbten Bauch der Frau. Das würde wohl eher nichts mit der Arbeitssuche, schoss ihm durch den Kopf. Dann fuhr er fort: »Wenn Ihr Mann wieder gesund ist, gilt das auch für ihn. Im besonderen Notfall hilft Ihnen auch die Stadt. Das Betteln auf der Straße ist in unserer Stadt nicht erwünscht. Der Amtsdiener wartet übrigens schon draußen bei Ihrer Familie.« Damit öffnete der Mann die Tür und bedeutete der Frau mit ihren drei Kindern, sie sollten gehen.

»Siehst du, Auguste«, nahm die Mutter die zarte Agnes wieder selbst auf den Arm, »so handelt der liebe Gott. Er hat uns das Quartier schon vorbereitet.«

»Der Vater im Himmel weiß, was wir brauchen, Mutter«, gab die Große ein wenig altklug zurück. »Wir haben ja auch vorher dafür gebetet.«

»Das wollen wir auch weiter so halten, Kind. Für alles, was wir brauchen, beten und für alles, was wir bekommen, danken. Das darfst du an keinem Tag vergessen.«

»Und der Vater? Der mag immer nicht laut beten.«

»Das ist ein bisschen schade, Auguste. Aber Vater lernt das bestimmt auch noch.«

»Vielleicht ginge es ihm ja besser, wenn er auch schon mal mit uns beten würde?«, überlegte Auguste.

»Vater betet im Stillen vielleicht mehr, als wir denken«, gab die Mutter nur zurück und wandte sich schon auf dem Rathausplatz an die drei Kinder. »Auf, Kinder, der freundliche Herr Amtsdiener wird uns zu unserer Wohnung bringen. Jeder nimmt, was er tragen kann.«

»Warten Sie, gute Frau. Das machen wir anders«, stoppte der Mann ihren Eifer. »Ich hole einen Karren. Dann wird der Transport Ihres Gepäcks leichter.«

Gesagt, getan. Nach ein paar Minuten kam der freundliche Mann mit einem zweirädrigen Karren für die Kisten und Koffer zurück. Dann setzte sich die kleine Karawane in Bewegung, um nach kurzem Weg den Ludwigsplatz und das Hospizgebäude zu erreichen.

»Das ist ja ein schönes Haus. Hier dürfen wir wohnen?«, staunte Auguste, als der Amtsdiener, der mit Frieder den Karren geschoben hatte, anhielt.

»Das ist ein Stengelbau, kleines Fräulein, wie alle Häuser an diesem Platz. Von außen schöner als von innen.«

»Und wo ist da der Stängel bei den Häusern?« Das Mädchen schaute an der hell gestrichenen Fassade entlang. »Da sind doch nur Gesichter und Blumen in dem Streifen über den Fenstern. Ich sehe keine Stängel.«

Der Amtsdiener musste lachen. »Der Baumeister hieß Friedrich Joachim Stengel. Das war ein berühmter Mann. Der hat viele Häuser in Saarbrücken gebaut.«

»Hat der auch die Kirche gebaut? Die ist gar nicht so schön. So komisch braun.« Augustes Wissensdurst war geweckt, sie übersah die zurechtweisenden Blicke ihrer Eltern und des älteren Bruders. Sie sollte den Mann nicht mit ihren Fragen belästigen, hieß das.

»Das hat der Baumeister mit Absicht so gemacht. Das ist auch schön, nur anders.«

»Der hat bestimmt auch das Rathaus gebaut, wo wir eben waren«, bemerkte das Mädchen und wollte weiter wissen: »Warum ist unser Haus innen nicht so schön?«

»Das liegt an den Leuten, die da gewohnt haben. Die waren schmutzig und unordentlich. Ihr seid hoffentlich anders als die. Vielleicht könnt ihr euch eure Räume ja etwas herrichten und dann besser pflegen.«

»Das machen wir ganz bestimmt«, war sich Auguste sicher. Sie ergriff einen der Koffer und strebte der Haustüre zu. Die anderen Größeren taten es ihr nach.

»Eure Wohnung liegt im zweiten Stock nach hinten. Wartet, ich gehe voran.« Der freundliche Amtsdiener nahm auch ein Gepäckstück und ging als Erster hinein. Die beiden großen Kinder folgten ihm auf dem Fuß. Im Treppenhaus begegneten ihnen mehrere Kinder und Erwachsene, alles ärmlich erscheinende Leute, die wohl sehen wollten, wer denn bei ihnen einzog und künftig Hausgenosse war.

Luise blieb noch unten und kümmerte sich um ihren Mann und um die Kinder, die noch kein Gepäck tragen konnten. Die Kleinen waren erstaunlich friedlich, auch wenn sie immer dringender nach etwas zu essen verlangten.

»Kinder, noch ein bisschen Geduld«, mahnte die Mutter. »Wenn der Mann wieder runterkommt, frage ich ihn, wo wir etwas zum Essen kaufen können.« Das Völkchen gab sich für den Augenblick noch einmal zufrieden.

Dem Vater ging es nicht sehr gut. Die Reise auf dem elenden Kremser hatte ihn sehr mitgenommen, und er sehnte sich nach einem richtigen Bett. Hunger und Durst hatte er wohl auch.

»Wenn in der Wohnung ein Bett steht, kannst du dich gleich legen, Georg. Ein paar Minuten musst du noch durchhalten«, tröstete ihn seine Frau und strich ihm kurz über die Haare. Der Mann seufzte nur leise auf, rappelte sich hoch und begab sich auf den für ihn schwierigen Weg nach oben.

Eine halbe Stunde später war alles Umzugsgut mit den Wahrenbergs in ihrer neuen Wohnung, deren verdreckte und verrußte Wände tatsächlich unbedingt einen Anstrich brauchten, vor allem in der Küche. Die Dielen waren wohl auch lange nicht geschrubbt und die Fenster nicht geputzt worden.

Viel Platz gab es in den beiden Räumen ja nicht für die neun Personen. Aber sie würden mit der Enge schon zurechtkommen. Wohn- und Schlafraum waren wenigstens getrennt.

Neben der Küchentür befanden sich auf der einen Seite ein paar Kleiderhaken, auf der anderen stand ein Herd, auf dem gerade mal zwei Töpfe gleichzeitig stehen konnten. Das Ofenrohr kam nach oben heraus und nahm viel Platz von der Herdplatte weg. Warum konnte das verrußte Ding nicht an der Seite oder hinten angesetzt sein? Ein schmales Schrankbord stand in einer Zimmerecke und wartete darauf, das Küchengeschirr aufzunehmen. Einen kleinen Spülschrank hatten die neuen Bewohner aus Lothringen mitgebracht. Der hatte seinen Platz schon neben dem Herd gefunden. In seine Platte waren zwei große Schüsseln eingelassen. Unten hinein passten die Gefäße für das frische Wasser und für das verbrauchte. Das eine musste draußen am Brunnen geholt, das andere in den Abort geschüttet werden. Dann gab es in der Küche noch einen Tisch, der allerdings für neun Personen ein wenig klein war. Wenn alle gleichzeitig auf der Bank und den wenigen Stühlen saßen, würde es ganz schön eng werden.

Im anderen Zimmer befanden sich drei Bettstellen; unter zweien befanden sich Rollbetten, die man herausziehen konnte. Fünf Betten für neun Leute, das reichte für den Anfang. Aber die Familie besaß eh nur Decken für vier Betten. Für die Truhen mit der Wäsche reichte der Zwischenraum an den Wänden gerade hin. Einen Abstellraum gab es nicht. Aller Besitz musste in den beiden Stuben aufbewahrt werden. Auch in der Schlafstube wurde es dadurch ganz schön eng. Und wo sollten sie Vorräte aufbewahren? Das musste sich später zeigen.

Die Fenster der Wohnung gingen nach hinten auf einen kleinen Hof, auf dem ein paar Kinder spielten. Hinter einer Holztüre mit einem Herzchen befand sich offenbar die Toilette, die von allen Hausbewohnern benutzt werden musste. Das gab morgens sicher immer ein großes Gedränge. Gut, dass für die kleineren Kinder noch das Töpfchen und der Nachteimer reichte. Der Ausblick nach vorne auf den Ludwigsplatz wäre sicher der schönere und angenehmere gewesen. Andererseits waren die Kinder unter Aufsicht, wenn sie im Hof spielten.

Ob in die Zimmer wenigstens die Sonne hereinkam? Das würde sich zeigen, wenn sie wieder schien. Das trübe Wetter ließ noch keinen Schluss auf die Himmelsrichtungen zu.

In der Wohnung der Firma Solwei in Saaralben war das Leben komfortabler gewesen. Aber die Familie musste sich zufrieden geben mit dem, was sie hier vorfand. Zu neunt im Schlafraum würde man sich zusammenraufen. In Saaralben hatte die Familie zwei Schlafräume gehabt. Essplätze mussten notfalls an die Fensterbank oder das Spülschränkchen verlegt werden. Der Brennstoff für den Herd war sicher zu beschaffen, in einer Gegend, in der man Kohle förderte. Lagerraum dafür gab es in dem Schuppen neben der Toilette. Lebensmittel gab es in verschiedenen Läden und auf dem Markt, der dienstags, donnerstags und samstags auf dem großen Platz vor der Kirche stattfand. Die Kleidung für die großen und kleinen Familienmitglieder konnte auch künftig in der eigenen Wohnung hergestellt und ausgebessert werden. Die Nähmaschine hatte Luise Wahrenberg mitgebracht. Ihr Platz war dann auf dem Tisch. Luise verstand es vorzüglich, mit dieser Technik umzugehen. Selbst Auguste konnte schon gerade Nähte nähen. Was sonst zum Leben in dieser Stadt nötig war, würde sich ergeben. Gott mochte es schenken, dass sich die Wahrenbergs in der neuen Heimat einlebten.

Für heute galt es zunächst, noch etwas Essbares und Trinkbares aufzutreiben. Der Amtsdiener hatte ihnen ja schon ein paar Hinweise gegeben, wo sie günstig einkaufen konnten. Jetzt also ans Werk und das Beste aus der Situation gemacht. Vorher aber gab es die erste Sitzprobe aller neun Familienangehörigen in der Wohnküche. Die Kleinsten saßen auf der Bank, die anderen auf den wenigen Stühlen um den wackligen Tisch oder auf Koffern und Kisten, die ihren endgültigen Platz noch brauchten. Jetzt wollten sie den Einzug mit Gottes Wort abschließen.

Luise Wahrenberg nahm Bibel und Gesangbuch aus einem der Koffer und schlug den Psalm 30 auf. Es war für sie eine gute Gewohnheit, abends einen Abschnitt aus dem Alten oder Neuen Testament zu lesen, ehe die Kinder schlafen gingen. Die waren das so gewohnt. Vater Georg überließ diese Aufgabe gerne seiner Frau. Auch heute, wo sie früher als üblich ihre Andacht hielt, weil jetzt der passende Zeitpunkt war. Laut las Luise den sechsten Vers aus dem Psalm vor:

»Denn sein Zorn währet einen Augenblick, und er hat Lust zum Leben; den Abend lang währet das Weinen, aber des Morgens die Freude.«

Mit wenigen Sätzen erläuterte sie, wie sie diesen Text für die gegenwärtige Situation verstand. Ob der erzwungene Auszug aus Saaralben etwas mit dem Zorn Gottes zu tun hatte, wusste sie nicht zu sagen, aber dass Gott Lust zum Leben hatte, darin war sie sich sicher. Und das Weinen von gestern Abend und heute Morgen beim Abschied war ja inzwischen der Freude über die glückliche Ankunft gewichen, wenngleich einer noch ein wenig gedämpften. Es sei ja nun einmal so, dass die Menschen nur Gäste auf der Erde sind und hier keinen ewigen Stand haben. Luise las dazu ein paar Verse des Liederdichters Paul Gerhardt aus dem Gesangbuch, das sie immer bei ihrer Bibel liegen hatte:

»Ich bin ein Gast auf Erden
und hab hier keinen Stand;
der Himmel soll mir werden,
da ist mein Vaterland.
Hier reis ich bis zum Grabe;
dort in der ewgen Ruh
ist Gottes Gnadengabe,
die schleußt all Arbeit zu.

Was ist mein ganzes Wesen
von meiner Jugend an
als Müh und Not gewesen?
Solang ich denken kann,
hab ich so manchen Morgen,
so manche liebe Nacht
mit Kummer und mit Sorgen
des Herzens zugebracht.

So will ich zwar nun treiben
mein Leben durch die Welt,
doch denk ich nicht zu bleiben
in diesem fremden Zelt.

Ich wandre meine Straßen,
die zu der Heimat führt,
da mich ohn alle Maßen
mein Vater trösten wird.

Mein Heimat ist dort droben,
da aller Engel Schar
den großen Herrscher loben,
der alles ganz und gar
in seinen Händen träget
und für und für erhält,
auch alles hebt und leget,
nachdem's ihm wohlgefällt.«

Dann dankte die Frau für Gottes Hilfe während der ganzen Umsiedlung und für das Quartier, in dem sie nun erst einmal leben konnten, und sie betete um Hilfe und Kraft zum Einleben und zur Orientierung am neuen Ort.

Dem Gebet schloss Auguste ihr eigenes an, schlicht, aber sehr ernsthaft: »Lieber Gott, danke, dass du uns zwei Zimmer gegeben hast und wir hier wohnen können. Mach du Vater gesund und hilf ihm, dass er auch wieder Geld verdienen kann. Hilf uns auch, dass wir heute noch etwas zu essen kaufen können und dass das neue Kind bald gesund geboren wird. Amen.«

Auguste hängte immer ein paar Sätze an, wenn ihre Mutter betete. Das Kind hatte für sein Alter bereits eine erstaunlich tiefe Gottesbeziehung in einem kindlichen Glauben und einem festen Vertrauen in die Güte des himmlischen Vaters. Auch hierin war sie ihrer Mutter sehr ähnlich.

Später saß die Familie dann beim Abendessen, das durch einen raschen Einkauf beim Bäcker endlich möglich geworden war. Es gab Brot und Schmalz und ein paar Becher frisches Wasser, das Frieder in der Kanne vom Brunnen geholt hatte.

Draußen war es inzwischen heller und klarer geworden. Der Nebel hatte sich tatsächlich verflüchtigt, und sogar die Wolkendecke war dabei aufzureißen.

»Schaut mal alle, wie rot der Himmel ist!« Auguste war es, die ihre Eltern und Geschwister auf die besondere, unerwartete Lichterscheinung aufmerksam machte, die gerade noch durchs Fenster zu sehen war. Weil das Abendrot von ihrer Küche aus ganz schräg noch zu sehen war, zeigten die Fenster also nach Süden und würden bei entsprechendem Wetter die Sonne hereinlassen. »Morgen kriegen wir schönes Wetter«, stellte das Mädchen fest.

»So mag es werden. Das Abendrot soll uns ein gutes Zeichen sein, mehr als nur ein Wetterzeichen«, meinte Luise Wahrenberg.

»Wie meinst du das, Mutter?«, fragte Auguste.

Die Antwort gab der ältere Bruder: »Du kennst doch das Sprichwort: ›Abendrot – Gut-Wetter-Bot‹«.

»So sehe ich das auch, ein Bote für gutes Wetter«, bestätigte die Mutter, »aber das meine ich nicht. Ich meine das als ein gutes Zeichen für unser Leben an diesem Ort. Wir sind jetzt hier, und es wird alles gut werden. Morgen melden wir uns an und schauen, wo ihr Großen in die Schule geht. Und dann hoffen wir, dass Vaters Gesundheit sich bessert und dass wir Möglichkeiten finden, ein bisschen Geld zu verdienen, damit wir nicht auf fremde Hilfe angewiesen sind. Wir müssen alleine zurechtkommen. Ich möchte nicht auf die Almosen anderer Leute angewiesen sein.«

»Das schaffen wir schon«, war das Mädchen überzeugt. »Vielleicht kannst du für andere Leute nähen, ich kann irgendwo nach der Schule als Kindermädchen gehen, Frieder kann sich Arbeit als Laufbursche suchen, wenn Vater gesund ist, kann er ...«

»Nicht so stürmisch, Kind. So einfach wird das wohl nicht sein. Wir werden sehen, was wird«, unterbrach Luise den begeisterten Redeschwall ihrer Tochter. »Wir müssen erst einmal richtig hier sein und die Stadt kennen lernen und schauen, wo es was gibt. Und dann muss ja auch erst das Kind noch kommen.« Daran hatte Auguste im Augenblick nicht gedacht. Das machte die Sache zunächst tatsächlich noch ein wenig schwierig.

»Ob es hier auch einen Pfarrer gibt, wo wir am Sonntag in die Kirche gehen können?« Auguste war mit ihren Gedanken schon beim nächsten Schritt.

Dieses Mal gab der Vater die Antwort. Der arme Mann mit seiner Atemnot und seiner körperlichen Schwäche hatte seit der Ankunft am frühen Nachmittag kaum ein Wort gesprochen. Der Schlaf und die Ruhe der letzten Stunden in einem richtigen Bett hatten ihm gut getan, er hatte sich erholt. »Wir wohnen doch gleich neben einer Kirche. Da wird es auch einen Pfarrer geben, der am Sonntag Gottesdienst hält.«

»Gehen wir dann dahin?«, fragte das Mädchen beharrlich.

»Heute ist erst Donnerstag. Bis Sonntag wissen wir, was los ist, und wenn es möglich ist, gehen wir in den Gottesdienst«, meinte die Mutter. »Ob Vater mitgehen kann, werden wir sehen. Möchte noch jemand ein Stück Brot?« Niemand meldete sich.

»Dann sprechen wir das Dankgebet. Danach können die Kleinen schon ins Bett. Die Großen helfen noch ein bisschen die Kisten und Koffer ausräumen und folgen dann später.«

Wie es die Mutter gesagt hatte, so geschah es. Meist nahm sie das Wort, wenn es etwas zu entscheiden gab. Der Vater war ein stiller und lieber Mensch. Er ließ seine Luise in allen Dingen gerne machen. Was die in die Hände nahm, das ging in Ordnung. Und Tochter Auguste Dorothee Luise trat mit ihren zwölf Jahren schon kräftig in Mutters Fußstapfen. Sie würde sich später auch behaupten.

Am nächsten Tag regelte sich manches, was für das Leben am neuen Ort in den kommenden Monaten notwendig war. Die

Familie meldete sich auf dem Rathaus ordentlich an, so dass alle Wahrenbergs hinfort Bürger der Stadt Saarbrücken waren. Ab dem kommenden Montag sollten die schulpflichtigen Kinder zwischen sieben und vierzehn Jahren die Volksschule in der Kronprinzenstraße besuchen. Das war von der Wohnung nicht einmal eine Minute Weg und betraf die vier älteren Jungen und Mädchen. Schulschwänzen war unter Androhung von Strafen verboten. Wegen der Zugehörigkeit zur Reformierten Kirche sollten sie sich im Pfarrhaus gleich neben dem Hospiz melden. Die Mutter hätte in einer Wollspinnerei in St. Johann auf der anderen Saarseite eine Arbeit bekommen können, wenn sie nicht wegen der drei Kleinen und dem erwarteten Vierten und wegen des kranken Mannes zu Hause bleiben müsste. Der Vater solle sich zunächst einmal richtig auskurieren. Vielleicht helfe ihm die gute Luft an der Saar ohne Chemiedämpfe und Solebrühe auf die Beine. Danach würde er sicherlich eine Arbeit finden, die seinen Kräften angemessen war.

Der wahrenbergsche Alltag in Saarbrücken konnte beginnen. Er begann und nahm seinen Gang mit den Wechselfällen, die das Leben einer großen und weiter wachsenden Familie immer wieder bot. Diese neuen Bürger der Stadt unterschieden sich allerdings von vielen anderen evangelischen Menschen darin, dass sie sich nicht lediglich in die Kartei der reformierten Gemeinde aufnehmen ließen, sondern auch tatsächlich und einigermaßen regelmäßig die Gottesdienste besuchten und am leider nur sehr spärlichen Gemeindeleben teilnahmen. Das lag aber nicht daran, dass der Weg zur Kirche nur wenige Meter weit war und lediglich auf die andere Seite der Straße führte. Der Unterschied lag im Inneren der Menschen.

Luise und ihr Mann wollten gerne das gepredigte Wort hören. Sie hatten als Kinder in ihrer fernen westfälischen Heimat den Heidelberger Katechismus gelernt und bewahrt. Die Antwort auf die Frage 1: »Was ist dein einziger Trost im Leben und im Sterben?«, war ihnen wichtig. Sie wollten so, wie es die

Väter dieses geistlichen Lehrwerkes vor Jahrhunderten formuliert hatten, im Leben und im Sterben nicht sich selbst gehören, sondern ihres »getreuen Heilandes Jesu Christi eigen« sein. Sie erklärten ihren Glauben auch gerne mit der Antwort auf die Frage 21: »Es ist nicht allein eine gewisse Erkenntnis, wodurch ich alles für wahr halte, was uns Gott in seinem Worte geoffenbart hat, sondern auch ein herzliches Vertrauen, welches der Heilige Geist durchs Evangelium in mir wirkt.«

Die geistliche Leitung in der Familie ging dabei von Luise aus. Sie war die, die die Bibel las und mit ihrer Familie betete. Lautes, freies Beten war nicht Georgs Sache. Er brauchte feste, vorgegebene und gelernte Formulierungen, und er verwendete, wenn er denn wirklich einmal laut beten musste, Gesangbuchverse, die er als Konfirmand einst in großer Zahl auswendig gelernt hatte.

Beide Eltern hatten sich auch in der lothringischen Stadt schon immer bemüht, ihren Kindern den reformierten Glauben vorzuleben und zu erklären, so gut sie das konnten ohne den Rückhalt einer reformierten Gemeinde. Die wenigen Evangelischen dort waren lutherisch. Noch folgten Frieder und Auguste dem Glauben der Eltern. Ob das so blieb, lag bei Gott. Die anderen waren noch zu klein, um vom Glauben viel zu wissen. Sie sahen, wie die Eltern ihn lebten, und das mochte später seine Auswirkungen haben.

Dass vor allem Auguste den Glauben tief in ihr junges Herz genommen hatte, machte sie selbst immer wieder deutlich durch ihre spürbare Beteiligung an den abendlichen Andachten und dem Verlangen, den Gottesdienst zu besuchen, obwohl sie vieles aus den Predigten nicht verstand. Der Prediger an der Ludwigskirche war leider ein akademischer mit viel Bildung und wenig Herz, dessen ausgefeilte Rede seine wenigen Gottesdienstbesucher kaum verstanden, auch die Wahrenbergs. Dennoch war ihr Platz sonntags in der schönen Kirche gegenüber. Schade, dass es keinen Kindergottesdienst für die Kleinen gab!

Schuljahre

Für Auguste waren es noch zwei Schuljahre in Saarbrücken. In Saaralben war Schule schöner gewesen als hier, fand sie. Die Klassen waren dort nicht so groß, nur ungefähr jeweils dreißig Kinder. Dagegen drängten sich in der großen Schule an der Kronprinzenstraße mehr als sechzig Jungen und Mädchen in einem Saal. In manchen Klassen mussten sich vier, fünf oder sogar sechs Kinder den Platz auf der Bank zum Arbeiten an einem Tisch teilen. Da konnte man gar nicht richtig schreiben. Da stieß einer den anderen ständig an. Wer an der Seite saß, hatte nur einen halben Platz auf der Bank und musste aufpassen, dass er nicht hinunterfiel. Wer mittendrin saß, wurde richtig eingeklemmt.

Welcher Lehrer konnte sich bei solchen Schülermengen um Einzelne kümmern und sie nach ihrem Vermögen fördern? Hier konnte Unterricht nur von vorne im Vortrag des Lehrers stattfinden und manche Frage nur im Chor beantwortet werden. Singen im Chor war ja in Ordnung, aber Lesen im Chor? Auswendiges Rezitieren und Rechnen im Chor? Dabei konnte sich mancher hinter dem Rücken seines Vordermanns verstecken und das Lernen an sich vorbeigehen lassen. Die Hauptaufgabe der Lehrer war bei solcher Schülerfülle, Disziplin zu halten und Ordnung einzuüben. Für manchen Lehrer war der Zeigestock eher das Mittel zur Disziplinierung. Für andere pädagogische Maßnahmen reichte die Zeit nicht; manchmal fehlte vielleicht auch die Liebe.

»Wo hast du denn deinen Platz?«, wollte Mutter Luise wissen, als ihre Tochter am Mittagstisch den Redeschwall über ihren ersten Schultag zum Luftholen unterbrach. Auguste war heute schon vor den anderen nach Hause gekommen.

»Mir hat Lehrer Gaul einen Platz an der Fensterseite ganz vorne an einem Fünfer-Tisch gegeben. Ich weiß manchmal gar nicht, wo ich meinen rechten Arm hintun soll. Der wird mir immer richtig eingequetscht. Die Sophie neben mir ist auch noch so dick und hat einen schrecklich breiten Hintern. Wenn ich mich quer auf das Bankende setzen könnte, wär das besser. Aber Quersitzen ist verboten. Dann kann man nicht richtig nach vorne gucken, hat der Lehrer gesagt.«

»Ist der Lehrer sehr streng?«, fragte der Vater.

»Das könnt ihr wohl glauben. Beim Lehrer Gaul darf sich keiner mucksen. Wenn einer zum Fenster rausguckt und der sieht das, dann wiehert der immer gleich, ich meine, dann kommt gleich die scharfe Rüge. Wenn einer ohne Aufforderung spricht, auch. Der Lehrer benutzt manchmal auch die Reitgerte. Der heißt Gaul und hat eine Reitgerte als Rohrstock. Hihi.« Auguste musste über ihren eigenen Satz kichern, dann fuhr sie fort: »Ein paar Jungen haben schon in der ersten Stunde Schläge bekommen, jeder drei, weil sie sich beim Reingehen auf der Treppe gerauft haben. Wir müssen uns nämlich draußen vor der Schultür aufstellen und in Zweierreihen hinter dem Lehrer her nach oben gehen. Dabei müssen wir den Mund halten.«

»Das war doch in Saaralben genauso«, erinnerte sie die Mutter.

»Das war aber nicht so streng. Da durften die Kinder beim Reingehen noch miteinander reden und lachen. Da haben wir uns immer an den Schürzenschleifen gezogen und haben Spaß gehabt. Da mussten wir erst im Klassenraum still sein.«

»Habt ihr hier keinen Spaß miteinander?«, fragte der Vater.

»Nur in der Pause und hinter dem Rücken des Lehrers. Wenn der was an die Tafel schreibt, fliegen schon mal Papierkugeln, und die Kinder reichen Pferdebilder herum. Und wenn er dann nicht weiß, wer Unsinn gemacht hat, dann schimpft er wie ein Rohrspatz auf alle. ›Ihr Saubande‹, hat er heute mal geschimpft, ›weh dem, den ich erwische.‹« Auguste musste wieder lachen.

»Aber du wirst doch keinen Unsinn machen, oder?«, sorgte sich die Mutter.

»Nur wenn es der Lehrer nicht merkt«, gab Auguste zu. »Ich möchte nicht von ihm angeschrien werden mit ›Schlamperliese‹ oder ›dumme Göre‹ oder so was. So hat er die Agathe aus der Reihe hinter mir angeschrien. Dabei war der nur ihr Buch und ihr Heft vom Tisch gefallen. Wahrscheinlich war sie angeschubst worden und konnte gar nichts dafür. Ich habe aber trotzdem heute schon ein Pferdebild gemalt und es den anderen gezeigt.«

»Aber doch wohl nur in der Pause?«, runzelte der Vater die Stirn.

»Natürlich nur in der Pause, Vater«, beruhigte ihn Auguste und musste dabei lächeln. »Ich will doch nicht, dass er wegen mir gaulpferdewild wird.«

»Gibt es denn auch etwas Gutes zu berichten?«, versuchte die Mutter das Gespräch in eine etwas andere Bahn zu lenken.

»Etwas sehr Gutes, Mutter«, freute sich Auguste. »Der Lehrer hat ganz am Anfang und am Ende gebetet. Das war gut. Die Gebete kennen wir auch. ›Das walte Gott, der helfen kann! Mit Gott fang ich die Arbeit an; mit Gott nur geht sie glücklich fort; drum sei auch dies mein erstes Wort: Das walte Gott. Amen‹. Und nach dem Beten und Hinsetzen musste ich sagen, wer ich bin.«

»Und, was hast du von dir erzählt?«

»Ich hab erzählt, dass wir am Donnerstag von Saaralben mit einem Pferdewagen hierhergezogen sind und am Ludwigsplatz im Haus neben der Kirche wohnen, bis wir eine andere Wohnung finden.«

»Und weiter?«

»Als ich gesagt habe, dass Vater krank ist und nicht arbeiten kann und wir sieben Kinder haben, haben ein paar Jungen dumm gelacht. Zum Kindermachen sei er aber wohl gesund genug. Da ist der Lehrer Gaul sehr böse geworden und hat die Lümmel sofort scharf gerügt und laut geschimpft. Dann hat er den Jungen noch gesagt: ›Lieber krank als ein Säufer und Rabauke. Besser sieben Kinder, die anständig und wohlerzogen sind, als nur zwei oder drei, die solche Flegel sind wie ihr.‹ Da hat er Recht. Vielleicht sind die Väter von den Jungen ja Säufer und Raufbolde und haben weniger Kinder zu Hause als wir.«

»Es ist schlimm, wenn ein Mann nicht arbeiten kann«, fühlte der Vater sich angesprochen, und er sagte mitleidig: »Aber es ist wohl schlimmer, wenn er ein Säufer ist und ein Raufbold, der das Geld ins Wirtshaus bringt und dann seine Frau und die Kinder schlägt.«

»Und wie hieß dann das Schlussgebet des Lehrers?«, kam die Mutter auf das vorige Stichwort zurück.

»Das kennen wir auch. Das sind zwei Liedstrophen, die wir schon öfters gesungen haben.« Auguste legte ihre Hände wie zum Gebet zusammen und sagte den Text:

»Führe mich, o Herr, und leite
meinen Gang nach deinem Wort;
sei und bleibe du auch heute
mein Beschützer und mein Hort.
Nirgends als bei dir allein
kann ich recht bewahret sein!

Deinen Engel zu mir sende,
der des bösen Feindes Macht,
List und Anschlag von mir wende
und mich halt in guter Acht,
der auch endlich mich zur Ruh
trage nach dem Himmel zu.«

»Amen«, schloss die Mutter. »Das ist gut, wenn der Lehrer das dann auch so meint, wie er es betet, und wenn er seinen Schülern das weitergibt. Vielleicht kann das die Lümmel ja mit der Zeit bessern.«

»Das glaube ich nicht«, zweifelte die Tochter.

»Woher willst du das wissen?«

»Wenn der das glaubte, würde er nicht bei jeder Kleinigkeit schimpfen. Dann würde er mehr Verständnis haben und anders mit den Kindern umgehen«, war die Zwölfjährige überzeugt.

»Da magst du Recht haben«, gestand die Mutter zu, erhob sich vom Tisch und wandte sich zum Herd. »Jetzt muss ich mich aber um die Suppe kümmern. Wenn deine Geschwister gleich kommen, wollen wir essen. Ich habe heute lieber selbst gekocht, als das Essen unten zu holen. Es gibt Grumbeersupp, wie das hier heißt, Kartoffelsuppe. Du kannst schon mal die beiden Kleinen raufholen. Die spielen hinten im Hof. Agnes schläft ihren Mittagsschlaf. Sie wird sicher auch gleich wach.«

Auguste kam gut in der Schule zurecht. Sie hatte einen klugen Kopf, in den die Dinge, die im Unterricht gelehrt wurden, leicht hineingingen. Sie litt nicht unter der großen Schülerzahl. Rechnen, Lesen und Schreiben machten ihr keine Mühe, und im Auswendiglernen und Behalten war sie ein besonderes Talent. Was konnte dieses Mädchen am Ende ihrer Schulzeit nicht alles auswendig hersagen! Eine Menge lyrischer Gedichte von Emanuel Geibel, Gustav Schwab, Joseph von Eichendorff und anderen, kurze und lange Balladen der großen Klassiker Goethe und Schiller wie »Johanna Sebus« und »Die Bürgschaft«. Viele Lieder zu den Jahreszeiten und zu besonderen Ereignissen des Lebens sammelte sie in ihrem Kopf.

Die Lieder von Matthias Claudius und die des Pfarrers und Dichters Paul Gerhardt liebte sie besonders. Diese Liebe hatte sie von ihrer Mutter übernommen. Es machte ihr nichts aus, dass dessen Lieder manchmal dreizehn und mehr Strophen hatten. Wenn ihr danach war, sang sie alle Strophen von »Geh aus, mein Herz, und suche Freud«, ihrem ausdrücklichen Lieblingslied, hintereinander weg, ohne auch nur einmal stecken zu bleiben. Sie sang dieses Lied auch mitten im Winter, wenn die Bäume gerade nicht »voller Laub« standen, sich nirgendwo eine Lerche in die Luft schwang und auch kein Weizen »mit Gewalt« wuchs. Die meisten anderen Strophen passten sowieso immer. Die Dreizehnte war ihr die wichtigste. Die machte das Mädchen zum eigenen Gebet:

»Hilf mir und segne meinen Geist
mit Segen, der vom Himmel fleußt,
dass ich dir stetig blühe;
gib, dass der Sommer deiner Gnad
in meiner Seele früh und spat
viel Glaubensfrüchte ziehe,
viel Glaubensfrüchte ziehe.«

Es war Augustes großer Wunsch schon als Mädchen, zu Gottes Gefallen zu leben und einmal für ihn zu arbeiten. Wie das aussehen könnte, davon hatte sie freilich noch keine Ahnung.

Mit ihrem Lehrer kam die fleißige Schülerin meistens gut zurecht, nur ganz selten gab sie Anlass zu einer Zurechtweisung. Von ihren Mitschülern ließ sie sich nicht einschüchtern, wenn die ihr wegen ihres Glaubens, ihrer freundlichen Natur oder ihrer Hilfsbereitschaft etwas am Zeug flicken wollten. Mitschüler, die Mühe mit dem Lernen hatten, lagen ihr am Herzen, und sie setzte sich für sie ein. Deshalb war Auguste auch bei den meisten Mädchen und Jungen beliebt und geachtet.

Bei ihrem Lehrer genoss sie besondere Achtung, nachdem es einmal großen Ärger gegeben hatte. Denn eine ganze Woche lang war das Mädchen nicht zum Unterricht erschienen. Unentschuldigtes Fehlen galt als Schwänzen und wurde nach der Ordnung der Schule scharf geahndet, notfalls sogar mit Strafen gegen die Eltern, die ihre Aufsichtspflicht verletzt hatten. Was war passiert?

An dem Tag, als ihr jüngstes Geschwisterchen geboren werden sollte, war Auguste ganz rasch zum Unterrichtsbeginn zur Schule gelaufen und hatte ihrem Lehrer noch vor der Schultür, als die anderen schon alle angetreten waren, sehr aufgeregt mitgeteilt, dass sie sofort wieder nach Hause laufen müsse, denn ihre Mutter habe starke Wehen. Sie bekäme bestimmt heute Vormittag noch das Kind, sie könne sie unmöglich allein zu Hause lassen. Jemand müsse sich auch um die kleinen Geschwister kümmern. Ihr Vater könne das wegen seiner Krankheit nicht tun. Für ihre drei Brüder in der Schule sei das keine Aufgabe. Die drei seien zum Unterricht pünktlich erschienen. Also werde sie ganz rasch wieder nach Hause laufen.

Die Entschiedenheit und die Geschwindigkeit, mit der das Mädchen seine Rede vorgetragen hatte, hatten dem Lehrer die Sprache verschlagen. Ehe er überhaupt reagieren konnte, war Auguste bereits wieder um die Ecke des Schulgebäudes verschwunden, um ja schnellstens wieder bei der Mutter zu sein.

Zehn Tage später saß die Schülerin dann wieder wie gewohnt auf ihrem Platz, ohne sich ausdrücklich zurückgemeldet zu haben. Der Lehrer bemerkte Auguste natürlich sofort und rief sie nach dem Morgengebet an sein Pult. »Ich möchte von dir eine Erklärung, Auguste Wahrenberg, warum du mehr als eine Woche den Unterricht versäumt hast«, sagte er in scharfem Ton.

»Ich konnte nicht zur Schule kommen, Herr Lehrer, meine Mutter brauchte mich«, antwortete das Mädchen mit fester Stimme.

»Papperlapapp, was muss ein Mädchen wie du eine so lange Zeit der Mutter helfen, bitte schön?«

»Das hatte ich Ihnen gesagt, Herr Lehrer. Meine Mutter hat am selben Tag noch ein Kind bekommen.«

»Und was hattest du damit zu tun, Auguste Wahrenberg?« Lehrer Gaul nannte seine Jungen und Mädchen immer mit Vor- und Nachnamen, wenn er zornig war, sonst genügte ihm der Vorname, wenn er ihn überhaupt kannte.

»Sie sollten es wissen, Herr Lehrer, dass eine Frau, die ein Kind bekommen hat, mindestens acht Tage im Bett liegen muss und ihren Haushalt dann nicht versorgen kann. Das nennt man Wochenbett, Herr Lehrer, und eine solche Frau heißt Wöchnerin, Herr Lehrer. Aber Sie können das vielleicht nicht wissen, Herr Lehrer, Sie sind ja nicht verheiratet.«

Unter den Mitschülern entstand bei diesen mutigen Worten des Mädchens ein lebhaftes Tuscheln und Murmeln.

»Ruhe auf den Plätzen!«, forderte Lehrer Gaul und schlug mit der Reitgerte auf sein Pult, dass es knallte. Sofort wurde es wieder still. Nach einem strengen Rundblick über die Klasse wandte er sich wieder an Auguste, die offenkundig völlig unbeeindruckt vor dem Pult stand und mit offenem Blick zu ihrem Lehrer aufschaute. »Du bist ganz schön vorlaut, Auguste Wahrendorf, ganz schön vorlaut. Was bildest du dir ein, wie du dich benehmen darfst? Ein zwölfjähriges Mädchen vor seinem Lehrer?«

»Ich bitte um Vergebung, Herr Lehrer, ich glaube nicht, dass ich vorlaut bin. Ich habe nichts Falsches gesagt. Und ich habe auch nichts Falsches gemacht. Ich habe nur getan, was ich als Kind meiner Mutter und meiner Familie tun musste. Dennoch entschuldige ich mich für mein Fehlen. Darf ich mich jetzt wieder setzen?«

Der Lehrer war für einen Augenblick sprachlos. Wie trat dieses Mädchen hier vor ihm auf? Konnte er ein solches Verhalten durchgehen lassen? Auguste untergrub ja seine Autorität. Dabei hatte sie eigentlich wirklich nichts Verwerfliches getan, und was sie gesagt hatte, war der Sache nach auch in Ordnung. Nur hatte sie im Unterricht gefehlt, und es gab keine Entschuldigung dafür, zumindest keine schriftliche, und nicht von den Eltern. Musste hier nicht ein Exempel statuiert werden? In Lehrer Gauls Kopf arbeitete es fieberhaft. Man konnte es ihm ansehen. Dann war sein Entschluss offenbar gefasst. Es kam eine Antwort, mit der Auguste nicht gerechnet hatte.

»Ich nehme deine Entschuldigung an, Auguste Wahrenberg. Ich erteile dir lediglich einen mündlichen Tadel, weil du mir keine schriftliche Entschuldigung gebracht hast. Du kannst dich setzen. Wir fahren fort, wo wir gestern in der letzten Stunde geendet haben. Nehmt eure Bücher.«

Das wollten die Jungen und Mädchen wohl gerne tun. Vorher aber zollten sie ihrem sonst so strengen Lehrer Beifall durch Klatschen. Ihrer Mitschülerin war es tatsächlich gelungen, eine andere Seite ihres Lehrers zum Vorschein zu bringen. Der Mann hatte also auch so etwas wie ein Herz. Auguste kam an diesem Tag übersprudelnd vor Freude nach Hause.

Einige Zeit später wurde ihr junger Glaube dann auf eine harte Probe gestellt. Als sie eines Mittags aus der Schule kam, fand sie die Mutter am Korb der kleinen Schwester in der Küche völlig aufgelöst, weinend und klagend, die kleineren Geschwister drum herum und den Vater stumm und blass am Tisch. Die kleine Katharina lag in ihrem Kissen mit wie zum Schlafen geschlossenen Augen in einem bleichen Gesichtchen, die winzigen Händchen ebenso farblos und zu Fäustchen geformt auf der Decke. Was war nur los mit der Kleinen? Kathrinchen schlief doch nicht. Nein.

Auguste erschrak bis ins Mark, als die aufkommende böse Ahnung blitzartig zur Gewissheit wurde. »Ist sie tot?«, kam es wie ein spitzer Schrei aus ihrem Mund. »Warum ist Kathrinchen tot? Was ist passiert? Mutter, was ist passiert? Vater, warum ist sie tot?«

Die Eltern antworteten nicht. Luise nahm ihre große Tochter nur stumm in den Arm. Das hier musste für Auguste ein Schock sein. Nie zuvor war das Mädchen so unmittelbar dem Tod begegnet. Und nun gleich in dieser brutalen Grausamkeit.

Auch Auguste liefen jetzt die Tränen über die Wangen, und der Raum füllte sich erneut mit Weinen und Schluchzen. Erst nach einiger Zeit konnte die Mutter antworten: »Ich weiß nicht, was passiert ist, Kind. Sie lag einfach tot im Korb, einfach tot im Korb. Und heute Morgen hat sie noch so süß gelächelt und fröhlich gekräht.«

Nach einer Weile der Trauer an dem kleinen Sterbebett fragte Auguste zwischen zwei Schluchzern: »Wo ist Kathrinchen jetzt?«

Erst nach einem erneuten tiefen Seufzer konnte die Mutter antworten: »Sie ist wieder bei Gott, von dem sie gekommen ist.«

»Warum macht Gott so etwas, Mutter? Kathrinchen war doch erst ein paar Wochen alt. So lieb und so unschuldig. Warum nimmt er uns das Kind wieder?«

»Ich weiß es nicht, Kind. Gottes Wege sind heilig. Wir verstehen sie oft nicht. Auch das hier verstehen wir nicht. Gott weiß, warum so was passiert.«

Dann kam es vom Vater. Nur drei kurze Sätze brachte der Mann heraus, der seinen Schmerz wie viele Männer nicht in Tränen ausdrücken konnte. Diese Sätze hatten allerdings schweres Gewicht. Georg Wahrenberg mochte sich fühlen wie Hiob, der Mann Gottes, der mehr als ein Kind verloren hatte. Zumindest zitierte er dessen Bekenntnis, das in einer ungleich schwereren Situation gesprochen war: »Der Herr hat's gegeben, der Herr hat's genommen, der Name des Herrn sei gelobt.«

So sagte es der Vater auch denen, die zur Beileidsbekundung in die Wohnung kamen. Das waren freilich wenige, nur ein paar der Mitbewohner im Haus. Wer sonst hätte auch das Leid der Familie mit tragen wollen? Der Pfarrer vielleicht noch. Aber der wusste nicht viele Trostworte zu sagen, auch nicht bei der Beerdigung. Der schien eine ewige Heimat im Himmel nicht zu kennen, denn der auferstandene und lebendige Heiland Jesus Christus kam in seiner Predigt nicht vor.

Die Gewissheit, dass das kleine Menschlein Katharina für ewig in Gottes Händen aufgehoben war, und die innere Haltung, in der sie geglaubt und aus der sie gesprochen war, half den großen und kleinen Wahrenbergs, das Leid um den Verlust des Kindes zu verarbeiten und sich nach einer Zeit der Trauer wieder dem Alltag zuzuwenden.

Der vom Vater gesprochene Hiob-Satz prägte sich Auguste tief in ihre wunde Seele ein. Ihr Glaube nahm durch dieses besondere Ereignis keinen Schaden, im Gegenteil, das Mädchen kam dadurch dem heiligen Gott und Vater im Himmel eher noch ein Stückchen näher. Nach einigen Wochen hatte sie ihre Trauer überwunden, und die alte Freude beherrschte wieder ihr Wesen.

Die Freiheit, die Mutter Luise durch das tragische Ereignis wiedergewonnen hatte, brachte sie zum Nachdenken darüber, wie sie etwas tun konnte, um die zuletzt immer knapper bestückte Haushaltskasse aufzufüllen. Die eigenen Rückstände gingen trotz sparsamsten Wirtschaftens langsam, aber sicher zur Neige.

Beim Abendessen verkündete Luise dann ihrer erstaunten Familie den Plan: »Ich gehe morgen nach St. Johann zum Kaufhaus Fiedler.«

»Willst du da etwa arbeiten, Mutter?«, fragte Auguste.

»Nicht arbeiten, Kinder, einkaufen will ich da.«

»Was willst du denn da einkaufen? Und mit welchem Geld? Wir haben doch, was wir brauchen«, sagte Frieder.

»Was wir brauchen, ist ein bisschen mehr Geld in der Kasse.«

»Das musst du uns genauer erklären, Luise«, bat der Vater.

»Ich kaufe bei Fiedler in der Abteilung Großhandel Kurzwaren und kleinere Haushaltswaren. Vielleicht auch ein paar gängige Stoffe und Wäschestücke. Die Sachen lade ich mir in den Kinderwagen, den ich ja leider nicht mehr anders gebrauchen kann. Dann fahre ich damit auf die kleinen Dörfer rund um die Stadt und biete die Sachen den Leuten dort zum Kauf an.«

»Du willst hausieren gehen, Mutter?«, wunderte sich Auguste.

»Genau das will ich, Kind.«

»Und du glaubst, dir kauft jemand etwas ab?«

»Das glaube ich ganz sicher. Die Frauen auf den Dörfern sind froh, wenn sie wegen Nähseide und Knöpfen nicht bis nach St. Johann oder nach Saarbrücken müssen.«

»Darf ich mit zum Fiedler gehen, Mutter? Und darf ich dann auch mal mit dir auf die Dörfer gehen?« Auguste war begeistert.

»Und wovon willst du deinen Großauftrag bezahlen?« Frieder leuchtete der Plan noch nicht so recht ein. »Und wer kocht uns das Essen, wenn du unterwegs bist?«

»Langsam, eins nach dem anderen«, bremste Luise den Wortschwall aus den verschiedenen Richtungen. »Das Kochen kann Vater übernehmen. Dazu reichen die Kräfte, Georg, oder?« Georg antwortete erst einmal nicht. »Ich bin überzeugt, dass der Fiedler mir einen Kredit einräumt, den ich ihm nach und nach zurückzahle.«

»Dann kannst du doch auch gleich fragen, ob der Fiedler nicht einen Laufburschen oder Lagerarbeiter braucht. Wenn ich aus der Schule komme, will ich ja etwas Sinnvolles tun. Aber ich mag nicht Kumpel werden.«

»Das werde ich machen, Frieder. Das ist ein guter Gedanke. Und du, Auguste, magst gerne mit mir gehen zu meinem ersten Großeinkauf.«

»Gut, Mutter, wann gehen wir?«

»Wenn du morgen aus der Schule nach Hause kommst, Kind. Nur, zum Hausieren kannst du natürlich nicht mitgehen. Die Schule ist wichtiger. Und wenn du zu Hause bist, wirst du Vater helfen müssen bei unseren Kleinen. Aber jetzt werden wir die ganze Sache erst noch einmal dem Vater im Himmel sagen. Wenn der nicht will, dass ich als Hausiererin Geld verdiene, dann wird das morgen nichts. Wenn Gott es will, dann klappt das. Was denkst du, Georg? Kannst du mit dem Plan einverstanden sein?«

Georg Wahrenberg holte tief Luft. Es bedrückte ihn immer wieder, dass er wegen seiner Krankheit nicht zu irgendeiner Arbeit gehen konnte. Und dieses Gespräch um das Vorhaben seiner Frau machte ihm zu schaffen. Aber konnte er sich querstellen? »Wenn Fiedler dir Kredit gibt, dann will ich darin Gottes Willen sehen. Dann werde ich auch allein mit den Kindern hier zurechtkommen, während du mit deiner Ware unterwegs bist. Ich will nur hoffen, dass du dann auch wirklich Käufer findest und nicht an den Türen abgewiesen wirst.«

Anscheinend war Gott mit den Plänen von Mutter Luise einverstanden. Es gelang ihr, den freundlichen Kaufmann, der mit seiner Familie zur Synagogengemeinde von St. Johann gehörte, davon zu überzeugen, dass er ihr vertrauen könne. Sie sei Christin, und ihre ganze Familie glaube und vertraue dem Gott, der doch der Gott Abrahams, Isaaks und Jakobs sei, also auch ihr Gott. Sie sei überzeugt, Gott werde ihr helfen, dass sie nicht vergeblich in die Dörfer unterwegs sei und dass sie dort auch Umsatz mache.

Herr Fiedler überließ Luise Wahrenberg ein gutes Sortiment an Kurzwaren und einfachen Haushaltswaren, die von den Menschen auf dem Lande sicher gekauft würden. Der Kinderwagen als Transportmittel vermochte die Warenmenge gar nicht zu fassen. Wie gut, dass Luise Auguste mitgenommen hatte. Leider erhielten die beiden keine positive Antwort für Frieder, nur den Hinweis, er solle zur gegebenen Zeit noch einmal vorstellig werden.

»Das war jetzt gut, Mutter. Der Herr Fiedler ist ja ein richtig lieber Mann«, meinte Auguste auf dem Rückweg nach Hause.

»Und er glaubt an denselben Gott wie wir. Nur dass er noch immer auf den Messias wartet«, bestätigte die Mutter.

»Der Messias, das ist doch Jesus, oder nicht?«, wollte Auguste noch einmal bestätigt haben, obwohl sie das ja eigentlich wusste.

»Richtig. Irgendwann werden die Juden es erkennen, dass Jesus auch für sie in die Welt gekommen ist. Davon hat der Apostel Paulus schon geschrieben, und so wird das sein. Ich freue mich jedenfalls, dass ich ab Montag unterwegs sein kann und Geld verdienen. Vater wird das mit euch schon schaffen. Und ich bin ja auch abends immer zurück.«

»Glaubst du das wirklich, Mutter, dass du abends immer wieder zu Hause bist? Manche Wege sind doch sehr weit.« Auguste dachte wieder einmal erstaunlich umsichtig.

»Da hast du Recht, Kind. Es mag sicher schon mal sein, dass ich irgendwo um ein Nachtquartier bitten muss. Aber auch dann werdet ihr zu Hause zurechtkommen. Gott hat zu dem einen ja gesagt, also wird er das andere auch behüten und segnen.«

Die feste Zuversicht der Mutter machte Eindruck auf die Tochter und bewog sie zu der Äußerung, sie möchte auch immer so fest glauben können, dass Gott da sei und in allen Dingen immer helfen werde.

»Um diesen Glauben muss ich jeden Tag bitten, Kind. Der kommt nicht von alleine. Aber Gott schenkt ihn. Er schenkt ihn auch dir, wenn du ihn immer wieder bittest.«

»Fräulein Auguste«

Auguste erlebte in den nächsten Monaten, wie sich der Glaube der Mutter und ihr Vertrauen in die hilfreiche Nähe Gottes in allen Dingen bewährte. Ihrem eigenen Glauben tat das sehr gut und gab ihm zunehmend Kraft.

Die Mutter war lange Zeit bei jedem Wetter mit dem Kinderwagen fleißig und erfolgreich unterwegs. Was sie bei ihren Geschäften einnahm, reichte bald aus, den Kredit an Herrn Fiedler zurückzuzahlen, neue Ware vorzufinanzieren und zugleich die Familie zu versorgen. Bald reichte ihr Gewinn sogar so weit, dass die Familie an einen Umzug in eine andere Wohnung denken konnte. Sie zog dann auch um, vom Ludwigsplatz in die Lenzengasse, aus der Hospizwohnung in eine bequemere und schönere Mietwohnung.

Hier gab es eine Stube mehr und einen Wasseranschluss und einen Ausguss auf dem Flur. Wassertragen war also nicht mehr nötig. Das Plumpsklo im Schuppen auf dem Hof mussten sie nicht mehr mit allen Hausbewohnern teilen. Dazu bot der Schuppen Abstellplatz. Und es gab die Möglichkeit, in einem Gärtchen Gemüse und Kräuter anzubauen. Das kam dem Speisezettel zugute. Wunderbar!

Georg blieb zwar ein kranker Mann, aber seine Gesundheit festigte sich doch so weit, dass er leichte Gartenarbeiten verrichten konnte. Die schwerere Arbeit übernahmen Frieder und Auguste, denen diese Beschäftigung sogar Spaß machte. Auch die jüngeren Geschwister konnten sich hier und da schon ein bisschen Geld verdienen, beim Sammeln von Pferdemist auf den Straßen oder beim Unkrautjäten oder anderen leichteren Dingen.

Den Haushalt bewältigte der Vater meistens alleine, mehr oder weniger und manchmal ziemlich nervös. Die kleineren Kinder wurden älter und konnten mit der Zeit auch hier und da mit anfasssen. Da machte es nicht viel, dass die Mutter tatsächlich manchmal eine halbe Woche lang nicht nach Hause kam, weil sie sich zu weit von Saarbrücken entfernt hatte. Sie fand aber immer freundliche Gastgeber, die sie für eine Übernachtung mit Frühstück beherbergten.

Kaufmann Fiedler war sehr zufrieden mit seiner eifrigen fahrenden Kleinunternehmerin. Ebenso zufrieden wie ihr Mann und die Kinder und natürlich sie selbst. Leider hatte der Kaufmann für Frieder keinen Platz in seinem Geschäft. Er half allerdings mit, dass der Junge nach seiner Schulentlassung eine Lehrstelle bei einem Klempner und Installateur fand.

Auguste bekam nach ihrer Schulentlassung im Sommer 1895 als Mitarbeiterin im Kaufhaus Fiedler in der Bahnhofstraße von St. Johann einen festen Arbeitsplatz. Dass dieses nette und hübsche vierzehnjährige Mädchen zu gebrauchen war, hatte der Kaufmann für »Textil- und Haushaltswaren en gros & en détail« bei mehreren Besuchen in seinem Geschäft festgestellt, wenn sie mit ihrer Mutter wieder einmal einen Großeinkauf tätigte. Zudem war er sehr zufrieden mit Augustes Zeugnis. Sie war zuverlässig. Fleiß, Ordnung, Aufmerksamkeit und Betragen waren mit »gut« bezeichnet, ebenso die Kenntnisse in den meisten Fächern. Wo kein »gut« stand, war zumindest »ziemlich gut« zu lesen, was auch für die »Kenntnisse im Allgemeinen« galt. Dieses Mädchen wollte er gerne zur Gehilfin ausbilden.

»Fräulein Auguste«, wie das Mädchen ab jetzt für einige Jahre hieß, ging begeistert an ihre neuen Aufgaben, die ganz unkaufmännisch begannen. Wenige Tage nach ihrer Einstellung feierten die Städte an der Saar das fünfundzwanzigjährige Jubiläum der siegreichen Schlacht am Spicherer Berg vor den Toren Saarbrückens. Zu diesem Volksfest am 6. August 1895 wurden die Straßenzüge und Hausfassaden mit Ehrenportalen und Girlanden, mit Blumen und Fahnen geschmückt, um dem großen Umzug der Militärkapellen, der militärischen und zivilen Honoratioren und der Abordnungen verschiedener Vereine am Festtag einen würdigen Rahmen zu geben. Das Kaufhaus Fiedler stand da natürlich nicht zurück. Jeder Angestellte, der eben im Geschäftsbetrieb entbehrlich war, machte mit beim Winden und Binden des Fichtengrüns, dem Gestalten großer Papierblumen und der Herstellung von Stoffgirlanden in den Farben der Stadt und des Landes.

Auguste machte diese Arbeit großen Spaß. So lernte sie gleich auf gute Weise die Kolleginnen und Kollegen des Geschäfts kennen. An der fröhlichen Stimmung unter den Angestellten und Hilfskräften hatte das Mädchen großen Anteil. Ihr heiteres Wesen übertrug sich auf die anderen und öffnete die Herzen der durchweg älteren Frauen und Männer.

Auch in den vergangenen Jahren hatte Auguste die Feierlichkeiten zum 6. August erlebt, freilich nur als Schaulustige am Straßenrand. Jetzt war sie zum ersten Mal beteiligt an der Ehrerweisung für »Deutschlands Helden 1870/71«. Ein stolzes Gefühl für sie.

Zu dieser Ehrerweisung gehörte es, als Belegschaftsmitglied des angesehenen Kaufhauses Fiedler im dunklen Feiertagskleid mit weißer Schürze an der Straße zu stehen, sich dann als Gruppe dem Festzug anzuschließen und später auf dem Saarbrücker Rathausplatz an der zentralen Kundgebung teilzunehmen. Dort gab es vor Tausenden von Menschen mehrere Reden wichtiger Leute, die alle nur das eine Thema hatten, ein patriotisches Bekenntnis zu Preußen abzulegen und ein Hochlied zu singen auf das endlich geeinte Deutsche Reich und auf das strahlende Heldentum des Kaisers. Die Menschen an der Saar hatten ja auch allen Grund zu feiern, schließlich stand die Wiege der Einheit des Deutschen Reiches vor ihren Toren.

Die Begeisterung der Menge auf den Straßen und Plätzen und bei der Abschlusskundgebung sprang auch auf Auguste über. Zum ersten Mal in ihrem Leben fühlte sich das Mädchen als Saarbrückerin. Die Erinnerungen an Saaralben waren verblasst. Hier gehörte sie jetzt hin und hier wollte sie bleiben.

Nach der Kundgebung auf dem Rathausplatz schloss sie sich einer der Wanderungen an, die es immer zum 6. August gab. Drei Hauptziele hatten sie an diesem Sommertag, seit Jahren immer die gleichen: Bürger, die wenig gehen wollten, zogen hinauf auf die Bellevue-Höhe, um dort am »Lulustein«, am

»kleinen Exerzierplatz« der damaligen Ereignisse zu gedenken, freilich nicht im Stolz auf eine eigene Leistung, sondern eher im Spott auf die vergeblichen Bemühungen der Franzosen. Auf dieser Höhe hatten deren Truppen 1870 ein Geschütz postiert, von dem aus besonders die Bahnhofsregion und die neue Saar-Brücke beschossen wurden. Am 2. August war dann der französische Herrscher Napoleon III. mit seinem siebzehnjährigen Sohn Louis Napoleon persönlich dort oben erschienen, um die Beschießung zu überwachen. »Loulou«, wie der junge Mann auch genannt wurde, hatte selbst einen Schuss auf die Stadt gezündet, aber wohl ohne den gewünschten Erfolg. Warum sollte man also nicht mit ein wenig Spott auch das vergebliche Bemühen der damaligen Feinde feiern?

Die längste Strecke nahmen die unter die Füße, die hinauf ins damalige Kampfgebiet auf die Spicherer Höhe wanderten, um dort am Ort des Geschehens jenes mörderischen Sturmangriffs am 6. August 1870 zu gedenken. 800 Gefallene und 3000 Verwundete allein auf deutscher Seite hatte es damals gegeben.

Andere Gruppen, überwiegend Frauengruppen, wanderten nur über die Bellevue-Höhe hinüber ins »Ehrental«, um den dort begrabenen Soldaten Blumen auf die Gräber zu legen. Wer hierher wanderte, besuchte unbedingt auch das Grab der größten Heldin von damals, die als »Schultze Katrin« von den Saarbrückern heiß verehrt wurde. Diese Frau, Katharina Weißgerber, hatte sich als barmherzige Samariterin unerschrocken ins Schlachtgetümmel begeben, um die kämpfenden und verwundeten Soldaten aus großen Behältern mit erfrischendem Wasser zu versorgen und um zu helfen, Verwundete aus der Gefechtslinie zu bergen.

»Schultze Katrin« war vor neun Jahren bezeichnenderweise am 6. August gestorben und auch auf diesem Ehrenfriedhof beigesetzt. Ihr Grab glich am Abend dieses besonderen Jubiläumstages einem Meer von Blumen, an dem auch Auguste mit einem Strauß Nelken ihren Anteil hatte. Sie hatte sich natürlich den Kolleginnen angeschlossen und war mit ins Ehrental gewandert. Dieser Tag hatte in dem Mädchen das Bewusstsein vertieft, Bürgerin des Reiches zu sein. Sie war am Abend richtig froh über die Jubiläumsereignisse und ihre eigene Beteiligung daran.

Nachdem ein paar Tage später die Fahnen wieder eingerollt, die Girlanden abgehängt und die Blumengebinde eingesammelt waren, konnte die eigentliche Arbeit für Auguste beginnen. Im schicken Arbeitskleid mit Schürze – beides hatte sie unter Anleitung ihrer Mutter selbst genäht – war sie im Kaufhaus den ganzen Tag unterwegs, treppauf treppab, um hier Hand anzulegen und dort zu helfen. Mit den Kunden hatte das Mädchen zunächst nichts zu tun. Bedienung und Beratung waren späteren Abschnitten der Ausbildung vorbehalten. Zunächst musste sie ja auch das umfangreiche Warenangebot kennen lernen und wissen, zu welchem Zweck welches Haushaltsgerät gut war, welcher Stoff wie zu verarbeiten war und was man dazu alles brauchte.

Obwohl Auguste gerne und leicht lernte, rauchte ihr doch manchmal der Kopf von den vielen Bezeichnungen. Interessant war es auch, Preisschilder und andere Hinweise zu schreiben und zu zeichnen. Da konnte sie im Sitzen arbeiten; das Stehen an den Tischen und das Laufen durch das hohe Treppenhaus über vier Etagen ging ganz schön in die Beine.

Aber diese Arbeit machte ihr Freude und brachte ihr eine Menge Gewinn. Natürlich nicht für die eigene Geldbörse. Der Lohn für Lehrlinge war spärlich und ließ keine großen Sprünge zu. Aber Auguste war sowieso in allen Dingen sehr bescheiden und brauchte nicht viel. Außer in Sachen Arbeitskleidung. Die musste immer adrett und sauber sein und entsprechend häufig gewechselt werden. Herr Fiedler achtete sehr auf die Sauberkeit und das Aussehen seiner Leute. Der Waschzuber, die Wäscheleine und das Bügeleisen waren bei Wahrenbergs sehr viel häufiger in Gebrauch als früher. Deshalb ging die Mutter auch nur noch an höchstens vier Tagen in der Woche mit ihrer Ware auf die Dörfer. Die anderen Tage brauchte sie unbedingt für den Haushalt. Mit Wäscheangelegenheiten konnte sie ihren Mann nun doch nicht betrauen. Da streikte er.

Luise und ihre Tochter saßen häufig an der Nähmaschine, um den Vorrat an Arbeitskleidung in Ordnung zu halten und immer wieder neue zu nähen. Gut, dass sie die Stoffe dazu von Kaufmann Fiedler zu günstigen Konditionen beziehen konnten. Hierin war der Arbeitgeber seinen Mitarbeitern gegenüber sehr großzügig. Das blieb auch so in der ganzen Zeit, in der Auguste bei diesem Geschäftsmann arbeitete. Am Ende waren das beinahe fünfzehn Jahre. Wer hätte das bei ihrem Eintritt in die Firma gedacht?

Sonntags ging die Familie nach wie vor in den Gottesdienst der Ludwigskirche. Es lohnte sich inzwischen auch mehr, auf die Predigt zu hören, denn inzwischen war der junge Pfarrer Ebeling seinem akademischen Vorgänger mit der geschliffenen Rede und dem kühlen Herzen gefolgt.

Der neue Prediger brachte Wärme und Liebe mit. Vielleicht lag das mit daran, dass dieser Mann in seiner Familie die Last einer behinderten Tochter zu tragen hatte. Selma war seit ihrer Geburt körperlich schwer behindert und unfähig, sich selbst zu bewegen. Auch ihre sprachlichen Ausdrucksmöglichkeiten waren stark eingeschränkt. Das Kind musste in allen Dingen rund um die Uhr versorgt werden. Die Begrenztheit des Lebens und seine Vergänglichkeit immer vor Augen zu haben, prägten spürbar den Lebens- und Glaubensstil des Pfarrers und die Art seiner Verkündigung der Liebe und Barmherzigkeit Gottes. Seine Predigten richteten sich weniger an den Verstand der Leute als vielmehr an ihr Herz. Dieser Mann lud mit Wort und Tat zum Glauben ein und machte Mut, Glauben im Alltag auch zu leben.

Das war auch sein wesentliches Anliegen im neu belebten Konfirmandenunterricht und in der folgenden Christenlehre für die konfirmierten jungen Leute. Er bot sie sonntags vor dem Gottesdienst für die Jugendlichen an. Augustes jüngere Geschwister profitierten davon, obwohl sie nicht unbedingt die Frömmigkeit ihrer Schwester teilten. Mussten sie ja auch nicht. Wie jemand seinen Glauben gestaltete und lebte, musste er selbst entscheiden. Wichtig war nur, dass Jesus im Mittelpunkt stand.

Luise und Georg nahmen seit einiger Zeit auch an der wöchentlichen Betstunde teil, wenn es die Tagesarbeit erlaubte. Es tat gut, Gemeinschaft mit Menschen zu haben, die den Glauben ernst nahmen. So hatte die Familie bald einen besonderen Platz im Bewusstsein des Pfarrers.

Eines Sonntags im frühen Jahr 1900 sprach er Auguste nach dem Gottesdienst an der Kirchentür an. Dabei war er ein wenig umständlich. »Fräulein Auguste, ich habe eine Frage an Sie.«

»Fragen Sie, Herr Pfarrer, was kann ich für Sie tun?«, gab die Neunzehnjährige in ihrer offenen Art zur Antwort.

»Wir haben ein neues Jahrhundert begonnen. Eine neue Zeit mit neuen Herausforderungen. Wer weiß, was uns die neue Zeit bringen wird.«

»Ich würde es auch gerne wissen«, gab die Jugendliche zu, »aber eins bleibt doch auch im neuen Jahrhundert, Herr Pfarrer.«

»Was meinen Sie, Fräulein Auguste?«

»Ich meine das, wovon Sie gesprochen haben: ›Er ist der Herr, unser Gott, er richtet in aller Welt.‹«

»Ja, dieser Vers aus Psalm 105, Fräulein Auguste. Da haben Sie natürlich Recht. Gott bleibt derselbe. Seine Treue geht mit uns und bleibt bei uns.«

»Und danke für das schöne Paul-Gerhardt-Lied, das wir gesungen haben, Herr Pfarrer.«

»Ja, seine Lieder haben es in sich. Sie scheinen sie zu lieben.«

»Ich kann die meisten auswendig, und ich singe sie oft, wenn sie mir in den Kopf kommen. Sie tun der Seele gut.«

Pfarrer Ebeling seufzte leicht. Er hatte wohl für den Moment seine kranke Tochter vor Augen. »Aber jetzt sollte ich zu meinem Anliegen kommen, Fräulein Auguste. Also«, setzte er noch einmal an, »mit dem neuen Jahr im neuen Jahrhundert möchte ich eine neue Arbeit in unserer Gemeinde beginnen, und da hatte ich gedacht, dass Sie dabei helfen könnten, Fräulein Auguste.«

»Und welche Arbeit möchten Sie beginnen?« Auguste hatte eine leise Hoffnung, weil die Gemeindearbeit eigentlich nur eine wesentliche Lücke aufwies.

»Ich möchte möglichst bald mit einem Gottesdienst für die Kinder der Gemeinde beginnen. Da brauche ich Helfer. Möchten Sie da nicht mitmachen?«

Das war es also tatsächlich, schoss es Auguste durch den Sinn, und sie musste ihre Antwort nicht lange überlegen. »Wenn Sie denken, dass Sie mich bei dieser Arbeit gebrauchen können, Herr Pfarrer, dann bin ich gerne dabei.«

»Wenn ich Bedenken hätte, hätte ich Sie nicht gefragt, Fräulein Auguste.«

»Wann möchten Sie beginnen?«

»Am liebsten schon am nächsten Sonntag. Aber so rasch wird das nicht gehen. Die Familien wissen ja noch nichts davon. Und dann müssten wir uns auch erst einmal zusammensetzen und darüber sprechen, wie wir es machen wollen.«

»Also wann denken Sie anzufangen?«, wollte Auguste noch einmal wissen.

»Lassen wir uns noch etwas Zeit zur gründlichen Vorbereitung und beginnen wir mit dem Frühling. Das würde passen. Könnten Sie damit einverstanden sein, Fräulein Auguste?«

»Wunderbar. Macht noch jemand mit?«

»Wir sollten zunächst zu zweit beginnen. Sie mit den Mädchen, ich mit den Jungen. Wenn wir dann merken, dass wir mehr Mitarbeiter brauchen, dann sehen wir weiter.«

»Ich freue mich auf die Arbeit. Und dabei halten wir es mit Paul Gerhardt.«

»Jetzt weiß ich nicht, was Sie meinen, Fräulein Auguste.«

Die soeben ernannte Kindergottesdienst-Helferin zitierte: »Sprich deinen milden Segen zu allen unseren Wegen, lass Großen und auch Kleinen die Gnadensonne scheinen.«

»Richtig, so haben wir es gesungen, so wollen wir es halten«, bestätigte Pfarrer Ebeling und hatte soeben eine entscheidende Lücke im Leben seiner Gemeinde geschlossen.

Für Auguste begann eine interessante Zeit. Im Kaufhaus Fiedler war sie nun nicht mehr als Lehrling beschäftigt, sondern als Buchhalterin in der Verwaltung fest angestellt. Mit Zahlen war sie ja schon immer gerne und leicht umgegangen. Und schreiben konnte sie auch, sauber und nahezu wie gedruckt.

Hatte sie zuletzt noch alle Journale mit der Hand ausfüllen müssen, lernte sie nun mit moderner Schreibtechnik umzugehen. Das machte ihr Spaß. Herr Fiedler hatte sein Büro inzwischen mit Schreibmaschinen ausgerüstet und außerdem mit einer Fernsprech- und einer Rohrpost-Anlage.

Innerhalb kurzer Zeit lernte Auguste, die Tastatur mit zehn Fingern zu betätigen. Bald brauchte sie nicht mal mehr auf die Tasten zu schauen. Herr Fiedler war begeistert von seiner jungen, fähigen Mitarbeiterin.

Weniger begeistert war er allerdings von den Hemmungen, die die junge Frau gegenüber der Fernsprech-Anlage hatte. Die Rohrpost war für sie eine gute Erleichterung, wenn sie in Windeseile Schriftstücke durchs Haus transportierte. Aber die Fernsprech-Anlage mit ihren Apparaten auf jeder Etage des Hauses und der Möglichkeit, sogar mit Menschen an ganz anderen Orten zu sprechen, nein, die gefiel der Buchhalterin überhaupt nicht. Ihr war es einfach unangenehm, mit jemandem zu reden, den sie nicht sehen konnte.

Da lief sie doch lieber immer wieder einmal durch das große Haus, um sich die Information oder die Anweisung oder was auch immer durch dieses Gerät gesprochen war, persönlich abzuholen oder das eigene Anliegen persönlich abzugeben. Dabei konnte man dem Gesprächspartner wenigstens in die Augen schauen und sehen, wie der reagierte.

Herr Fiedler sprach seine Mitarbeiterin darauf an: »Fräulein Auguste, wozu haben wir diese neue Technik? Wenn Sie für jede Kleinigkeit immer noch durch das Treppenhaus springen, brauchen Sie doch viel zu viel Zeit für die Dinge«, sagte er, als Auguste wieder einmal bei ihm persönlich auftauchte, um sich eine Information zu holen. »Warum rufen Sie mich nicht einfach an?«

»Ich mag es nicht, wenn ich den nicht sehe, mit dem ich rede, Herr Fiedler. Das ist so ... so unpersönlich. Die Stimmen sind durch diesen Apparat so komisch, gar nicht menschlich. Mir gefällt das nicht. Da springe ich doch lieber drei Etagen nach oben, wenn ich von jemandem etwas brauche.«

»Sie müssen sich einfach daran gewöhnen, Fräulein Auguste. Diese Anlage soll Sie nicht erschrecken, sondern Ihnen und uns allen die Arbeit erleichtern. Bitte, Fräulein Auguste, ich möchte Sie nicht mehr ständig durch das Haus flitzen sehen, wenn es dafür keinen Grund gibt. Nachrichten sind kein Grund mehr. Genauso wie Sie die Rohrpost benutzen, benutzen Sie bitte auch den Fernsprecher. Ich hoffe, Sie haben mich verstanden.«

Auguste hatte verstanden, aber die Gewöhnung an die unpersönliche Technik machte ihr noch eine ganze Weile Mühe.

Leicht fiel es ihr dagegen, sonntags mit den Mädchen ihrer Kindergottesdienst-Gruppe umzugehen. Hier hatte sie die großen, erstaunten, strahlenden, lachenden oder weinenden Kinderaugen vor sich. Hier erfuhr sie unmittelbares Echo auf die

Geschichten, die sie den Kleinen aus der Bibel erzählte und erklärte. Das war schön und machte ihr große Freude. Das Evangelium in die Herzen der Kinder zu pflanzen, hatte eine ganz andere Qualität, als Bestellungen, Rechnungen oder Überweisungen zu schreiben, die wöchentlichen Lohnabrechnungen zu machen oder Jahresabrechnungen vorzunehmen. Hierbei ging es im Grunde um vergängliche Dinge, mit denen es schnell einmal zu Ende sein konnte. In der Arbeit mit ihren Mädchen ging es um Ewigkeitswerte. Hier konnte sie nach ihrem Gebet handeln, das sie aus ihrem Lieblingslied immer wieder einmal betete:

»Hilf mir und segne meinen Geist
mit Segen, der vom Himmel fleußt,
dass ich dir stetig blühe;
gib, dass der Sommer deiner Gnad
in meiner Seele früh und spat
viel Glaubensfrüchte ziehe.«

Dass ihre Mädchen dieses Lied auch lernten und sangen, ergab sich fast von allein. Auch danach zu leben, lernten sie an manchem schönen Sonntagnachmittag, wenn sich Auguste mit einer Schar ihrer Mädchen traf, um mit ihnen auf dem Platz vor der Kirche zu spielen, an der Saar entlang spazieren zu gehen, auf den Halberg oder den Nußberg zu wandern oder auch einmal ins Ehrental zum Grab der barmherzigen Samariterin »Schultze Katrin« – und bei allem Gottes herrliche Schöpfung zu erleben und einfach Freude miteinander zu haben.

Schöne, glückliche und erfüllte Jahre für Auguste als Älteste der Geschwister im Haus in der Lenzengasse, als geachtete Buchhalterin im Kaufhaus Fiedler und als beliebte Mitarbeiterin der reformierten Gemeinde. Mit den Jahren war aus dem fröhlichen Mädchen mit dem hübschen Gesicht und den Zöpfen eine gut aussehende junge, aber auch ein wenig ernstere Frau geworden. Die Zöpfe trug sie jetzt als Kranz um den

Kopf. Immer wieder einmal bekam sie ein Kompliment zu hören, und mancher junge Mann drehte sich auf der Straße nach ihr um. Mit der einmal ausgehen zu können, das wäre was! So mag es manchem von ihnen durch den Kopf gegangen sein. Es hatte auch schon den einen oder anderen vorsichtigen Annäherungsversuch gegeben. Vergeblich, Auguste hatte die Bewerber jedes Mal abgewiesen. Ihr stand der Sinn nicht nach Männern. Noch nicht. Der Richtige musste erst kommen. Den würde Gott ihr schon zeigen, wenn die Zeit dazu reif war.

Ein Sonntag im Sommer

Es war an einem Sonntag während der Ferien im Sommer 1904. In der Ludwigskirche saß ein Mann im Gottesdienst, den zuvor niemand hier gesehen hatte. Er hatte ein schmales, feines, sonnengebräuntes Gesicht unter dunklem Lockenhaar. Er trug einen kleinen Schnauzer und einen Spitzbart und unter seinem Jackett ein weißes Stehkragenhemd mit dunkler Krawatte. Mehr war von dem Mann in der Kirchenbank vorerst nicht zu sehen.

Auguste war der Fremde zwar gleich aufgefallen, sie schenkte ihm jedoch zunächst keine weitere Beachtung. Seit sich die guten Predigten von Pfarrer Ebeling herumgesprochen hatten, kam es immer wieder vor, dass Menschen im Gottesdienst saßen, die nicht zur Gemeinde gehörten. Wer in dieser Kirche den Gottesdienst besuchte, konnte immer eine gute Portion geistlicher Nahrung aufnehmen, die ihm durch das Auf und Ab seines Alltags half.

Auguste fiel an dem Fremden auf, dass er ganz offenbar mit großer innerer Beteiligung der Predigt zuhörte. Während andere Gottesdienstbesucher entspannt und zurückgelehnt auf ihren Plätzen in der Bank zuhörten, saß dieser Mann nach vorne gebeugt und hing mit den Augen schier an den Lippen des Predigers, als dürfe er kein Wort versäumen.

Zentraler Vers der Ausführungen des Mannes auf der Kanzel über den 16. Psalm war Vers 6: »Das Los ist mir gefallen aufs Liebliche; mir ist ein schön Erbteil geworden.« Ein gutes Wort und eine gute Auslegung, in der sich auch Auguste wiederfinden konnte.

Nach dem Gottesdienst stand der dunkelhaarige junge Mann vor der Kirche, wo Pfarrer Ebeling die Menschen verabschiedete, mit dem ein und anderen ein paar Sätze wechselnd. Der Fremde wartete wohl auf den Gemeindehirten, um mit ihm zu reden. Auguste hatte die gleiche Absicht, hielt sich aber ein wenig an der Seite, um ihm den Vortritt zu lassen. Der Kindergottesdienst fiel während der Ferien aus. Dadurch hatte sie Zeit und konnte warten.

Gut sah der junge Mann aus, schoss es ihr für einen Moment durch den Kopf, direkt vornehm. Er könnte vielleicht ein bisschen größer sein und ein paar Pfund mehr haben. Seinen Händen nach war der kein Kumpel oder Fabrikarbeiter von der anderen Saarseite, auch kein Schlosser oder Metzger oder so was. Vielleicht war er Schneider? Oder Musiker? Vielleicht Buchhalter oder Beamter in der Verwaltung?

»Wieso interessiert dich das eigentlich?«, ging es Auguste durch den Kopf, und sie wunderte sich über ihre eigenen Gedanken.

Dann hatte Pfarrer Ebeling die letzten Gemeindeleute verabschiedet. Sofort ging der Fremde auf ihn zu. »Mein Name ist Peter Hölcker«, hörte Auguste ihn sich vorstellen, ging dann aber doch lieber ein paar Schritte zur Seite, um nicht den Anschein der Neugier aufkommen zu lassen. Dadurch bekam sie von der Unterhaltung der beiden Männer natürlich nichts mit. Dass die einen guten Verlauf gehabt hatte, schloss sie aus den Gesichtern der beiden und dem herzlichen Abschied.

Wieder erwischte sich Auguste bei einem Gedanken, den sie

selbst als ungehörig empfand: Sie hätte zu gerne gewusst, was den Pfarrer und den Fremden so froh gemacht hatte. Wenige Minuten später wusste sie es. Pfarrer Ebeling erzählte ihr von sich aus etwas von dem Gespräch. »Das ist ein netter Mensch, dieser Herr Hölcker. Er hat sich über meine Predigt gewundert und zugleich gefreut. Der Satz aus dem 16. Psalm, über den ich gepredigt habe, hat ihn von Mülheim an der Ruhr nach hier gebracht.«

»Wie kann ein Psalmvers einen Menschen von einem Ort zu einem anderen bringen, Herr Pfarrer?«

»Herr Hölcker ist Kunstmaler und Restaurateur. Sein Auftrag in Mülheim war zu Ende, und er bekam über einen alten Lehrer ein Angebot hier aus Saarbrücken. Er hat darum gebetet, ob dieses Angebot für ihn zum Auftrag werden würde, und da hat Gott ihm das Wort vom lieblichen Land und vom schönen Erbteil gegeben.«

»Danach war für den Mann die Frage beantwortet?«

»Sie war es, und jetzt ist er hier. Er wohnt vorne an der Ecke zur Kronprinzenstraße, und er hatte eine Frage.«

»Darf ich die Frage wissen?«

»Sie dürfen. Ich denke, Sie freuen sich darüber, wie ich mich gefreut habe.«

Machen Sie es doch nicht so umständlich, Herr Pfarrer, dachte Auguste.

»Herr Hölcker hat gefragt, ob es für ihn eine Möglichkeit der Mitarbeit in der Gemeinde gebe. Er meinte, er dürfe seinen Glauben nicht nur für sich allein leben. Er wolle gerne mithelfen, wo es eine Aufgabe für ihn gebe.«

»Und haben Sie eine Aufgabe für ihn?«

»Er wird mir nach den Ferien in der Jungengruppe des Kindergottesdienstes helfen.«

»Das ist ja wunderbar«, entfuhr es Auguste eine Spur freudiger als eigentlich gewollt. »Das freut mich. Und kommt der Herr Hölcker auch schon zur Vorbereitung?«

»Ja, er kommt am Donnerstag in einer Woche zum nächsten Treffen.«

»Danke für die guten Nachrichten, Herr Pfarrer. Dann bis nächsten Sonntag. Grüßen Sie Ihre Frau und Selma.«

Die beiden Menschen verabschiedeten sich und gingen ihrer Wege, jeder wohl mit seinen Gedanken zu dieser überraschenden Begegnung nach dem Gottesdienst.

Eine gute Woche später saßen sich die beide jungen Leute zum ersten Mal gegenüber. Pfarrer Ebeling hatte um einige Minuten Geduld gebeten, weil er bei der Versorgung von Selma noch gebraucht wurde. Daher hatten die beiden Gelegenheit, sich gegenseitig vorzustellen und schon ein wenig kennen zu lernen.

Auguste erschien die Situation ein wenig merkwürdig. Nie zuvor hatte sie sich in der Lage befunden, mit einem jungen Mann allein in einem Raum zu sein, und sie musste doch tatsächlich eine gewisse Verlegenheit überwinden. Ob ihr Gegenüber die leichte Röte bemerkte, die ihr ins Gesicht stieg? Der Peter Hölcker sah wirklich gut aus, er sollte nur nicht ein so ernstes Gesicht machen. Aber ihr eigenes war wohl auch etwas verkrampft. Und er sollte endlich das erste Wort sagen.

Aber der junge Mann wusste wohl auch nicht so recht, wie er sich in dieser Situation verhalten sollte. Was tun? Die Momente erschienen wie Ewigkeiten. Einer musste doch jetzt das erste Wort sagen. Und das sollte doch nicht die Frau sein. Das war doch Männersache. Nun, komm schon, ging es der jungen Frau durch den Kopf. Der Gedanke hatte Erfolg. Durch Peter Hölcker ging ein sichtbarer Ruck.

»Ihren Namen kenne ich, Fräulein Auguste. Den hat mir Pfarrer Ebeling schon genannt. Aber sagen Sie mir bitte etwas zu sich selbst. Wie leben Sie, was machen Sie?«

Noch etwas schüchtern gab die junge Frau Auskunft über sich und ihre Familie und auch über die schwere Krankheit ihres Vaters. Denn ihm ging es langsam immer schlechter. Dann berichtete sie in ein paar Sätzen über ihre Arbeit im Kaufhaus Fiedler in der Bahnhofstraße. »Jetzt wüsste ich gerne auch, wer Sie denn sind, Herr Hölcker.«

Nun lag die Aufgabe auf der anderen Seite des Tisches, und Auguste erfuhr in kurzen Zügen das Wesentliche aus dem bisherigen Leben des weit gereisten Künstlers mit den Stationen Oberhausen und Kaiserslautern in der Pfalz und Mülheim an der Ruhr. Vor allem erfuhr sie die Geschichte seiner Bekehrung durch die Predigt von Pastor Ernst Modersohn und die Bedeutung der Liedzeile: »Suche Jesum und sein Licht, alles andre hilft dir nicht!« Dies zu betonen war dem jungen Mann offenbar besonders wichtig.

Ebenso wichtig war ihm die Bedeutung des Psalmverses vom »lieblichen Land« und dem »schönen Erbteil«. »Wissen Sie, Fräulein Auguste, ich bin sehr gespannt, wie dieses Land aussieht, in das Gott mich geschickt hat, und welches Erbteil ich hier antreten soll. Ich glaube nicht, dass sich das nur auf meinen neuen Arbeitsplatz bezieht. Die Mitarbeit im Kindergottesdienst mag schon ein Steinchen in dem Mosaik sein, das sich hier im Laufe der Zeit zusammensetzen wird. Ich bin sehr auf die weiteren Steinchen gespannt.«

Leider ließ sich dieser Gedanke jetzt nicht mehr weiter verfolgen, denn Pfarrer Ebeling kam herein, und die drei Menschen konnten die Vorbereitung der nächsten Kindergottesdienste beginnen.

In den folgenden Tagen kam der Gedanke vom Mosaik Gottes für das Leben von Peter Hölcker Auguste immer wieder in den Kopf. Sie wusste selbst nicht, warum. Dabei fragte sie sich ein ums andere Mal, ob nicht vielleicht sie selbst zu einem Steinchen in diesem Mosaik ausersehen sei. »Was soll das, Auguste?«, wies sie sich selbst sofort wieder zurecht. »Der Mann ist dir gerade ein paarmal begegnet.« Dennoch, das Bild des jungen Mannes und sein Vergleich mit dem Mosaik hatte sich in ihrem Kopf und sogar in ihren Träumen eingenistet und war nicht wieder daraus zu vertreiben. Manchmal ärgerte sich Auguste darüber, manchmal war ihr das sogar recht.

Irgendwann gestand sie sich ein: »Der Mann gefällt dir, Auguste. Du bist verliebt. Den möchtest du haben und ein Stein werden im Mosaik seines Lebens.« Nur tat sich die große Frage vor ihr auf, wie sie mit diesen Empfindungen umgehen sollte. Als Frau auf den Mann zugehen – das war unschicklich. Nein, das kam nicht in Frage. Also geduldig abwarten, die Sache zum Gebet machen und sehen, wie Gott antwortete. Wie sang doch gleich ihr Lieblingsdichter?

»Befiehl du deine Wege
und was dein Herze kränkt
der allertreusten Pflege
des, der den Himmel lenkt.
Der Wolken, Luft und Winden
gibt Wege, Lauf und Bahn,
der wird auch Wege finden,
da dein Fuß gehen kann.«

So wollte sie es machen und dabei offen sein, falls Peter Hölcker von sich aus Andeutungen einer Empfindung machen würde. Dann würde sie sich allerdings nicht zieren, das wurde Auguste immer klarer. Nein, sie würde sich der Zuneigung dieses Mannes nicht verweigern.

Warum aber dauerte das nur so lange, bis Gott antwortete? Hatte sich Auguste in ihren Empfindungen doch getäuscht? Sie schien auf Peter Hölcker überhaupt keinen besonderen Eindruck zu machen. Der Mann war ihr gegenüber immer freundlich und zuvorkommend, aber ansonsten verhielt er sich eher schüchtern und zurückhaltend. Nur wenn er sonntags mit den Jungen des Kindergottesdienstes arbeitete, ging er aus sich heraus. Da konnte er auch lachen und scherzen. Auch wenn es gelegentlich gemeinsame Unternehmungen mit der Mädchengruppe gab. An den Vorbereitungsabenden bei Pfarrer Ebeling ging es immer sachlich zu. Da war für irgendwelche Gefühlsbezeugungen keine Gelegenheit. Die warmen Empfindungen blieben dort sehr einseitig. Für Auguste wurde das schon manchmal sehr schwer, und sie fühlte sich mit ihrem Liebeskummer sehr allein.

Dann kam endlich ein Zeichen dafür, dass Auguste dem stillen Mann wohl doch nicht ganz gleichgültig war. Das Zeichen kam in Gestalt eines Kondolenzbriefes an Mutter und Tochter Wahrenberg zum Tod von Georg. Peter Hölcker hatte Augustes Mutter als regelmäßige Gottesdienst-Besucherin kennen gelernt, und er hatte sich immer gerne mit ihr unterhalten.

Nun war Georg Wahrenberg gestorben, nachdem er noch eine Weile im Krankenhaus hatte zubringen müssen. Sein Sterben war für ihn eine Erlösung gewesen. Damit war er aus einem sehr schweren irdischen Leben hinein in ewiges Leben ohne Leid und Geschrei und ohne Schmerzen gegangen. Auch für Luise und für die Kinder, die noch in der Familie lebten, war sein Tod eine Erleichterung, denn sie hatten sein Leiden mitgetragen.

Peter Hölckers Brief mit seinen einfühlsamen geistlichen Worten half Luise Wahrenberg und ihrer Tochter dabei, in ihrer Trauer doch aufzuatmen und die veränderte Situation aus Gottes Händen anzunehmen. Für Auguste war es ein besonderes Zeichen, dass im Brief drei Paul-Gerhardt-Strophen zitiert waren. Der heimlich Verehrte hatte ihre Liebe zu diesem Liederdichter tatsächlich bemerkt.

»Warum sollt ich mich denn grämen?
Hab ich doch Christum noch,
wer will mir den nehmen?

Wer will mir den Himmel rauben,
den mir schon Gottes Sohn
beigelegt im Glauben?

Gut und Blut, Leib, Seel und Leben
ist nicht mein, Gott allein
ist es, der's gegeben.
Will er's wieder zu sich kehren,
nehm er's hin; ich will ihn
dennoch fröhlich ehren.

Schickt er mir ein Kreuz zu tragen,
dringt herein Angst und Pein,
sollt ich drum verzagen?
Der es schickt, der wird es wenden;
er weiß wohl, wie er soll
all mein Unglück enden.«

Das war lieb, richtig lieb von dem Herrn Hölcker. Auguste taten die mitfühlenden Worte gut, und sie nährten zugleich die Hoffnung auf ein deutlicheres Zeichen der Zuneigung dieses Mannes. Wenn es doch nur bald käme!

Pfarrer Ebeling war ein feinfühliger Mann. Er hatte längst gemerkt, dass Auguste Peter sehr mochte. Und er hatte auch beobachtet, dass die junge Frau darunter zu leiden begann, dass ihre Zuneigung nicht beantwortet wurde. Dabei wurde es für Peter Hölcker wirklich bald Zeit, sich eine Frau zu nehmen und eine Familie zu gründen. Der Mann war doch bereits dreißig. Da hatten andere Männer längst eine Familie mit mehreren Kindern. Eine bessere Frau als Auguste konnte er kaum bekommen. Und die war auch schon fünfundzwanzig Jahre alt.

War der Mann eigentlich blind? Oder musste ihm nur jemand in seiner Schüchternheit ein wenig nachhelfen? Der Pfarrer ergriff eine günstige Gelegenheit, als sie einmal über

Ehe- und Familienfragen redeten, um Peter vorsichtig anzusprechen.

»Wie ist das eigentlich mit dir?«, fragte er und blickte den Maler vielsagend an. Er duzte seine treuen Helfer seit einiger Zeit, weil die das so gewünscht hatten. Die beiden duzten sich untereinander inzwischen auch, ohne dass sich dadurch etwas zwischen ihnen geändert hätte.

»Was soll wie mit mir sein, Herr Pfarrer?«, fragte der zurück.

»Du bist inzwischen dreißig. Denkst du nicht schon mal daran zu heiraten? Oder möchtest du ewig Junggeselle bleiben?«

Peter lächelte verlegen. »Das hatte ich eigentlich nicht vor. Aber ...«

»... du hast noch nicht die Richtige gefunden, wolltest du sagen.«

Der Mann antwortete nicht, als warte er darauf, dass sein Pfarrer weitersprach. Der tat das dann auch:

»Ich weiß eine Person, die gerne heiraten würde, ehe sie an Jahren noch weiter zulegt und alt und verschroben wird.«

»Ich weiß nicht ...«

War der Mann denn so begriffsstutzig? »Mein lieber Peter«, Peter hörte einen leisen Vorwurf in der Stimme, »siehst du eigentlich nicht, wie Auguste leidet?«

»Auguste? Sie meinen Auguste Wahrenberg? Und die leidet?«

War Peters Erstaunen nun echt oder tat er nur so?

Dann gab er doch ein wenig kleinlaut zu: »Sie haben ja Recht. Auguste ist wirklich ein sehr lieber Mensch. Ich würde schon –, aber ich weiß einfach nicht, wie ich das anstellen soll, sie zu fragen. Ich bin nicht der Mann, der in solch lebensentscheidenden Fragen einfach so drauflosgeht.«

»Hat Gott dir nicht längst gezeigt, dass Auguste ein ›schönes Erbteil‹ für dich wäre?«, spielte Pfarrer Ebeling auf seine damalige Predigt an.

»Hat er, Herr Pfarrer. Und er tut es jedes Mal, wenn ich ihr begegne.«

»Also solltest du wissen, was du zu tun hast, mein Lieber. Und jetzt muss ich gehen. Viel Mut und viel Glück!«

Noch fehlte Peter Hölcker der Mut zur entscheidenden Frage. Allerdings suchte er in der folgenden Zeit doch immer häufiger die Nähe der hübschen jungen Frau. Nach dem Kindergottesdienst brachte er sie nach Hause, schaute auch schon einmal im Geschäft vorbei, wenn er gerade durch die Bahnhofstraße kam, oder er lud sie für den Sonntagnachmittag zu einem Spaziergang ein.

Auguste ließ sich ihre Freude zuerst nicht anmerken. Ihr war bange, ob es mit diesen Begegnungen nicht vielleicht bald wieder ein Ende hatte. Zuweilen ärgerte sie sich auch darüber, dass sie nicht nach seiner Hand greifen durfte, wenn sie nebeneinander hergingen. Das schickte sich nicht. Diesen Schritt musste zuerst der Mann tun. Sie würde ihre Hand schon nicht zurückziehen. Das erste Wort musste der Mann sprechen. Sie würde schon die richtige Antwort geben. Oder sollte es doch erlaubt sein, diese Anstandsregel zu durchbrechen? Sollte sie vielleicht doch dem schüchternen Mann entgegenkommen, ihm wenigstens den kleinen Finger reichen, damit er vielleicht die ganze Hand nähme?

Auguste bewegte diesen kühnen Gedanken eine Weile in ihrem Inneren. Dann fasste sie einen Entschluss. Wenn der geliebte Mann nicht von allein aus seiner Zurückhaltung herausfand, dann musste sie ihn dazu bewegen, dass er es tat. Ein wenig verwegen münzte sie ein neueres Lied, das Pfarrer Ebeling am ersten Advent in den Gottesdienst mitgebracht hatte, für sich selbst um:

»Ich klopfe an am heiligen Advent
und stehe vor der Tür.

O selig, wenn er meine Stimme kennt
und öffnet mir die Tür.
Ich werd Verlobung mit ihm halten,
ihm Liebe spenden, Treu entfalten.
Der ganze Himmel wird ihm aufgetan.
Ich klopfe an!«

Ja, das wollte sie tun, bei ihm anklopfen. So stand es bei der jungen Frau fest. Und als sie mit ihrer Mutter nach einem Gang zum Friedhof auf dem Nachhauseweg war, schickte sie Luise schon einmal voraus. Sie müsse noch etwas erledigen. Die Frage nach ihrem Vorhaben beantwortete die Tochter nur mit einem knappen: »Ich erzähl dir's später«.

Gut, dass Peter Hölckers Zimmer zu ebener Erde lag. Auguste konnte sich also von draußen bemerkbar machen. Sie musste sich dabei auf die Zehenspitzen stellen, denn sie zählte nun einmal nicht zu den Großen. Da sah sie den geliebten Mann im Schein einer Lampe an seiner Staffelei stehen. Er gestaltete offenbar gerade eine Schrift. Genaueres war von draußen nicht zu erkennen. Für einen Moment zögerte sie. Sollte sie klopfen? Sollte sie nicht? Durfte sie überhaupt?

Auguste verscheuchte die Bedenken, reckte sich wieder und klopfte dreimal kräftig an die Scheibe. Jetzt mussten die Dinge ihren Lauf nehmen. Ein Zurück gab es nicht mehr. Sie hatte sich nicht einmal eine Erklärung zurechtgelegt, was sie denn eigentlich wollte.

Peter Hölcker schaute durch die Scheibe, um zu sehen, wer ihm da geklopft hatte. Sekunden später öffnete er überrascht und erfreut die Haustür und bat Auguste herein. Zum ersten Mal betrat Auguste die Wohnung des bisher nur heimlich verehrten jungen Malers. Der ließ sie in ihrem dicken Mantel mit Pelzkragen gar nicht zu Wort kommen, sondern ergriff sofort selbst die Initiative. »Es ist gut, dass du kommst, Auguste. Ich freue mich. Ich weiß, ich hätte schon lange mit dir reden sollen. Aber …«

»… du warst einfach zu schüchtern.«

»Aber jetzt hast du den ersten Schritt getan, und ich spreche dafür das erste Wort.« Peter wartete einen Moment, wohl um die Wichtigkeit des Augenblicks zu unterstreichen. »In meiner Art konnte ich es dir bisher nicht zeigen, wie sehr ich dich mag, Auguste.«

Plötzlich ergriff er Auguste bei den Händen und schaute ihr tief in ihre schönen dunklen Augen. Die hielten diesem Blick eine ganze Weile stand.

»Ich möchte dir heute sagen, dass ich dich liebe«, hörte Auguste Peter sagen, und es klang ihr, als wäre es aus dem Himmel gesprochen. Wie lange hatte sie auf diese Worte gewartet! Wie hatte sie dieses Bekenntnis ersehnt! Jetzt war es heraus und war doch nur die Hinführung zu der noch wichtigeren Frage. »Ich möchte dich zugleich fragen, ob du bereit wärst, mein Gustchen zu werden und mich zu heiraten.«

Am liebsten hätte Auguste dem geliebten Mann ein vielfaches »Ja!« entgegengejubelt und wäre ihm um den Hals gefallen. Wenn sich das doch nur geschickt hätte! »Mein Gustchen« hatte er gesagt. Also hob sie den Blick und schaute Peter ihrerseits jetzt tief in seine ebenso dunklen Augen, ihre Hände immer noch in den seinen. Es kam eher vor freudiger Bewegung gehaucht als gejubelt: »Ja, Peter, ich bin bereit, dein Gustchen zu werden. Ich habe lange auf diese Frage gewartet. Du darfst mich heiraten.«

Die Antwort war kaum gesprochen, da lagen sich die beiden Menschen in den Armen, der Mann im weißen Stehkragenhemd und einer alten Strickjacke und die Frau im dicken Wintermantel mit Pelzkragen. Sie wollten sich schier nicht wieder loslassen, als befürchteten sie, der andere könnte seine Worte von eben widerrufen. Das wäre aber wohl keinem der beiden glücklichen Menschen eingefallen, auch nicht, nachdem sie sich endlich wieder losgelassen hatten.

»Möchtest du nicht deinen Mantel ausziehen, Gustchen?«,

fragte Peter. »Ich würde mich freuen, wenn du noch eine Weile hierbliebest.«

»Das geht leider nicht, mein Lieber, ich muss die Nachricht sofort meiner Mutter bringen. Sie weiß gar nicht, was hier soeben passiert ist und dass sie ganz plötzlich einen Schwiegersohn bekommen hat.«

»Was wird deine Mutter dazu sagen?«

»Die wird sich freuen. Sie hat schon lange festgestellt, dass der Peter Hölcker ein guter Mann für mich wäre. Und jetzt kann ich ihr sagen, dass er es wird.«

»Sehr gut und doch sehr schade. Aber ich verstehe dich. Sag deiner Mutter herzliche Grüße und melde meinen Besuch für die nächsten Tage schon einmal an. Ich muss sie ja offiziell fragen, ob sie überhaupt meine Schwiegermutter werden möchte und mir die Hand ihrer Tochter auch gibt. Dabei will ich nicht nur die Hand, sondern die ganze Tochter. Lass dich vorher noch einmal umarmen.«

Diesmal blieb es nicht bei der Umarmung. Diesmal gab es auch den längst überfälligen Kuss.

Die Nächste, die Auguste in die Arme nahm, war ihre Mutter. »Kind, ich freue mich für dich und mit dir. Ich bin sicher, du wirst glücklich werden mit Peter. Er wird mir ein lieber Schwiegersohn. Er ist ein so feiner Mann.«

Davon war Pfarrer Ebeling ja schon lange überzeugt gewesen. Auch seine Freude über die endlich offen erklärte Verbindung seiner beiden Mitarbeiter war groß. Gleich am folgenden Donnerstag fragte er die beiden: »Wann werdet ihr heiraten?«

»Woher wissen Sie?«, fragten Peter und Auguste fast gleichzeitig.

»Ich habe doch Augen im Kopf, ihr beiden. Glück verändert das Aussehen. Mitten im kalten Winter strahlt euch doch der warme Frühling aus den Augen. Endlich ist klar, was längst klar sein musste. Also wann ist die Hochzeit?«

»Nicht so stürmisch, Herr Pfarrer«, bremste Peter Hölcker seinen Eifer. »Erst wird es eine offizielle Verlobung geben.«

»Darf ich wissen …?«

»Dürfen Sie, damit Sie sich den Samstag vor dem vierten Advent schon einmal freihalten«, gab Auguste das Datum preis, und die Freude strahlte ihr dabei aus den Augen.

»Danke für dieses frühe Weihnachtsgeschenk. Ich werde mir den Tag freihalten. Ich bin an der Entwicklung ja wohl auch nicht ganz unbeteiligt«, lachte der Mann verschmitzt.

Auguste blickte den Pfarrer fragend an. Sie verstand diese Bemerkung nicht.

»Lass dir gelegentlich von Peter erzählen, wie ich das meine, Auguste. Gehen wir jetzt an unsere Arbeit mit den adventlichen Verheißungen des Propheten Jesaja. Halt, noch einen Rat am Schluss. Wartet nicht zu lange mit der Hochzeit. Und jetzt möchte ich unsere Arbeit mit einem Gebet beginnen.«

Wie angekündigt gab es am letzten Adventssamstag bei den Wahrenbergs eine fröhliche Verlobungsfeier im kleinen Kreis mit dem Ehrengast aus dem Pfarrhaus. Nur sechs Wochen später feierten sie schon die Hochzeit. In einem feierlichen Gottesdienst in der Ludwigskirche besiegelten Peter Hölcker und Auguste Dorothee Luise Wahrenberg ihren Ehebund. Zwei glückliche Menschen hörten eine wegweisende Predigt über Peters Lieblingspsalm:

»Bewahre mich, Gott, denn ich traue auf dich. Ich habe gesagt zu dem Herrn: Du bist ja der Herr … Der Herr aber ist mein Gut und mein Teil; du erhältst mein Erbteil. Das Los ist mir gefallen aufs Liebliche; mir ist ein schön Erbteil geworden … Du tust mir kund den Weg zum Leben; vor dir ist Freude die Fülle und liebliches Wesen zu deiner Rechten ewiglich.«

Natürlich bekam auch Augustes geistlicher Lieblingsdichter seinen Platz im Gottesdienst. »Du meine Seele singe …«, »Nun danket all und bringet Ehr …«, »Ich singe dir mit Herz und Mund …«, »Befiehl du deine Wege …«

Sogar die letzten Strophen ihres Lieblingsliedes wurden von der Gemeinde als Gebet gesungen:

»Mach in mir deinem Geiste Raum,
dass ich dir werd ein guter Baum,
und lass mich Wurzel treiben;
verleihe, dass zu deinem Ruhm
ich deines Gartens schöne Blum
und Pflanze möge bleiben.

Erwähle mich zum Paradeis
und lass mich bis zur letzten Reis
an Leib und Seele grünen,
so will ich dir und deiner Ehr
allein und sonsten keinem mehr
hier und dort ewig dienen.«

Es war ein herrlicher Gottesdienst an diesem winterlichen Samstag im Februar 1907 in einer wunderschönen Kirche, auch wenn es recht kalt war und die Menschen in dicker Winterkleidung in den Bänken saßen. Danach erlebten sie eine bewegende Feier mit der Gemeinde und vor allem mit vielen Jungen und Mädchen aus dem Kindergottesdienst. Und daran schloss sich das fröhliche Fest im wenige Meter entfernten Gasthaus »Zum Adler« an, mit den Wahrenbergs, mit Peters Schwester Katharina, die leider als Einzige die hölckersche Verwandtschaft aus der Pfalz vertrat, und mit einigen Freunden aus Saarbrücken und dem benachbarten St. Johann.

Am Abend dann zog die junge Ehefrau in Peters kleine Wohnung im Eckhaus an der Ludwigskirche ein. Viel Platz hatten die jungen Eheleute wirklich nicht in der Wohnküche mit der Schlafkammer daneben. Aber das Glück kam auch ohne viel

Platz aus. Das Bett in der Kammer reichte für zwei, und der eintürige Schrank war bereits gegen einen zweitürigen getauscht, so dass Kleider und Mantel der neuen Bewohnerin ihren Platz fanden. Für Gustchens Truhe mit der Wäsche gab es auch noch ein Stück freie Wand.

Im der Küche reichten die Stühle um den Tisch sogar für vier Personen, das wenige Geschirr passte ins Regal. Auf dem kleinen Herd war Platz für einen zweiten Topf oder eine Pfanne. Die Garderobe neben der Tür hatte Haken genug für zusätzliche Kleidungsstücke. Die Staffelei und die Kiste mit den Pinseln, Farben und Leinwand konnten ihren Platz behalten. Es würde schon alles reichen, sie würden am ersten gemeinsamen Ort zurechtkommen.

Lange hielten sich die beiden glücklichen Menschen in den Armen, bevor sie sich für ein paar Minuten an den Tisch setzten, um ihren ersten gemeinsamen Abend zu beenden, wie es jeder aus der Zeit seines Alleinseins gewohnt war. So wollten sie es auch in Zukunft beibehalten.

Peter schlug die große Familienbibel auf, die ihnen Pfarrer Ebeling nach der Trauung überreicht hatte, »zum gesegneten Gebrauch und zum Andenken an den Tag ihrer Trauung, den 2. Februar 1907 dem Ehepaar Peter Hölcker und Auguste Dorothee Luise Wahrenberg von der Evangelisch-reformierten Gemeinde zu Saarbrücken«. So stand es auf der ersten Seite. Die nächsten Seiten sollten selbst ausgefüllt werden. Da ging es um den Stammbaum der Familien, die Großeltern und später um Kinder, Patenkinder und um »Sonstige wichtigere Familienereignisse«.

»Was werden wir wohl auf diesen Seiten alles eintragen können, mein Gustchen?«, meinte der junge Ehemann und legte den freien Arm um seine Frau.

»Ich denke, dass du das alles einträgst, mein Lieber, du bist der Künstler und du hast die schönere Schrift.«

»Darüber können wir uns gelegentlich streiten, wer die

schönere Schrift hat, mein Schatz. Jetzt lesen wir noch einmal unseren Trautext und danken Gott für den herrlichen Tag. Und dann verschwinden wir hinter der Türe dort drüben. Dort steht ein wunderschön bezogenes Bett. Das wartet auf uns.«

Bei diesem Satz wurde es Auguste doch tatsächlich ein wenig warm. Hinter dieser Tür … Sie löste sich aus dem Arm ihres Mannes. Für die Andacht war das wohl besser.

III.
Gemeinsames Glück

Hand in Hand

Die ersten Ehemonate waren glückliche Monate, ungetrübt und heiter. Die beiden Hölckers gingen werktags weiter ihren Arbeiten nach, Gustchen als Buchhalterin im Kaufhaus Fiedler in der Bahnhofstraße, Peter als Retuscheur im Atelier Germania in der Sulzbachstraße, beide drüben in St. Johann.

Diese Stelle hatte er angenommen, nachdem die beiden im Dezember dort ein Verlobungsfoto hatten anfertigen lassen. Peter hatte den Arbeitsplatz im warmen Atelier dem in kalten Räumen oder im Freien vorgezogen und den Arbeitgeber gewechselt. Gustchen war es recht gewesen. Aber damals hatte sie auf die persönlichen Entscheidungen ihres künftigen Mannes auch noch keinen Einfluss nehmen wollen.

Da die beiden Arbeitsstellen dicht beieinander lagen, konnten die Eheleute ihre Wege meistens gemeinsam gehen. So sahen die Leute regelmäßig ein verliebtes Paar, das Hand in Hand oder Arm in Arm die Straße entlangging.

An zwei Abenden der Woche waren die beiden im benachbarten Pfarrhaus zur Betstunde bzw. zur Vorbereitung für den Kindergottesdienst. Die anderen Abende verbrachten sie meistens in ihrer kleinen Wohnung. Gustchen hatte dann meist irgendeine Hausarbeit zu tun, zu der sie tagsüber ja keine Zeit hatte, oder sie las Zeitung oder eine Zeitschrift oder ein gutes Buch, während ihr Peter an seiner Staffelei stand und malte.

Der Tagesabschluss war aber stets ein gemeinsamer. Dann saßen die beiden zusammen am Tisch, lasen einen Abschnitt aus ihrer Familienbibel, sangen oder sprachen ein paar Strophen eines Liedes und beschlossen den Tag mit Danksagung und Bitte, getreu der Weisung des Apostels Paulus an die Philipper: »Sorget nichts, sondern in allen Dingen lasset eure Bitte im Gebet und Flehen mit Danksagung vor Gott kund werden.«

Diese gute Sitte sollte sich als tragender Pfeiler ihres gemeinsamen Lebens in guten wie in bösen Tagen erweisen.

Sonntags besuchten sie den Gottesdienst und waren als Mitarbeiter im Kindergottesdienst dabei. An den Nachmittagen besuchten sie Mutter Luise oder eines der Geschwister, die auch nicht mehr zu Hause wohnten, oder gelegentlich Freunde. Manchmal gingen die beiden spazieren oder saßen bei schlechtem Wetter auch gemütlich bei Kaffee und Kuchen nur in ihrer Küche. Langeweile kam bei ihnen nie auf. Es gab immer etwas zu erzählen oder zu tun, ohne dass dies ihre Sonntagsruhe gestört hätte.

So konnte es gerne bleiben. Sollte einmal ein Kind zur Familie gehören, würde sich manches von allein ändern. Vor allem müsste dann eine größere Wohnung her. Manchmal träumten die beiden sogar von einem eigenen Haus, in dem viele Kinder Platz hätten, in dem sich ein richtiges Atelier einrichten ließe, zu dem ein Garten gehörte für Gemüse, Kräuter, Sträucher und vielleicht sogar ein oder zwei Obstbäume …

Träumen war erlaubt. Was daraus wurde, musste sich erweisen. Dass Peter nicht sehr geschickt war im Geldverdienen und -verwalten, wurde seiner jungen Frau bald deutlich. Dass ihr geliebter Mann keine Ersparnisse mit in die Ehe gebracht hatte, störte Gustchen nicht. Dass er mit dem Geld, das er verdiente, aber kaum sinnvoll umgehen konnte, das gefiel ihr gar nicht. Dass er seine Bilder meist zu Spottpreisen verkaufte, ärgerte sie. Das musste sich irgendwie ändern.

»Ich gebe zu, ich habe noch nie ein Bild teuer verkauft«, gestand Peter ein, als seine Frau ihn eines Abends darauf ansprach. »Ich kann den Leuten nicht das Geld aus der Tasche ziehen. Nein, das kann ich nicht.«

»Du hast deine Bilder verschenkt, mein Lieber«, behauptete Gustchen. »Wie willst du auf einen grünen Zweig kommen, wenn du nicht einmal deine Kosten wieder hereinbekommst? Was soll zum Beispiel diese schöne Saar-Ansicht kosten, die du gerade fertig gemacht hast?«

Die Eheleute Gustchen und Peter im Herbst 1907

»Ich weiß es noch nicht, Gustchen. Ich hab mir noch keine Gedanken darum gemacht.«

»Das musst du aber, mein Lieber«, versuchte die in Sachen Finanzen ausgebildete junge Frau ihrem Mann deutlich zu machen. »Du musst dir genau aufschreiben, wie lange du an der Staffelei stehst, welches Material du verbrauchst und wie viel du vorher dafür bezahlt hast. Du brauchst immer wieder neue Farbe, neue Leinwand, Zeichenpapier, Stifte, Pinsel und so weiter. Und am Ende muss etwas übrig bleiben. Nach diesen Werten musst du deinen Preis machen. Sonst kommen wir nie zu einer größeren Wohnung.«

Peter Hölcker sah seine Frau lange an, um dann ein wenig kleinlaut seine Schwäche zuzugeben. »Und, was soll ich jetzt machen?«, fragte er.

»Du bist ein guter Künstler, aber ein schlechter Kaufmann, Peter. Überlass mir die Sache. Lass mich die Preise machen und unser Geld verwalten. Ich kann das wirklich besser als du.«

»Wenn du meinst, mein Gustchen, dann übernimm das für uns beide«, trat er seiner Frau erleichtert die Verantwortung ab.

Die kam wieder auf das Bild auf der Staffelei zurück: »Also, was denkst du, was soll diese schöne ›Saar-Ansicht mit der Alten Brücke‹ kosten?«

»Vielleicht 20 Mark«, schlug der Künstler vor. »Mehr kann ich dafür nicht nehmen, denke ich.«

»Hast du diesen Preis schon bekannt gegeben?« Gustchen ging auf Sicherheit. Sie hatte in Gedanken bereits einen Plan.

»Nein, natürlich nicht. Das mache ich nie im Voraus.«

»Gut, mein Lieber, dann rechne ich morgen die Sache einmal durch. Dann sehen wir, auf welchen Preis ich komme. Gut so?«

»Gut so«, war Peter einverstanden und griff nach der Bibel, um mit seinem geliebten Gustchen den Tag abzuschließen.

Am nächsten Morgen schickte die junge Frau ihren Peter schon voraus zur Arbeit. Sie dürfe heute eine Stunde Mehrarbeit abfeiern und etwas später kommen. Das war richtig, aber nicht der wahre Grund für ihren späteren Aufbruch zur Arbeit. Gustchen wartete ein Weile, ging dann kurz vor die Tür, um zu prüfen, ob ihr Mann schon außer Sichtweite war. Dann packte sie die »Saar-Ansicht mit der Alten Brücke« vorsichtig in Packpapier und eilte zu einem Galeristen in der Nähe des Schlosses. Sie kannte den Mann zwar nicht, wusste aber von ihrem Peter, dass er ein ausgewiesener Kunstkenner war. Der sollte für sie das Bild schätzen. Was der Mann auch gerne tat.

Gustchen ließ sich ihre Überraschung nicht anmerken, als sie den Wert hörte. Sie packte ihr Bild rasch wieder ein und eilte nach Hause, innerlich den Kopf schüttelnd über den Unterschied in den Preisvorstellungen. Weshalb ihr geliebter Mann finanziell immer sehr knapp dran gewesen war, konnte sie sich jetzt erklären, und sie war fest entschlossen, diesen Zustand zu ändern. Schließlich kündigte sich der Tag schon an, an dem sie eine größere Wohnung brauchen würden. Davon wusste der werdende Vater allerdings noch nichts.

Auguste ließ sich noch ein paar Tage Zeit, um mit ihrem Mann über den Preis des Bildes zu sprechen und ihm die wichtige Neuigkeit vom zu erwartenden Nachwuchs zu erzählen. Als sie dann selbst volle Klarheit über die Schwangerschaft hatte, hielt sie es nicht mehr aus. Sie nahm am Abend das neu begonnene Werk über den »Stengel-Brunnen auf dem St. Johanner Markt« vorsichtig von der Staffelei und stellte die »Saar-Ansicht mit der Alten Brücke« auf und sich selbst daneben.

»Was machst du da?«, fragte Peter mit einem Anflug von Ärger.

»Geduld, mein Lieber, du wirst es gleich erfahren.«

»Nun mach die Sache nicht so spannend, Gustchen«, drängte der Mann.

»Also, dieses Bild wolltest du für 20 Mark verkaufen. Das heißt du wolltest es wieder einmal verschenken.«

Peter schaute seine Frau mit großen Augen an.

»Wir können uns das Verschenken in Zukunft aber nicht mehr leisten, mein Schatz.«

»Wie meinst du das, Gustchen?« Peter erhob sich von seinem Stuhl.

»Wir müssen uns demnächst nach einer größeren Wohnung umsehen, mein Lieber.«

»Nach einer größeren Wohnung umsehen? Ist es dir hier nicht mehr gut genug für uns zwei?«

Gustchen kam einen Schritt auf ihn zu und nahm seine Hände in die ihren. »Für uns zwei wäre es mir immer gut genug. Nur für drei wird es dann doch ein wenig eng.«

»Für drei?« Peter schien zu ahnen, wovon sie sprach. »Für drei, sagst du. Heißt das, wir bekommen …?«

Jetzt hielt sich Gustchen nicht länger zurück und fiel ihrem Peter um den Hals. »Ja, mein Schatz, wir bekommen ein Kind. Freu dich, wir werden eine richtige Familie.«

»Eine richtige Familie«, wiederholte der werdende Vater und schloss die Augen. Er drückte sein Gustchen fest an sich, bedeckte dann ihr hübsches Gesicht mit Küssen und wollte damit schier nicht mehr aufhören.

»Jetzt gib mich mal wieder frei, mein Lieber«, löste sich die Frau aus der Umarmung, »erstens musst du mit mir in der nächsten Zeit sehr zart umgehen. Und zweitens müssen wir über die Kosten für das Bild sprechen.«

»Du hast Recht, Gustchen. Aber ich freue mich einfach so über unser Kind! Aber jetzt zum Bild. Wie teuer soll ich es verkaufen?«

»Für 200 Mark und keine Mark weniger.«

»Bist du gescheit? Gustchen, doch nicht für 200 Mark. Das ist mehr als ein Monatslohn.«

Peter schien richtig entsetzt.

»Dann eben für 250 oder, sagen wir, wenigstens 220«, beharrte die Frau.

Peter runzelte die Stirn. »Wie kommst du auf einen so hohen Preis, Gustchen?«

»Ich habe mich erkundigt, was das Bild kosten darf, Peter.« Auguste nahm die Hände ihres Mannes und blickte ihn mit bittenden Augen an. »Ich muss mich bei dir entschuldigen, Peter. Und du darfst mir nicht böse sein. Ich habe das Bild in der Galerie am Schlossplatz schätzen lassen.«

»Du hast was ...?«

»Ja, ich habe das Bild schätzen lassen. Und der Mann dort hat mir sogar einen Preis von 250 Mark genannt. Das sei das Bild auf jeden Fall wert.«

Peter holte ein paarmal tief Luft. »Du bist ein Schlingel, Gustchen. Aber ich bin dir natürlich nicht böse. Ich weiß, dass ich meine Bilder meistens unter Wert verkauft habe. Und wir werden das Geld ja auch dringend brauchen.« Der Mann atmete noch einmal tief durch. »Ich werde also 200 Mark für die ›Saar-Ansicht‹ verlangen. Mehr kann ich wirklich nicht.«

»Tu das, mein Schatz. 200 Mark. Und danke, dass du mir nicht böse bist.« Damit war die künftige Verbesserung des Einkommens in gute Wege geleitet.

An diesem Abend lasen die beiden zum Tagesabschluss den 127. Psalm: »Siehe, Kinder sind eine Gabe des Herrn, und Leibesfrucht ist wie ein Geschenk ...« Selbstverständlich würden sie an dieses erwartete Geschenk ab heute im abendlichen Gebet denken.

Während der Schwangerschaft konnte Gustchen weiter ihrer Arbeit nachgehen und auch den kleinen Haushalt versorgen. Peter nahm ihr verschiedene Handgriffe ab, was sie mit Freude wahrnahm.

Dadurch, dass Peters Bilder nun zu angemesseneren Preisen verkauft wurden, konnten sie mehr Geld auf die hohe Kante legen, sprich auf das Konto bei der Stadtsparkasse, die in Saarbrücken bereits ihr fünfzigjähriges Jubiläum feierte und bei der Gustchen schon länger Kundin war.

Was sich leider als sehr schwierig erwies, war, eine größere Wohnung oder gar ein kleines Haus zu finden. Es gab zwar größeren Wohnraum in verschiedenen Teilen der Stadt oder auch drüben in St. Johann. Aber erstens wollten die beiden Hölckers sich bei der Bequemlichkeit nicht verschlechtern; sie wollten schon gerne einen eigenen Wasser- und Stromanschluss haben. Und zweitens wollten sie lieber auf der linken Saarseite wohnen bleiben. Hier hatte Gott sie hergeführt, hier wollten sie bleiben.

Bis zur Geburt des Kindes im Frühjahr 1908 fanden sie noch keine neue Wohnung. Ihre abendlichen Gebete blieben hierzu einfach ohne Antwort. Wenn dann wenigstens die Gebete um eine gesunde Geburt des Kindes erhört wurden, dann wollten die beiden werdenden Eltern schon zufrieden sein und sich noch eine Weile behelfen. Eine Wiege oder ein kleines Kinderbett passte ja auch noch in die Kammer. In ihren eigenen Kindheitstagen war es auch sehr beengt zugegangen, und ihre Eltern waren mit ihren vielen Kindern auch zurechtgekommen.

Wenn nur das Kind gesund zur Welt käme! Je näher der Geburtstermin kam, desto häufiger wurde Gustchen von einer merkwürdigen Unruhe überfallen. Ihre Mutter hatte ihr ausgerechnet am ersten Hochzeitstag erzählt, dass ihr erstes Kind damals in Saaralben während der Geburt gestorben war. Sie, Auguste, war also gar nicht die Zweite in der Reihe der Geschwister gewesen, sondern eigentlich die Dritte. O Gott, ihr würde doch wohl nicht das gleiche Schicksal widerfahren wie ihrer Mutter vor dreißig Jahren?! Warum hatte Mutter ihr das nur erzählt? In Gustchen nistete sich die Angst ein, und ihr Peter hatte zunehmend Mühe, seiner Frau den Glauben an die Güte Gottes und die Zuversicht in seine guten und richtigen Führungen zu stärken. Dabei konnte er sich selbst immer weniger gegen die Unruhe und Angst seiner Frau schützen. Der Zweifel am glücklichen Ausgang der Schwangerschaft nistete sich auch bei ihm ein und lähmte ihn. Die Kraft, die die beiden Menschen aus dem Lesen und Bedenken des Wortes Gottes und aus dem Gespräch mit ihm sonst immer gewannen, wollte sich nicht mehr einstellen.

Da hatte ihnen auch der vom Leid geplagte Paul Gerhardt nichts mehr zu sagen mit seinem Mutmach-Lied: »Befiehl du deine Wege ...« Sie hatten sie Gott »befohlen«, und sie taten es täglich und immer drängender. Aber innere Ruhe und Gelassenheit des Herzens wollten sich nicht wieder einstellen. Es war zum Weinen und zum Verzweifeln. Wo war Gott mit seiner Kraft? Wo war Jesus mit seiner Erquickung für Mühselige und Beladene? Wo blieb die Ruhe für die angefochtenen Seelen?

Es gelang auch Pfarrer Ebeling nicht, seinen beiden Freunden den Glauben zu stärken und sie aufzumuntern.

Und dann kam der Tag, der der bisher Schwärzeste in ihrer immer noch jungen Ehe wurde. Das Kind kam unter großen Mühen und heftigsten Schmerzen seiner Mutter zur Welt und war – tot. Das kleine Wesen – ein Junge, er hätte Johannes heißen sollen – musste sich während der schwierigen Geburt mit der Nabelschnur selbst stranguliert haben.

Gustchen brach unter der Last dieses tragischen Ereignisses zusammen. Körperlich war sie ohnehin durch die schwere Geburt sehr mitgenommen und schwach, aber jetzt gingen ihr die seelischen Kräfte im Nu völlig verloren. Das kleine, blaue, hässliche Bündel auf dem weißen Laken löste bei ihr einen spitzen Schrei und eine Ohnmacht aus. Die sei verständlich und nicht bedrohlich, beruhigte der Arzt, der als Geburtshelfer anwesend war. Die junge Frau komme schon bald wieder zu sich. Er versah trotz der traurigen Situation seine Aufgabe weiter, wobei Mutter Luise schweigend mit anfasste, wo sie konnte.

Als Gustchen wieder zu sich kam und mit großen, entsetzten Augen in der Kammer herumschaute, als suche sie etwas, war sie gewaschen und versorgt. Das Menschlein, das nicht leben durfte, ebenso. Es lag in ein Laken gehüllt in der Küche. Gustchen konnte es von der Kammer aus nicht sehen.

Der Arzt gab ihr noch ein Beruhigungsmittel, sprach ein paar mitfühlende Worte und verabschiedete sich. Den kleinen Leichnam nehme er mit, wie das üblich war; er werde sich darum kümmern.

In der Kammer zurück blieben nur der unglückliche Peter, die zutiefst bekümmerte Mutter Luise, die so gerne Oma geworden wäre, und Gustchen. »Warum? Warum?«, flüsterte die junge Frau nur angesichts der leeren Wiege, und die Tränen liefen ihr über das Gesicht. Peter suchte ihre Hand, sie aber entzog sie ihm. Er versuchte ein Wort des Trostes, sie drehte den Kopf zur Seite und fragte nur immer wieder mit erstickter Stimme: »Warum? Warum?« Dann begann das Beruhigungsmittel zu wirken, und Gustchen schlief ein.

Luise Wahrenberg erhob sich von ihrem Stuhl am Bett. »Ich gehe, Peter. Die Kinder warten«, sagte sie leise, strich ihrem Schwiegersohn über die Schultern und streichelte der Tochter die blasse Wange. »Gott wird ihr aufhelfen, und dir auch, Peter. Er wird euch durch diese schweren Tage tragen. Ich weiß es.« Die Frau wandte sich zum Gehen und musste sich dabei auch ein paar Tränen abwischen. Sie wusste, was dieser Tag für die jungen Leute bedeuten musste. Sie hatte ihn mit ihrem Georg vor vielen Jahren selbst erlebt. Gott hatte das Leben damals bei ihnen weitergehen lassen. Er würde das auch hier tun.

Es dauerte allerdings ein paar Wochen, bis das Leben für die jungen Eheleute wieder weiterging. Zunächst lag Gustchen tagelang nur teilnahmslos in ihrem Bett und trauerte um das verlorene Kind. Sie stand nur auf, wenn sie einmal hinaus musste. Danach legte sie sich sofort wieder hin. Wenn sie nicht schlief, stierte sie schweigend die Zimmerdecke an oder die leere Wiege, die immer noch in der Kammer stand. Mitfühlende Blicke ihres Mannes, ihrer Mutter, ihres Pfarrers oder irgendeines anderen Besuchers erwiderte sie nicht. Tröstende und hilfreiche Gesten und Worte erreichten sie nicht, oder sie wies sie zurück. Die junge Frau haderte, äußerlich stumm, innerlich laut schreiend, mit ihrem Gott und mit den Menschen um sich herum. Warum musste Gott ihr das antun? Warum nur?

Peter war dagegen offen für den Zuspruch der Schwiegermutter und des Pfarrers, für den Trost aus geistlichen Liedern und vor allem aus dem Wort der Bibel. Der sonst eher schwach wirkende Mann gewann an Stärke. Wenn sein sonst so starkes Gustchen das tragische Erleben nicht bewältigen konnte, dann musste doch wenigstens er das tun. Er musste nach vorne schauen, weil es ja auch einfach weitergehen musste. Die Zeit konnte doch nicht stehen bleiben. Seine geliebte Frau musste über den Schmerz auch hinwegkommen. Wie ihr zu helfen war außer durch alle erdenklichen Liebesbeweise, wusste der Mann freilich nicht. Ihm blieb nur, um das Wunder der Befreiung aus dem dunklen Loch des Schmerzes und der Trauer zu beten und der leidenden Frau weiter zuzureden, die traurige Wahrheit doch bitte anzunehmen.

Peter ließ seine Staffelei unbenutzt – ihm stand auch nicht der Sinn nach Bildern –, setzte sich nach der Arbeit an ihr Bett und las ihr aus der Bibel und aus dem Gesangbuch vor, manchmal auch aus einem der Bücher, die sie sonst gerne gelesen hatte.

Schließlich passierte tatsächlich das Wunder der Befreiung zu einem neuen Leben, während Peter seinem Gustchen ein Paul-Gerhardt-Lied vorsang, das eigentlich gar kein Trostlied war, sondern ein Lob- und Danklied. Peter sang dreizehn Strophen, die in ihr positive Erinnerungen wecken mochten. Warum er gerade dieses Lied aufgeschlagen hatte, wusste er selbst nicht:

»Ich singe dir mit Herz und Mund,
Herr, meines Herzens Lust,
ich sing und mach auf Erden kund,
was mir von dir bewusst.

Ich weiß, dass du der Brunn der Gnad
und ewge Quelle bist,
daraus uns allen früh und spat
viel Heil und Gutes fließt. …

Du zählst, wie oft ein Christe wein
und was sein Kummer sei;
kein Zähr- und Tränlein ist so klein,
du hebst und legst es bei. …

Wohlauf, mein Herze, sing und spring
und habe guten Mut;
dein Gott, der Ursprung aller Ding,
ist selbst und bleibt dein Gut. …

Er hat noch niemals was versehn
in seinem Regiment;
nein, was er tut und lässt geschehn,
das nimmt ein gutes End.

Ei nun, so lass ihn ferner tun
und red ihm nicht darein,
so wirst du hier im Frieden ruhn
und ewig fröhlich sein.«

Gustchen wandte sich plötzlich zu Peter um und griff nach seiner Hand. Über ihr blasses Gesicht ging ein leichtes Lächeln. »Das Lied hat die Gemeinde zu unserer Hochzeit gesungen. Sing mir bitte noch einmal die zehnte Strophe. Bitte, Peter.«

Gustchen kannte das Lied gut, Peter musste erst nachsehen, welche Strophe sie meinte:

»Was kränkst du dich in deinem Sinn
und grämst dich Tag und Nacht?
Nimm deine Sorg und wirf sie hin
auf den, der dich gemacht.«

»Danke«, flüsterte Gustchen, »so muss es jetzt wieder werden. Ich will meinen Gram und meine Sorgen wieder auf Gott werfen. Verzeih mir, Peter, dass ich es dir schwer gemacht habe. Gott wird mir meinen Kleinmut sicher auch vergeben.«

Gustchen richtete sich im Bett auf, zog ihren Mann näher und schlang ihre Arme um seinen Hals. Peter umschlang seine geliebte Frau ebenso fest. Nachdem die beiden dann ein paar Minuten lang gemeinsam geweint hatten, lösten sie sich voneinander, und Gustchen sagte mit erstaunlich fester Stimme: »Jetzt muss es genug sein mit der heftigen Trauer. Hilf mir auf, Peter. Ich weiß gar nicht, ob ich noch auf den Beinen stehen kann.«

Gustchen konnte, wenn auch nur mit der Unterstützung ihres Mannes. Dann saßen die beiden am Küchentisch, hielten sich die Hände wie in den ersten Tagen ihrer Ehe und lächelten sich an.

»Ist das schlimm, wenn ich ab und zu noch weine?«, fragte die junge Frau.

»Nein, mein Gustchen, du darfst immer weinen, wenn dich der Schmerz wieder überkommt«, tröstete Peter, »du darfst nur nicht im Weinen stecken bleiben. Das Leben geht weiter, auch für dich, Gustchen. Gott weiß, warum Johannes nicht leben sollte.«

»Ich will es auch wieder lernen und glauben, dass Gott es dennoch gut gemeint hat und dass die Sache ein gutes Ende nimmt, Peter.« Nach einer kurzen Pause fuhr sie fort: »Nächste Woche gehe ich wieder zur Arbeit.«

Peter legte noch einmal den Arm um sein Gustchen und drückte sie an sich. »Wenn es dir möglich ist, wäre das gut.« Dann griff er zur Bibel und schlug das Matthäusevangelium auf. Er las aus dem achten Kapitel:

»Und Jesus trat in das Schiff und seine Jünger folgten ihm. Und siehe, da erhob sich ein großes Ungestüm im Meer, also dass auch das Schifflein mit Wellen bedeckt ward; und er schlief. Und die Jünger traten zu ihm und weckten ihn auf und sprachen: Herr, hilf uns, wir verderben. Da sagte er zu ihnen: Ihr Kleingläubigen, warum seid ihr so furchtsam? Und stand auf und bedrohte den Wind und das Meer; da ward es ganz stille. Die Menschen aber verwunderten sich und sprachen: Was ist das für ein Mann, dass ihm Wind und Meer gehorsam ist?«

An diesem Abend konnten sich die beiden zum ersten Mal nach mehreren Wochen wieder über den Text unterhalten und dabei feststellen, dass Jesus doch mit ihnen im Boot gewesen war. Die Eheleute schlossen den Tag endlich wieder gemeinsam mit Gebet ab, in der neuen Gewissheit, dass Jesus aus den schweren Ereignissen der letzten Wochen das Richtige machen würde, nachdem er dem Wind und dem Meer endlich geboten hatte.

In den nächsten Tagen ging es Gustchen beinahe stündlich besser. Sie kam erstaunlich rasch zu Kräften und ging tatsächlich in der folgenden Woche wieder zur Arbeit.

Der Alltag kehrte zurück in die kleine Wohnung an der Ludwigskirche. Und mit ihm Glaube und Zuversicht in die Güte Gottes und in seine Führung auf den richtigen Wegen.

Am kleinen Exerzierplatz

Auch wenn es jetzt nicht so dringend war, blieben Peter und Gustchen auf der Suche nach einer größeren Wohnung oder nach einem Haus mit Garten. Irgendwann würde Gott wohl doch auch gnädig sein und ihnen ein Kind schenken. Dann hätte dieses Kind schon ein größeres Zuhause, und seine Eltern müssten sich nicht den engen Raum mit ihm teilen. Denn auch für sie beide wurde der Raum im Laufe der Zeit enger, weil sich ihre Schränke füllten, weil zur Förderung der Gemütlichkeit eine Chaiselongue angeschafft wurde … Der Abstellraum im Schuppen hinter dem Haus war nun einmal sehr klein, dazu frei zugänglich.

Für die Veränderungen in ihrer Stadt interessierten sie sich nur am Rande. Weltliches Vereinsleben blieb ihnen fremd, und politische Betätigung war ihnen eher zuwider. Hier gab es in ihren Augen zu viel Großmannssucht und Gehabe. Ob die Städte an der Saar zu einer Stadt Saarbrücken zusammengeführt werden sollten oder nicht – worum es mehrere Jahre Diskussionen gab, wobei die mehr oder weniger offen ausgetragenen lokalen Rivalitäten eine wichtige Rolle spielten –, interessierte sie zwar auch, aber sie beteiligten sich in der Öffentlichkeit nicht daran.

Aber natürlich nahmen sie an den allgemeinen Feierlichkeiten zur Gründung der Stadt Saarbrücken am 1. April 1909 teil. Viele Festlichkeiten fanden ja vor ihrer Haustüre, auf dem Ludwigsplatz statt. Dem öffentlichen Bekenntnis zur preußisch-deutschen Nation und zu ihrem Kaiser Wilhelm II. in der fernen Reichshauptstadt Berlin konnten sie sich auch nicht völlig entziehen. Ein wenig Patriotismus und Bürgersinn besaßen sie ja doch. Und ein wenig stolz waren sie schon auch darauf, dass die neue 100 000-Einwohner-Stadt eine der fünfzig Großstädte im Kaiserreich wurde und nach ihrer Stadt benannt werden sollte. Dafür schmückten sie mit anderen auch gerne ihre Hausfassade und den Platz.

Es war den beiden Hölckers allerdings fremd, wie viele Menschen ihre Begeisterung für das Deutsche Kaiserreich, die Monarchie und alles Militärische zur Schau trugen. Seit Jahren gehörten Soldaten des Saarbrücker Infanterie-Regiments, der St. Johanner Ulanen und der Artilleristen aus St. Arnual in ihren Uniformen zu Fuß und zu Pferd zum Stadtbild. Denen besondere Ehre zu erweisen, das war nicht ihre Sache. Das schien ihnen auch nicht vereinbar mit ihrem Glauben an den Schöpfer und Erhalter und eigentlichen Herrscher dieser Welt, und auch nicht mit ihrem Verständnis von einem christlichen Leben. Nein, Peter und Gustchen hielten sich lieber in allem ein bisschen zurück und beobachteten den Lauf der Ereignisse eher aus einem gewissen Abstand.

Was sie dafür mit steigendem Interesse beobachteten, war das Angebot an Wohnungen und Häusern in der Stadt. Jeden Tag baten sie um den richtigen Blick für die Möglichkeit, die Gott ihnen zeigen würde.

Eines Sonntags im Frühjahr 1910 machten Gustchen und Peter wieder einmal einen Spaziergang hinüber ins »Ehrental«, wo die Gefallenen aus der Spicherer Schlacht 1870 beigesetzt waren. Sie wollten in den Wiesen um die Exerzierplätze ein wenig den Frühling genießen mit seinen blühenden Schlehenhecken und den leuchtenden Buschwindröschen darunter, sich freuen an Seidelbast, Forsythie und wilden Krokussen und was an den Böschungen, an den Wegrändern und Feldrainen grünte und blühte. Sie wollten schauen, wie Amsel, Drossel, Fink und Star ihre Nester bauten und ihre Eier ausbrüteten. Sie wollten feststellen, ob die Lerchen bereits von ihrer Winterreise zurückgekehrt waren. Schließlich hatte die »Lerchesflur« oben auf der Bellevue-Höhe von diesen braunen Sängern ihren Namen. »Geh aus, mein Herz, und suche Freud in dieser lieben Sommerzeit …«

»Hier oben zu wohnen wäre nicht schlecht«, sagte Gustchen

träumerisch, als die beiden den Dellengarten hinauf das Gelände am kleinen Exerzierplatz erreicht hatten. Sie schmiegte sich in den Arm ihres Mannes und schaute über den alten Friedhof hinweg ins Saartal, wo in nördlicher Richtung auf der anderen Seite des Flusses die Häuser von Burbach-Malstatt in der Sonne lagen, zwischen denen hohe Schlote qualmten. Dort drüben beherrschten Kohle und Stahl mit viel Dreck und Gestank den Alltag der Menschen. Hier auf der Höhe war die Luft so schön sauber und klar. Der leichte, laue Frühlingswind trieb Rauch und Staub in andere Richtungen.

»Hier oben möchtest du wohnen, Gustchen? Meinst du wirklich, mein Liebes, es wäre schön, immer das Gefängnis da drüben vor Augen zu haben?«, wies Peter auf die neuen Gebäude der Strafanstalt hin, auf der anderen Seite des Passes, über den die Metzer Landstraße aus der Stadt herauf und wieder ins Ehrental hinunterführte, um sich dann hinüber nach Frankreich zu wenden.

»Solange man es nur von außen vor Augen hat und nicht hinter den Gittern leben muss, mein Lieber. Es müsste ja auch nicht gleich daneben sein. Ein bisschen Abstand zum Gefängnis sollte schon sein.«

»Zu Gefängnissen sollte man immer einen möglichst großen Abstand halten, Schatz, am besten nie etwas damit zu tun haben.«

»Trotzdem würde ich gerne hier oben auf der Bellevue-Höhe wohnen. Ich werde mich einmal erkundigen, ob hier vielleicht ein Haus zum Verkauf steht.«

Gustchen nahm ihren Mann bei der Hand und zog ihn hinter sich her talabwärts. Sie wollten ja ins Ehrental.

Als sie wenige hundert Meter weiter gegangen waren, hielt Gustchen an. »Horch, da ist sie.«

Peter wusste nicht sofort, was seine Frau meinte.

»Na, hör doch mal hin. Eine Lerche. Schau, da drüben steigt sie in die Höhe. Herrlich!«

»Jetzt höre und sehe ich sie auch. Schön, wie sie sich in die Luft schwingt.«

»Und da drüben machen sich ein paar Tauben in die Wälder, schau, mein Schatz.«

»Fehlt nur noch die hochbegabte Nachtigall, wie Paul Gerhardt sie besungen hat.«

»Ob es hier in der Gegend Nachtigallen gibt? Ich würde gerne einmal hören, wie eine Nachtigall singt.«

»Ob wir das erleben, weiß Gott. Komm, lass uns weitergehen. Der Frühling ist hier so wunderschön.«

Die beiden genossen den Nachmittag, und sie genossen die Nähe des anderen wie zwei junge Verliebte. Sie freuten sich an den Menschen, die wie sie die erwachende Natur suchten. Sie freuten sich am jungen Grün, an den leuchtenden Blüten, an den Spielen und Liedern der Vögel in Hecken und Sträuchern, an den vielen kleinen und großen herrlichen Wundern der Schöpfung.

Auf dem Rückweg entdeckten sie ein Schild an einem Grundstück unweit der Gaststätte Bellevue: Da wurde doch tatsächlich ein Wohnhaus mit eineinhalb Stockwerken und einem großen Garten zum Verkauf angeboten!

Eine Weile standen die beiden Menschen am Zaun und schauten. Das Haus mit Erdgeschoss und ausgebautem Dach war offenbar nicht mehr bewohnt, und den Garten hatte in diesem Frühjahr offenkundig noch niemand bearbeitet. Die Beerensträucher zeigten grüne Spitzen, und die Obstbäume würden sicher in wenigen Tagen ihre Blüten öffnen. Das sah alles sehr einladend aus und kam den Wünschen der beiden Menschen am Zaun sehr entgegen.

»Wenn wir das hier kaufen könnten!«, schwärmte Gustchen.

»Schade, dass wir nichts zum Schreiben bei uns haben«, meinte Peter bedauernd.

»Den Namen Nerger in der Bahnhofstraße werden wir uns auch so merken können«, war seine Frau sich sicher. »Dieser Laden ist gar nicht weit von uns. Ich geh da morgen gleich hin und erkundige mich nach dem Preis. Oder willst du hingehen? Das ist doch bei euch gleich um die Ecke.«

»Ach nein«, wehrte Peter ab, »mach du das mal lieber. Du kannst das besser.«

»Und dann nehmen wir morgen zu Hause Stift und Papier.«

»Wozu denn das?«

»Dummerchen, wir müssen dann doch wohl rechnen, ob wir das Haus kaufen können oder nicht.«

»Auf diese Rechnung bin ich schon sehr gespannt. Komm, Liebes, lass uns nach Hause gehen und von unseren Wünschen träumen, die doch Wünsche bleiben müssen.«

»Sieh diese Geschichte doch einmal positiv, mein lieber Peter«, wehrte sich Gustchen gegen die wenig hoffnungsvolle Sicht ihres Mannes. »Ich habe eigentlich ein gutes Gefühl bei der Sache.«

»Und wer gibt dir das gute Gefühl?«

»Ich glaube nicht an Zufälle, Peter«, erklärte Gustchen. »Es sei denn an die Zufälle, von denen Jesus selbst spricht.«

»Du meinst diese Worte aus der Bergpredigt von dem, was den Leuten zufallen soll«, vermutete Peter.

»Genau die meine ich«, bestätigte Gustchen und zitierte: »Trachtet am Ersten nach dem Reich Gottes und nach seiner Gerechtigkeit, so wird euch solches alles zufallen.« Sie schlug vor, den Textabschnitt am Abend zur Andacht zu lesen. Was dann auch geschah. Dann beteten sie darum, dass Gott sie erhören möge, wenn er es für richtig hielt.

Am kommenden Abend saßen die beiden Hölckers an ihrem Tisch und rechneten, ob und wie sie mit ihrem monatlichen Einkommen von zusammen etwa 200 Mark und ihren Ersparnissen den Hauskauf finanzieren könnten. Es blieb ja nicht allein bei den Kosten für den Kauf. Eine vielleicht notwendige Renovierung würde Geld brauchen, auch wenn sie die Arbeit selber machen würden. Ein richtiger Wohnraum brauchte mehr Möbel, auch musste ein neuer, größerer Herd her. Für die Arbeit im Garten brauchten sie Werkzeuge, damit sie die Beete auch nutzen konnten. Und wer wusste schon, wofür es eine Reserve geben musste. Gar nicht so einfach, die Geschichte. Am Ende rauchten den beiden Möchtegern-Hausbesitzern doch ein wenig die Köpfe.

Schließlich legte Gustchen den Stift beiseite, streckte ihre Glieder, setzte sich ganz vergnügt auf ihren Stuhl und sah Peter mit zuversichtlicher Miene an. »Mein Schatz«, verkündete sie, »wir kaufen das Haus im Vertrauen auf Gottes Hilfe, wenn …«

»Wenn was?« Ihr Peter machte erstaunte Augen.

»Ich habe soeben in meinem Inneren mit Gott einen Handel gemacht.«

»Einen Handel?«

»Ja, habe ich. Ich habe ihn um zweierlei gebeten. Ich habe ihn gebeten, dass wir die beiden Bilder gut verkaufen, die du fertig hast, und dass er dir einen neuen Auftrag verschafft. Wenn das innerhalb von zehn Tagen möglich ist, dann ist das für mich das Zeichen, dass wir das Haus kaufen sollen.«

»Ich weiß nicht, Gustchen. Ob das so einfach geht? Und warum gerade dieser Handel?«

»Ich denke, alles ist eine Frage des Gebetes und des Vertrauens. Gott kann. Und die Sache mit deinen Bildern deshalb, weil wir die zusätzlichen Einnahmen brauchen.«

»Und wenn Gott nicht will?«

»Dann wird er uns das Zeichen nicht geben und uns einen anderen Weg zeigen, wie wir zu einer größeren Wohnung kommen.«

»Brauchen wir die denn schon dringend?«

Gustchen verstand, woran ihr Mannes dachte. »Nein, mein

Schatz, leider wieder nicht. Ich hatte ein paar Tage die Hoffnung. Aber die ist wieder dahin.«

»Schade«, sagte Peter dazu nur, hielt einen Moment inne und erklärte dann sein Einverständnis zu dem Handel mit Gott. Dann hing jeder seinen eigenen Gedanken nach.

Schließlich schlug Peter vor, den Tag wie üblich zu beenden. »Wir sollten das alles jetzt Gott in die Hände legen, damit er es richtet. Er mag uns das Zeichen geben, um das wir ihn bitten.«

So geschah es. Die beiden lasen wieder einmal den 127. Psalm, weil in ihm ihre beiden wichtigsten Fragen bedacht waren. Danach überließen sie ihr Anliegen ihrem Gott und legten sich schlafen. Ob es sich bewahrheitete, dass der Herr es seinen Freunden im Schlaf gab, wie es Salomo in seinem Psalm festgestellt hatte?

Gustchen und Peter Hölcker durften erleben, dass Gott sich auf den »Handel« einließ. Er erhörte ihre Gebete: Peter konnte die beiden Bilder tatsächlich verkaufen, und er bekam den Auftrag, ein Mitglied der Industriellen-Familie Seibert zu porträtieren. Die Dame wollte sich nicht mit einer Fotografie aus dem Atelier Germania zufrieden geben. Dieser Auftrag brachte gutes Geld und die Aussicht auf Folgeaufträge, wenn das erste Werk zur Zufriedenheit der Auftraggeber gelänge. Das war sogar mehr als die erbetene Antwort.

»Siehst du, mein lieber Peter, es lohnt sich zu glauben und zu hoffen«, freute sich Gustchen. »Manchmal will Gott anscheinend, dass wir unser Vertrauen an konkrete Zeichen knüpfen, damit es sich auch sichtbar bewähren muss. Glaube spielt sich nicht nur innen ab, wo keiner etwas davon sieht.«

»Das stimmt«, bestätigte ihr Mann nachdenklich. »Wir müssen unseren Glauben sichtbar und hörbar leben, damit die Menschen um uns herum erfahren, wer unser Gott ist, der uns trägt und versorgt.«

»Und jetzt packen wir es an und kümmern uns um den Vertrag. Das Haus steht ja leer und wir könnten sofort einziehen, wenn die Unterschriften vorliegen. Vielleicht tut Gott uns ja dann noch etwas Gutes.«

»Du hast wohl immer noch nicht genug, mein Schatz?«

»Doch, ich bin sehr glücklich, Peter. Aber ein Sprichwort sagt doch: In ein neues Haus gehört ein neuer Mensch. Den wünsche ich mir.«

»Schön wär's, Gustchen. Wir hätten dann ja auch den Platz im Haus und drum herum.«

In dieser Frage ließ Gott die zukünftigen Hausbesitzer allerdings noch auf seine Antwort warten.

Dem Kalender nach war es noch Frühling, aber die Tage waren eher frühsommerlich, als Peter Hölcker und sein Gustchen in mehreren Fuhren ihren bescheidenen Hausstand vom Ludwigsplatz über das holprige Pflaster des Hagens hinauftransportierten in ihr neues Haus. »Am kleinen Exerzierplatz 15« – so hieß jetzt ihre Adresse. Eine ganz andere, neue Zeit nahm für sie ihren Anfang. Jahre voller Arbeit und Mühe, aber auch voller Freude, sich abzurackern für das Eigene und dabei zu erleben, dass es sich lohnte.

Das Haus bot viel Platz im Keller, auf zwei Etagen – die obere freilich mit schrägen Wänden – und einem Spitzboden darüber. Dazu gab es in einem Anbau noch zwei Räume, die sie zum Wohnen herrichten konnten. Das Haus bot so viel Platz, dass sie Mutter Luise mit Henner und Agnes, Gustchens beiden jüngsten Geschwistern, heraufholen konnten. Nun konnten sie sich die viele Arbeit teilen.

Auguste sah sich bald gezwungen, ihre Arbeit in der Verwaltung des Kaufhauses Fiedler aufzugeben. Das ging einfach nicht, täglich den weiten Weg zur Arbeit zu gehen und zugleich Haus und Hof auf der Bellevue-Höhe in Ordnung zu halten. Herr Fiedler ließ seine Mitarbeiterin zwar sehr ungern gehen, aber sie wusste ja sicher, was gut für sie war.

Peter wechselte seine Arbeitsstelle. Die Zusammenführung der drei Saarstädte zur Großstadt Saarbrücken wirkte sich sehr belebend auf die Geschäftswelt und auf die Bautätigkeit vor allem unter den wohlhabenderen Bürgern aus. Nun wurden dekorative Wandbemalungen in den Wohnungen und in manchen Geschäftsräumen im »Jugendstil« mit seiner modernen Ornamentik wurden gewünscht. Außerdem wollte sich jedes Geschäft mehr und mehr auch nach außen präsentieren durch Hausaufschriften und Firmenschilder.

In einer Firma, die sich auf solche Arbeiten spezialisiert hatte, fand der Kunstmaler einen Arbeitsplatz, der ihm viele interessante neue Tätigkeiten in Häusern und im Freien bot. Die neue Arbeit brachte ihm zudem mehr Geld ein als die Retuschen im Fotoatelier. Seine Palette und die kleinen, feinen Pinsel verwendete er weiter an seiner Staffelei im eigenen Haus, nein, bald im eigenen Atelier im Gartenhäuschen, das er sich dafür einrichtete. Allerdings hatte er die Zeit dazu nur in den Wintermonaten, wenn es für ihn im Garten nichts zu tun gab. Aufträge hatte er stets genug, seit er jenes Porträt für die Seiberts gemalt hatte.

Der große Garten wurde vor allem Gustchens Reich und, solange es ging, auch das ihrer Mutter. Wenn sie Zeit hatten, halfen auch die beiden Geschwister mit.

Auf den Beeten zu arbeiten machte allen Freude und es lohnte sich zur Entlastung der Haushaltskasse. Der Garten brachte Abwechslung für den häuslichen Speisezettel. Jetzt konnten sie ja auch Kartoffeln, Kohlrabi und Karotten für den Winter einlagern, Kohl einstampfen, andere Gemüsearten und Beerenobst einkochen, Äpfel und Birnen lagern.

Beinahe zwei Jahre nach ihrem Einzug ins Haus erfüllte ihnen Gott den Wunsch nach dem »neuen Menschen im neuen Haus«. Elisabeth kam zur Welt, zur großen Freude ihrer Eltern und der Großmutter. Jetzt erwies sich die Entscheidung als besonders hilfreich, die Oma im Haus zu haben. Die begann zwar zu kränkeln, war aber doch in unmittelbarer Reichweite, um die kleine Enkelin zu versorgen. Den Weg herauf aus der Stadt hierher auf die Bellevue-Höhe hätte sie nicht mehr geschafft. Das hätten ihr Herz und ihre Beine nicht mehr mitgemacht.

Elisabeths Brüder Emanuel und Paul, die später geboren wurden, erlebte sie nicht mehr. Kurz vor Emanuels Geburt schloss Luise Wahrenberg für immer die Augen.

Es wurde Sommer 1914. Dass über den Staaten Europas ein Unwetter heraufzog, bekamen auch Peter und Auguste Hölcker mit, wenngleich sie sich nur am Rande für die politischen Ereignisse interessierten. Ab und an lasen sie die Saarbrücker Zeitung oder ein anderes Blatt. Und Peter brachte manche Nachricht aus den Gesprächen in der Stadt mit.

Da war in den Nachrichten immer wieder die Rede von bedrohlichen Entwicklungen auf dem Balkan und von möglichen Auseinandersetzungen, in die das Deutsche Kaiserreich wegen des so genannten Dreibundes zwischen Italien, Österreich und Deutschland eingebunden wäre. Wenn es zu kriegerischen Auseinandersetzungen käme, würde Frankreich die Gelegenheit nutzen, um Elsass-Lothringen zurückzugewinnen. Frankreich sei aber mit England und Russland verbündet, so dass die erhebliche Gefahr eines großflächigen Krieges heraufziehe. Das Land an der Saar sei dann als Grenzgebiet zu Frankreich eine besonders gefährdete Region.

Dann ging die Meldung von einem tödlichen Attentat in Sarajevo um die Welt. Diese Stadt gehörte zur Österreichisch-ungarischen Doppelmonarchie der Habsburger. Bei dem Anschlag kamen am 28. Juni 1914 der österreichische Thronfolger Erzherzog Franz Ferdinand und seine Gemahlin, die Herzogin von Hohenberg, ums Leben. Dieses tragische Ereignis schien die internationale Lage ganz erheblich zu verschärfen.

Wie mochte das werden, wenn sich die politischen Dinge tatsächlich in die Richtung kriegerischer Auseinandersetzungen entwickelten? Gustchen und Peter beteten inbrünstig darum, dass Gott einen Krieg verhindern möge. In den Betkreis in der Ludwigsgemeinde war zu ihrem Leidwesen ein nationalistischer Geist gekommen, der dem Kaiserreich huldigte und dessen Großmacht-Träumen mehr Gewicht zubilligte als geistlichen Dingen. Dass Christen für Soldaten beten sollten, war den beiden Hölckers selbstverständlich, dass sie aber dafür beten sollten, dass Gott sich des drohenden Krieges annehmen und Deutschland den Sieg über seine »Feinde« schenken solle, das ging ihren geistlichen Empfindungen nach dann doch zu weit. Sie verließen den Kreis. Und auch die Verbindung zu Pfarrer Ebeling wurde lockerer, seit dieser vormals geistliche Mann auch dieser Haltung verfallen schien. Ihre Aufgaben im Kindergottesdienst hatten die beiden schon vor einiger Zeit an jüngere Leute abgegeben.

Eine besonders bezeichnende Aussage von Pfarrer Ebeling in einem Gottesdienst in Anwesenheit des Kronprinzen über die zwei Seelen in der Brust eines jeden Deutschen machte Peter und Gustchen zusätzlich sehr betroffen: »Die eine weint um unsere Männer, Söhne, Brüder, aber die andere jauchzt und ist stolz, auf dem Altar des Vaterlandes opfern zu dürfen«, hatte der Mann in seiner Predigt vor 2000 Menschen gesagt. Dieser Satz, den die Saarbrücker Zeitung veröffentlicht hatte, ernüchterte die beiden Hölckers vollends. Sie brachen den Kontakt mit ihrem einstmaligen Seelsorger schweren Herzens ab. Wo sollte das mit der Kirche noch hinführen, wenn der Glaube einem solchen weltlichen Geist geopfert wurde?

Am Abend des 1. August brachte Peter die schlechte Nachricht aus der Stadt mit ins Haus auf der Bellevue-Höhe. Er betrat die Küche und ließ sich schwer auf einen Stuhl fallen. »Was ist los, mein Schatz?«, sorgte sich Gustchen, Elisabeth auf dem Arm.

»Die Mobilmachung ist ausgerufen. Es ist Krieg, Gustchen. Es ist Krieg!«

Auguste Hölcker wurde bleich vor Schreck, drückte das Kind an sich und schaute ihren Mann mit großen Augen an. »Das ist ja schrecklich, Peter. O armes Deutschland! Die armen Menschen, die da wieder sinnlos geopfert werden. Und was sagen die Leute?«

»Erst haben die Tausende auf dem Platz vor dem Zeitungshaus betroffen geschwiegen. Dann haben sie plötzlich gejubelt und gefeiert und Deutschland und den Kaiser hochleben lassen. Furchtbar, das ist einfach furchtbar, Gustchen. Es kommen sehr böse Zeiten auf uns zu.« Peter saß bekümmert am Küchentisch und stützte den Kopf in die Hände. »Und wir sitzen hier oben für die Franzosen wie auf dem Präsentierteller.«

»Gott wird uns beistehen, Peter«, versuchte Gustchen ihren Mann zu beruhigen. »Es bleibt uns geboten, mein lieber Mann: ›Ihn, ihn lass tun und walten, er ist ein weiser Fürst und wird sich so verhalten, dass du dich wundern wirst, wenn er, wie ihm gebühret, mit wunderbarem Rat das Werk hinausgeführet, das dich bekümmert hat.‹ Nimm bitte Elisabeth und spiel ein bisschen mit ihr. Ich will mich um das Abendessen kümmern.«

Einquartierung

Obwohl die Saar-Region während der Kriegsjahre 1914-1918 nie zum eigentlichen Frontgebiet wurde, bekamen die Menschen den Krieg doch in seinen Auswirkungen zu spüren. Die einen dadurch, dass sie durch ihre Arbeit für Rüstung und andere kriegswichtige Güter sogar profitierten. Die meisten aber doch eher dadurch, dass ihr Leben schwieriger wurde, nachdem der Bahnhof für den zivilen Personen- und Güterverkehr gesperrt wurde, und vor allem, indem sie ihre Arbeit verloren und in Not kamen. Das betraf Hunderte von Männern und Frauen. Auch bekamen die Menschen zunehmend die steigende Teuerung und eine wachsende Lebensmittelknappheit zu spüren. »Hamsterkäufe« waren an der Tagesordnung, jedenfalls, solange es noch Vorräte gab. Die meisten Grundnahrungsmittel wie Brot und Milch mussten bald rationiert werden, anderes war nur noch auf dem Schwarzmarkt zu erhalten. Ungünstiges Wetter und schlechte Ernten verschärften die Lage. Da musste einer schon Bergmann sein, wenn er in der Versorgung etwas besser gestellt sein wollte. Mit dem Argument, dass »die Kohlen in der Welt heute so wichtig sind wie im Felde der Soldat«, wurde diese Bevorzugung der Bergarbeiter und ihrer Familien begründet, was in der übrigen Bevölkerung für erheblichen Unmut sorgte.

Gustchen und Peter ging es noch einigermaßen gut, dank ihres Gartens, auch wenn Peter inzwischen arbeitslos war. Wer wollte sich schon in diesen Zeiten die Wohnung renovieren oder die Geschäftsräume ausgestalten lassen? Peter war also meistens zu Hause und arbeitete im Garten, oder er malte in seinem Gartenhäuschen auf »Vorrat«. Irgendwie würden die drei schon auskommen mit dem, was sie hatten. Sie hatten das nötige Gottvertrauen und waren ja nie besonders anspruchsvoll gewesen.

Aber dann erregte ein unerwartetes Ereignis ihren Unmut. Eine Woche nach der Kriegserklärung Deutschlands an Frankreich, am 10. August, stand plötzlich ein junger deutscher Offizier des Artillerie-Regiments St. Arnual mit zwei Adjutanten vor der Haustür. Auguste öffnete und erschrak bis ins Mark. Sie blieb wie angewurzelt auf den Treppensteinen stehen und drückte ihre kleine Tochter an sich, als ob sie das Kind besonders schützen müsse. Elisabeth verbarg ihr Gesichtchen sofort ängstlich in der Schürze der Mutter. Was wollten diese Männer? Doch wohl nicht ihren Peter zum Militärdienst abholen!?

»Sie brauchen nicht zu erschrecken, gnädige Frau, Ihnen geschieht nichts«, bemühte sich der Offizier, die Mutter mit ihrem Kind zu beruhigen. »Wir müssen den Haushaltungsvorstand sprechen.«

»Mein Mann ist hinten im Gartenhäuschen. Aber können Sie nicht mit mir vorlieb nehmen? Meinem Mann geht es zurzeit nicht gut«, versuchte Gustchen ihren Peter herauszuhalten. Es war nicht gelogen, Peter ging es gesundheitlich wirklich nicht gut.

»Das können wir nicht. Was wir zu sagen haben, betrifft Sie alle«, antwortete der Offizier höflich, aber bestimmt.

»Dann warten Sie bitte einen Augenblick. Ich hole ihn sofort.«

Doch Peter kam bereits durch den Garten nach vorne. Er hatte die Soldaten schon gesehen.

Der Offizier hielt sich nicht mit einer langen Vorrede auf. Er teilte ihnen mit, als sei es das Selbstverständlichste der Welt: »Sie leben hier oben an einem exponierten Platz. Man kann wenige Meter weiter auf französisches Gebiet hinüberschauen. Wir werden ab morgen in Ihrem Haus einen Beobachtungsposten einrichten. Ihr Haus und Ihr Grundstück sind damit für Zwecke der Landesverteidigung konfisziert.«

Für einen Moment verschlug es den beiden Hölckers die Sprache. Das konnte doch wohl nicht wahr sein?! Auguste fing sich als Erste wieder: »Und wir? Was wird mit uns? Wir haben ein Kind, und ich bin schwanger. Sie können uns doch nicht …«

»Zum Wohle des Reiches und der Menschen können wir, gnädige Frau«, betonte der Offizier. »Und Sie wollen ja wohl auch nur das Beste für Volk und Vaterland und für Ihre Stadt.«

»Natürlich wollen wir das«, versicherte Peter, der sich inzwischen auch gefasst hatte, »aber Sie können uns doch nicht auf die Straße setzen mit dem kleinen Kind.«

»Das wollen wir ja auch gar nicht«, gab sich der Offizier

entgegenkommend. »Sie haben einen Anbau am Haus. Das haben wir bereits erkundet. Der muss Ihnen vorläufig zum Wohnen genügen. Die anderen Räume brauchen wir für unsere Leute. Der Krieg wird bald siegreich zu Ende sein, dann steht Ihnen Ihr Anwesen wieder zur Verfügung. Sie haben Zeit zum Umräumen bis morgen zwölf Uhr mittags. Dann beziehen unsere Männer hier Quartier.«

Was blieb Auguste und Peter anderes übrig, als der Weisung zu folgen. Sie waren ja schon froh, dass sie nicht ganz aus dem Haus gewiesen wurden. Die beiden legten die Sache am Abend ganz besonders in Gottes Hände und fügten sich ins Unvermeidliche. Am nächsten Vormittag räumten sie um, was sie im Anbau zum Wohnen benötigten und was aus den konfiszierten Räumen entfernt werden musste. Für diese Dinge musste leider das Gartenhäuschen herhalten. Anderes lagerten sie auf dem Speicher, damit es aus der Reichweite der Soldaten verschwand.

Mittags pünktlich um zwölf Uhr rückte die kleine Einheit Soldaten an und ergriff Besitz von Haus und Hof.

Das Zusammenleben der etwa zwölf Militärs mit den drei Zivilisten gestaltete sich dann doch erträglich, so dass die Parteien miteinander auskamen. Nur bei der Versorgung mit Lebensmitteln wurde es zuweilen kritisch. Die Soldaten verlangten immer wieder, dass die Hölckers ihnen den spärlichen Speisezettel erweiterten. Dabei war es für diese wahrlich selbst oft knapp. Der empfindsame Peter fand diese Ansprüche manchmal fast unerträglich, sagte aber nichts. Gustchen setzte sich eher zur Wehr und wies die Männer in die Schranken. Denen ging es doch meistens sowieso besser als den Zivilisten.

Mitten in diese Verhältnisse hinein wurde im Frühling 1915 Emanuel geboren. Als zwei Jahre später Paul dazukam, wohnte die Familie immer noch beengt im Anbau. Hinter ihnen lag die Missernte des Sommers 1916, die ihnen großes Kopfzerbrechen bereitete. Und darauf folgte mit noch größeren Schwierigkeiten der »Steckrübenwinter«, der sie zum ersten Mal wirklichen Hunger erfahren ließ. Wie große Teile der Bevölkerung ernährten sie sich hauptsächlich mit Gerichten aus Steckrüben oder Kohlrüben. Was waren denn schon drei Pfund Kartoffeln, ein Brot, 30 Gramm Butter und 75 Gramm Fleisch pro Person in der Woche, dazu ein Ei pro Monat? Als sei das noch nicht genug, brachte der Winter auch noch ungewöhnlich starken Frost. Da musste die übereinander getragene Kleidung die Familie wärmen, denn der eine Zentner Kohlen, den es pro Woche für sämtliche Öfen des Hauses gab, war in dieser sibirischen Kälte rasch aufgebraucht.

Irgendwelche Kampfhandlungen am Boden erlebten die Hölckers während der ganzen Zeit mit den Soldaten im Haus nicht. Die wechselnden militärischen Beobachter hatten in der Regel wenig zu tun. Bodenbewegungen gab es nur von deutscher Seite über die Metzer Landstraße. Die Front befand sich etwa fünfzig Kilometer weiter im Westen auf französischem Gebiet.

Dann kamen aber feindliche Angriffe aus der Luft, womit kaum jemand gerechnet hatte. Am 9. August 1915 hatte es zum ersten Mal einen Luftangriff auf Saarbrücken gegeben. Das war für die Militärs wie für die Zivilbevölkerung eine völlig neue Erfahrung. Den Bomben, die vom Himmel fielen, und den Schüssen, die aus den kleinen Flugzeugen abgegeben wurden, war man wehrlos ausgeliefert. Irgendeine funktionierende Luftabwehr gab es noch gar nicht.

Die Angriffe der Doppeldecker-Maschinen galten in erster Linie der Kriegsproduktion und dem Schienenverkehr. Peter und Gustchen waren am Südrand der Stadt außerhalb der Gefahrenzone. Aber unten im Tal entlang der Saar und hauptsächlich auf der rechten Seite des Flusses gab es immer wieder Tote und Verletzte und mehr oder weniger große Sachschäden.

Die Luftangriffe wiederholten sich mit Fortgang des Krieges, mal seltener, mal häufiger. Irgendwann gaben die Soldaten endlich das hölckersche Haus wieder frei und rückten ab. Aufatmend nahm die Familie ihr Eigentum wieder in Besitz.

Schließlich, nach vier langen Jahren, war der Spuk dieses unseligen Weltkrieges vorbei. Am 10. November 1918 floh Kaiser Wilhelm II. ins Exil nach Holland. Am Tag darauf wurde im Wald von Compiègne der Waffenstillstand zwischen den feindlichen Mächten, zwischen Siegern und Besiegten, geschlossen. Für die Menschen an der Saar bedeutete dies, dass Frankreich nun wieder bis an die Stadtgrenze reichte. Deutschland musste Elsass-Lothringen an Frankreich zurückgeben und innerhalb von vierzehn Tagen räumen. Am 21. November kamen die letzten deutschen Truppen geschunden und müde über die Bellevue-Höhe und zogen über die Brücken der Stadt ostwärts weiter ins besiegte Reich. Da mochte keiner an den Straßen mehr jubeln.

Auch Peter und Auguste, die sich den Durchzug der heimkehrenden Truppen an der Metzer Landstraße anschauten, mochten keine Fähnchen schwingen und Hochrufe ausstoßen. Sie waren tief traurig und hatten herzliches Mitleid mit den Männern, die unrasiert und in zerschlissenen Uniformen mit schleppenden Schritten und hängenden Köpfen an ihnen vorbeizogen. Auch die, die noch auf ihren Pferden saßen, hatten allen Stolz verloren. So sahen gewiss keine Sieger aus. Nichts war es mehr mit »Deutschland, Deutschland über alles, über alles in der Welt …« Hatte Gott die Gebete um Sieg auf diese Weise beantwortet? Keine Siegesfeiern, dafür Strafgericht? Wer wollte das beurteilen? Auch Peter und sein Gustchen nicht. Sie waren einfach nur traurig über den Ausgang dieses selbstherrlichen deutschen Versuchs, Großmacht zu werden. Gott, erbarme dich über Volk und Land!, dachten die beiden.

Am 22. November begann für Saarbrücken und das Land

an der Saar zunächst die Herrschaft der Franzosen. Nach dem Frieden von Versailles – am 28. Juni 1919 wurde der Vertrag unterschrieben – ging die Macht im Land an eine Regierungskommission über, in der die Franzosen zwar noch eine Stimme hatten, und zwar die des Vorsitzenden, die aber dem neu formierten Völkerbund* als Treuhänder unterstellt war.

Die großen und kleinen Hölckers kümmerten sich um diese Dinge wenig. Sie kamen nur in die Stadt, wenn es nicht anders ging, und mieden die aufgeregten Versammlungen der Menschen in den Straßen und auf den Plätzen oder in irgendwelchen Räumen. Verlierer sollten nicht aufmucken, sondern sich in Demut beugen unter das, was ihnen auferlegt wurde, dachten Peter und Gustchen.

Mit dieser Einstellung beobachteten sie, was sie durch die Zeitung und auf den Straßen im Vorbeigehen erfuhren. Sie lebten ihr Leben am Stadtrand oben auf der Höhe und sorgten sich wie die meisten Menschen um ihr eigenes Wohl und Wehe.

Es dauerte einige Jahre, bis das Leben in Saarbrücken unter der fremden Herrschaft wieder in seine gewohnte Bahn fand. So lange die fünfköpfige Völkerbundskommission unter der Leitung des Franzosen Victor Rault das Sagen hatte, blieb es unruhig unter den Menschen der Region. Dieser Mann versuchte, in allen Lebensbereichen französische Denk- und Handlungsweisen durchzusetzen. Damit reizte er die Bevölkerung mehr, als dass er sie für die veränderten Zeiten einnahm. Schon 1919 waren Streiks und Unruhen unter den Bergarbeitern, der Arbeiterschaft vor allem der Burbacher Hütte und der Belegschaft der Eisenbahnwerkstätte an der Tagesordnung. Dagegen gingen die neuen Machthaber rigoros vor, wobei es Tote und Verletzte und erheblichen Sachschaden gab. An-

* Der 1920 gegründete Völkerbund war der Vorläufer der Vereinten Nationen (UNO)

schließend musste vieles in Ordnung gebracht, wieder aufgebaut oder renoviert werden.

Da gab es dann auch wieder Arbeit für den Kunstmaler und Restaurateur Peter Hölcker, der sich auch im allgemeinen Malergeschäft auskannte. Gustchen musste ihren Mann zwar erst ein wenig überreden, sich als Maler und Anstreicher zu verdingen, ehe er schließlich dazu bereit war. Aber der Familie kam es dann sehr zugute, dass der Vater wieder Geld verdiente. Seine Bilder brachten vorläufig noch nichts wieder ein. Wer wollte sich denn in diesen wirren Zeiten Kunst leisten oder sich porträtieren lassen?

Also ging Peter Hölcker wieder täglich hinunter in die Stadt, um Wohnungen und Geschäftsräume herzurichten. Dabei passierte es dann.

Peter sollte an einem Geschäftshaus in der Kaiserstraße sieben Meter über dem Boden eine große Firmenaufschrift auffrischen. »Seien Sie vorsichtig, Herr Hölcker, es ist sehr windig heute«, war ihm auf den Weg zu dieser Arbeit mitgegeben worden. »Ich werde aufpassen. Die Sache wird schon gut gehen«, hatte er zurückgegeben und sich mit Ausziehleiter, Farbeimern und Malerwerkzeug in die Kaiserstraße begeben. Die Arbeit auf hohen Leitern war er ja gewohnt, wenngleich ihm für diese Arbeit ein Gerüst lieber gewesen wäre. Da hätte er mehr Reichweite gehabt und sich vor seiner Schrift hin- und herbewegen können. So musste er immer wieder absteigen und die Leiter weiterrücken.

Es war wirklich sehr zugig an diesem Tag. Die Straßen wirkten zusätzlich wie Windkanäle und verstärkten einzelne Böen noch. Dazu herrschte reger Verkehr auf der Kaiserstraße. Eigentlich hätte Peter unter diesen Bedingungen einen Helfer gebraucht, der ihm die Leiter gehalten hätte, auch wegen der vielen Fußgänger, die in dieser belebten Geschäftsstraße im raschen Vorbeigehen leicht dagegenstoßen konnten. Zugegeben, ungefährlich war die Arbeit nicht. Aber was tun, wenn kein zweiter Mann zu Verfügung stand? Er musste die Sache alleine versuchen.

Peter richtete seine Leiter an der Hauswand auf, kontrollierte ein paarmal ihren Stand, sicherte sie auf dem Trottoir durch ein Signalband, griff zu Eimer und Pinsel und stieg hinauf. Eine ganze Weile ging die Sache gut, und Peter kam mit seiner Arbeit trotz der schwierigen Bedingungen voran. Ein paarmal hatte er die Leiter auch schon weitergerückt. Die Passanten nahmen Rücksicht. Doch dann kam plötzlich eine Windbö mit großer Wucht, ergriff die Leiter samt dem Mann, der keine Chance hatte, sich irgendwo festzuhalten, und warf beide auf den Bürgersteig. Die Passanten, die den Aufschrei des Malers hörten und herbeisprangen, konnten die Leiter nicht mehr festhalten und den Aufprall des Mannes auf das Pflaster nicht verhindern.

Peter landete seitlich auf der rechten Schulter. Zum Glück schlug sein Kopf nicht auf. Er blieb einen Moment benommen liegen, bis ihm herbeigeeilte Leute auf die Beine halfen. Seine Schulter schmerzte höllisch, und den rechten Arm konnte er nicht bewegen. Alles andere an ihm war offenbar heil. Der Kopf war klar, und die Beine trugen ihn.

Der Inhaber des Geschäftes bat ihn, sich im Laden erst einmal hinzusetzen, zu verschnaufen und den Schreck zu verdauen. Damit entfloh Peter dem Auflauf vor der Ladentür. Er mochte nicht der Mittelpunkt dieser Aufmerksamkeit sein. Im Geschäft waren zurzeit keine Kunden.

»Da haben Sie aber großes Glück im Unglück gehabt«, meinte einer der Verkäufer.

Peter schaute den Mann mit schmerzverzerrtem Gesicht an, schüttelte den Kopf und erwiderte: »Nein, nicht Glück gehabt, guter Mann. Gott hat mich vor Schlimmerem bewahrt. Einer seiner Engel hat mich aufgefangen.«

»Wie meinen Sie das? Glauben Sie etwa an Engel?«, fragte eine Verkäuferin, die mit einem Glas Wasser, einem feuchten

Lappen und einigen Tüchern dazugekommen war. Vielleicht brauchte der Mann eine Erfrischung, vielleicht konnte sie ihm den Arm in eine Schlinge legen.

Der Gestürzte biss die Zähne aufeinander, weil gerade wieder ein böser Schmerz durch Schulter und Arm ging. »Natürlich glaube ich an Engel«, bestätigte er dann mit Nachdruck, stöhnte einmal laut und fuhr fort: »Gott hat seinen Engeln geboten, seine Leute zu behüten. So steht es in der Bibel, und so ist es.«

»Aber er hat Sie doch gar nicht behütet.« »Hätte er Sie behütet, wären Sie nicht abgestürzt.« Das kam fast gleichzeitig von den beiden »Samaritern« im Laden.

Peter wollte das natürlich so nicht stehen lassen, obwohl ihm gar nicht nach Reden zumute war. »Das heißt doch nicht, dass nichts Böses passiert. Aber es hätte doch alles viel schlimmer sein können. Ich bin doch heil bis auf die Schulter und den Arm. Also hat Gottes Engel mich doch behütet und Schlimmeres verhindert.« Er stöhnte wieder auf. »Aber jetzt sollte ich doch zusehen, wie ich ins Bürgerhospital komme. Geben Sie meiner Firma Nachricht? Die müssen wissen, was passiert ist, und irgendjemand muss die Arbeit weitermachen.«

»Das machen wir schon. Aber können Sie denn alleine bis an den Reppersberg gehen?«

»Das schaffe ich schon. Danke für die erste Hilfe.« Peter Hölcker erhob sich, den rechten Arm in einer Schlinge, die ihm die Verkäuferin inzwischen umgelegt hatte. »Ich wünsche Ihnen, dass das wieder richtig gut wird«, meinte sie freundlich, während ihr Kollege eher ein wenig spöttisch meinte, er solle seinen Schutzengel aber mitnehmen. Vielleicht brauche er ihn noch.

»Haben Sie da mal keine Sorge. Gottes Engel geht mit. Da bin ich ganz sicher. Ich wünsche Ihnen, dass Sie die Erfahrung selbst machen. Ich habe noch eine Bitte: Sehen Sie eine Möglichkeit, dass meine Frau eine Nachricht bekommt? Ich werde wohl nicht pünktlich zu Hause sein. Dann muss sie sich nicht unnötig sorgen.«

»Wenn Sie uns die Adresse sagen, schicken wir einen Boten hin.« Der Verkäufer schrieb die Anschrift auf und gab dem Verunglückten noch gute Wünsche mit auf den Weg.

Die Ärzte in der chirurgischen Abteilung des Hospitals am Reppersberg behielten Peter jedoch erst einmal da. Mit der schweren Schulterprellung und dem komplizierten Armbruch konnten sie ihn nicht nach Hause gehen lassen.

Gustchen erschrak heftig, als der Bote ihr die Nachricht von dem Unfall brachte. Der junge Mann beschrieb dazu die Sache auch noch als dramatisch und schlimm. Da Auguste so schnell niemanden fand, der auf die Kinder aufpasste, konnte sie ihren Mann erst am nächsten Tag besuchen. Die drei ins Krankenhaus mitzunehmen, wäre ihr doch zu anstrengend gewesen. Wenn es sich ergab, passte sonst die neue Mieterin aus dem Anbau schon einmal auf die Kinder auf. Dazu wohnte jetzt auch noch eine Familie oben. Aber diese Leute hatten mit sich selbst genug zu tun. Mit denen kamen Gustchen und Peter auch nicht so gut aus wie mit der jungen Witwe und ihrem Kind hinten. Das war eine arme Frau, fanden sie, die ihren Mann für das Vaterland hergegeben hatte. Wegen der großen Wohnungsnot nach dem Krieg mussten sich Hölckers den Platz seit ein paar Monaten mit diesen Familien teilen.

Erst nach vier Wochen konnte Peter seine Lieben auf der Bellevue-Höhe wieder umarmen. Allerdings nur mit dem linken Arm. Der rechte lag immer noch dick verpackt in einer Schlinge. Der Maler schien sich gar richtig nicht über die Heimkehr zu freuen. Irgendetwas bedrückte ihn.

Gustchen fiel das sofort auf. Sie wartete aber mit Fragen, bis sie beide am Abend endlich wieder zur Andacht zusammensaßen. »Wirst du den Arm wieder richtig gebrauchen können?«, sorgte sie sich.

»Ich weiß es nicht«, antwortete ihr Mann und seufzte.

Das Haus am kleinen Exerzierplatz (später Lulustein); im Vordergrund Elisabeth und Emanuel

»Wenn nicht, dann wäre das sehr schlimm. Die Ärzte haben jedenfalls gemeint, ich müsse da Geduld haben.«

»Du Ärmster, das muss schlimm sein für dich, wenn du nicht mehr mit dem Pinsel arbeiten könntest.« Gustchen streichelte ihrem Mann vorsichtig und liebevoll den kranken Arm.

»Ich will mir das gar nicht ausmalen. Das wäre schrecklich.«

»Dann werden wir um Geduld beten, mein Lieber, und um Heilung – und dann das Vertrauen in Gottes Hilfe nicht wegwerfen«, schlug die Frau vor.

»Und immer wieder dafür danken, dass ich nicht schlimmer verletzt bin«, ergänzte Peter mit bekümmertem Gesicht, seufzte wieder und schlug mit der gesunden Hand umständlich den

Hebräerbrief auf. »Ich müsste es schon annehmen, wenn Gott mir die Möglichkeit nimmt, weiter zu malen.«

»Aber vielleicht könntest du den Pinsel ja mit der linken Hand …«, versuchte Gustchen, eine mögliche Lösung anzudeuten, wenn denn der rechte Arm nicht mehr zu gebrauchen sein sollte.

»Mit links? Gustchen, mit links? Ich kann keinen Pinsel mit links führen. Das kriege ich ja nicht einmal mit dem groben Quast hin, geschweige denn mit dem feinen Haarpinsel.« Peter holte noch ein paarmal tief Luft. Dann las er den Text aus Hebräer 10:

»Denn ihr habt mit meinen Banden Mitleiden gehabt, und den Raub eurer Güter mit Freuden erduldet, als die ihr wisset, dass ihr bei euch selbst eine bessere und bleibende Habe im Himmel habt.

Werfet euer Vertrauen nicht weg, welches eine große Belohnung hat.

Geduld aber ist euch not, auf dass ihr den Willen Gottes tut, und die Verheißung empfanget.

Denn noch über eine kleine Weile, so wird kommen, der da kommen soll, und nicht verziehen.

Der Gerechte aber wird des Glaubens leben. Wer aber weichen wird, an dem wird meine Seele keinen Gefallen haben.

Wir aber sind nicht von denen, die da weichen und verdammet werden; sondern von denen, die da glauben und die Seele erretten.«

An diesem Abend sprachen die beiden Menschen lange miteinander. Wenigstens hatten sie noch einer den anderen und waren wieder zusammen, nach der langen Trennung. Sie zählten auf, was ihnen hier auf Erden alles gegeben und geblieben war, im Gegensatz zu ihren Mietern zum Beispiel. Und sie freuten sich über das, was ihnen verheißen war, auch im Gegensatz zu ihren Mietern, die vom Glauben an einen liebenden Gott nichts wussten und auch nichts wissen wollten. Und dann sollten Peter und Gustchen vor den Misslichkeiten des Lebens erschrecken und aufgeben? Nein, das wollten sie nicht. Sie wollten bei ihrem Herrn bleiben und auch künftig zu denen gehören, »die da glauben und die Seele erretten.«

Freilich wollten sie sich auch wieder auf die Suche nach einer neuen geistlichen Heimat machen. In Dingen des Glaubens nur auf sich selbst gestellt bleiben, das konnte auf Dauer nicht gut sein. Nur konnte die Kirche ihnen zurzeit kein Zuhause bieten. Die war ihnen zu weit von Christus weg. Also mussten sie bei den Freikirchen suchen. Und eine Arbeit für das Reich Gottes wollten sie auch wieder finden. Glaube musste auch zur Tat werden, hatte Jesus doch seine Jünger auf den Weg geschickt: »Gehet hin …!« Eine Vorstellung, welcher Weg das für sie sein konnte, hatte allerdings an diesem Abend noch keiner von den beiden.

Kathi und »Fürst Ludwig«

Mit Peters Arm wurde es nur langsam besser. Er konnte ihn lange Zeit nicht voll bewegen. Es stellte sich heraus, dass er ihn wohl nie wieder so frei wie früher würde gebrauchen können. Der Ellenbogen ließ sich nicht mehr voll strecken, und die Hand war nicht mehr vollständig beweglich. Mit den Fingern einen feinen Pinsel zu führen, blieb für ihn sehr schwierig. Selbst großflächiges Arbeiten machte Peter Mühe. Ebenso schwer war es für ihn, zu Hause geduldig den Arm zu trainieren und abzuwarten, wie sich die Dinge weiter entwickelten. Das stellte auch Peters Glauben auf eine harte Probe. Immer wieder kam Verzagtheit in ihm hoch und so etwas wie Anfechtung. Sein Gustchen musste ihn häufig aufmuntern und daran erinnern, dass Gottes Wege heilig seien und der Mensch sich ihnen fügen müsse.

Dass sein Gustchen den großen Garten jetzt überwiegend allein versorgen musste, bekümmerte den Mann zusätzlich. Elisabeth war ein sehr anstelliges Mädchen und half der Mutter bei der Arbeit draußen schon tüchtig. Das freute den Vater, tröstete ihn aber wenig.

»Du musst es annehmen, mein Schatz. Ich muss es doch auch. Dann wird es leichter«, sagte Auguste immer wieder zu ihm. »Nur wer zu Gottes Handeln ja sagt, kommt zurecht und lebt zufrieden.«

Peter gab sich viel Mühe, brachte auch viele Male am Tag seine Lage vor Gott. Dennoch wurde sein Gesicht immer düsterer und freudloser, und er wurde immer mürrischer. Auch körperlich fühlte er sich immer schlapper. Sein Rücken begann ihn zu schmerzen. Dann fing er an zu husten, zunächst so, als kratzten ihn Krümel im Hals. Bald wurde der Husten stärker und war mit Auswurf verbunden. Dazu kam, dass es Peter zunehmend den Appetit verschlug und ihm immer häufiger heiß wurde, als hätte er Fieber. Vor allem gegen Abend traten solche Schübe auf. Das war mehr als eine Sommererkältung, die nach einigen Tagen Schwitzen und Behandlung mit Wadenwickeln, Tee und Zwiebelsaft wieder behoben gewesen wäre.

»Du musst zum Arzt gehen, Peter«, riet ihm Gustchen. »Ich befürchte Böses.«

»Wenn du meinst, Liebes, sollte ich mich auf den Weg in die Stadt machen«, gestand Peter zu.

»Du gehst am besten gleich zur Tbc-Fürsorgestelle. Ich denke, der Arzt schickt dich sowieso dorthin.«

»Das bedeutet Sonnenberg«, ahnte er.

»Aber besser ein paar Wochen auf dem Sonnenberg, als die Sache schlimmer werden lassen. Am Ende stecken wir uns alle noch an. Und dann haben wir gar nichts gewonnen.«

»Hoffentlich habe ich euch nicht bereits angesteckt«, sorgte sich Peter und zog den Mantel über. Trotz der sommerlichen Temperaturen fror er. Er nahm sein Gustchen noch einmal in den Arm. »Ich hab dich lieb, mein Gustchen. Gott sei mit uns allen.«

»Danke, mein Schatz, ich hab dich auch lieb. Aber du tust gerade so, als wolltest du nicht wiederkommen«, wunderte sich die Frau.

»Wissen wir, was Gott will? Erst nimmt er mir meine Handfertigkeit, vielleicht nimmt er mir ja auch noch …«

»Hör sofort mit dem Jammern auf, Peter.« Augustes Worte klangen plötzlich scharf. »Du musst nicht so schwarz sehen. Es wird schon nicht gleich ans Sterben gehen. Wenn Gott dich wieder für eine Weile aus dem Verkehr zieht, dann hat er seine Absicht dabei. Und diese Absicht ist gut. Du wirst es erleben, mein Lieber. Und jetzt geh und komm mit einer guten Nachricht wieder.«

Peter Hölcker strich seiner Frau noch einmal über die Wange. »Es ist gut, dass du so stark sein kannst. Ich wünschte, ich könnte die Dinge so sehen wie du.«

Am Nachmittag kam Peter Hölcker aus der Stadt wieder herauf. Er schnaufte und schaffte es nur mit Mühe bis zum Haus. Seine Familie fand er im Garten. Auguste legte das Gerät aus der Hand und kam ein paar Schritte auf ihren Mann zu. Die beiden kleineren Kinder hingen bereits an seinen Armen. Elisabeth arbeitete weiter und rief nur: »Vater, schau, wie ich schon das Gras schneiden kann.«

»Was bringst du für Nachrichten?«, fragte Gustchen und schaute ihren Mann erwartungsvoll an. Der schickte seine beiden Jungen zum Spielen zurück und wischte sich erst einmal den Schweiß vom Gesicht. »Du hattest Recht, Gustchen. Sie besorgen mir einen Platz auf dem Sonnenberg.«

Obwohl die Frau diesen Bescheid ja geahnt hatte, erschrak sie doch. »Für wie lange?«

»Das konnte mir keiner sagen. Das hängt vom Verlauf der Geschichte ab.«

»Und wie schlimm ist die fortgeschritten?«

»Zum Glück noch im Anfang. Aber eben offene Tuberkulose. Ich soll sehr vorsichtig sein und Abstand von euch halten. Und ihr sollt vorsichtshalber noch in dieser Woche ebenfalls zur Untersuchung kommen. Die wollen sehen, ob ich euch vielleicht schon angesteckt habe.«

»Haben die etwas gesagt, wo du dich angesteckt haben könntest?«

»Die haben vermutet, ich hätte mir den Bazillus im Krankenhaus eingefangen. Und der hätte bei mir dann gleich zugeschlagen. Vielleicht, weil ich sowieso keine stabile Gesundheit hätte.«

»Dann freu dich auf den Sonnenberg, Peter. Der wird dir gut tun. Da bist du an der Luft und hast Ruhe. Die päppeln dich dort einmal richtig auf. Und nachher wirst du ganz neu ans Leben herangehen.«

Peter musste lachen. »Du verstehst es, einen aufzumuntern, Gustchen. Aber anders wird es nicht gehen. Also versuche ich, gerne zu gehen. Ihr müsst dann halt wieder einmal eine Zeit ohne mich auskommen.«

»Das wird uns zwar schwer fallen, vor allem den Kindern. Aber wir haben das ja schon geübt.« Gustchen gab ihrem Mann einen Kuss auf die Wange und ging wieder an ihre Arbeit. Peter setzte sich auf die Bank in die Sonne. Er musste erst einmal richtig verschnaufen, ehe er vielleicht doch ein bisschen half, wie das eben mit seinem verletzten Arm ging.

Den ganzen Rest des Jahres 1920 und auch noch ein paar Wochen des folgenden Jahres verbrachte Peter in der Lungenheilstätte auf dem Sonnenberg bei Saarbrücken. Er hatte zuvor nicht geahnt, dass die Krankheit, die auch ihn hierher gebracht hatte, so sehr verbreitet war. Die 120 Betten des Hauses waren ständig belegt. Manche Patienten waren schon hier, als er kam, und waren noch da, als er im Frühjahr 1921 endlich als geheilt entlassen wurde. Eine böse Geschichte, diese Tuberkulose. Viel Ruhe, frische Luft bei jedem Wetter und liebevolle Pflege zeigten aber auf die Dauer die gewünschte Wirkung. Die Krankheit war dann gottlob glücklich überstanden, und die Familie blieb verschont.

Zu Peters Rückkehr gab es auf der Bellevue-Höhe ein kleines Fest. Es musste gefeiert werden, dass der gütige Gott und Vater im Himmel in den zurückliegenden Monaten die Familie getragen und bewahrt hatte, dass Peter wieder gesund war und zudem seinen rechten Arm wieder besser gebrauchen konnte. Dass man ihm geraten hatte, künftig vorsichtiger zu leben, nicht zu rauchen, nicht mit Kohle zu arbeiten, wenn er malte, und sich ansonsten eine Arbeit zu suchen, bei der er viel an der frischen Luft sein konnte, trübte ihre Wiedersehensfreude nicht. Kaffee, Kakao und Kuchen schmeckten trotzdem allen. Und das Lob des 95. Psalms erfreute auch schon die Kinder:

»Kommt herzu, lasst uns dem Herrn frohlocken und jauchzen dem Hort unsers Heils. Lasst uns mit Danken vor sein Angesicht kommen, und mit Psalmen ihm jauchzen. Denn der Herr ist ein großer Gott und ein großer König über alle Götter.«

Dann waren es zwei Fragen, die die Eheleute beschäftigten. Die eine steckte in einem Brief, der schon seit ein paar Wochen auf dem Schrank lag, die andere war gerade ein paar Tage alt.

Peters Familie hatte aus Oberhausen geschrieben und gefragt, ob Peter wohl eine Möglichkeit sähe, sich seiner zehn Jahre jüngeren Lieblingsschwester Katharina anzunehmen, die seit einer Hirnhautentzündung geistig ein wenig eingeschränkt war und deshalb unter den Dorfbewohnern einen schweren Stand hatte. Sie würde nicht angenommen, stand in dem Brief, und käme häufig weinend nach Hause, weil sie gehänselt und verspottet würde. Seit dem Tod der Eltern sei sie oft irgendwie komisch. Es könne sich auch niemand recht um sie kümmern. Es sei einfach besser, wenn sie aus dem Dorf hinauskäme.

Die andere Frage ergab sich daraus, dass die junge Witwe aus dem Anbau demnächst wieder heiraten und ausziehen würde.

Ob die beiden Dinge etwas miteinander zu tun hatten? Peter und Gustchen machten sich ernsthafte Gedanken darüber.

»Sollten wir Kathi vielleicht zu uns holen?«, überlegte ihr Bruder laut. »Wir könnten ihr ein wenig Geborgenheit bieten. Hier kennt sie niemand, der sie verspotten könnte. Hier kann sie sich sicher im Garten beschäftigen und schon mal auf die Kinder aufpassen. So weit, wie sie in der Lage ist. Was meinst du, Gustchen, sollten wir das machen?«

»Ich denke, dass wir Kathi hierher holen sollten. Nicht umsonst wird die Wohnung gerade jetzt frei. Gott hat das sicher so gelenkt.« Damit war die Frage eindeutig beantwortet, und Kathis Umzug konnte in die Wege geleitet werden.

Wenige Wochen später zog Kathi im Haus am kleinen Exerzierplatz ein. Selbstverständlich genoss sie vollen Familienanschluss. Elisabeth, Emanuel und Paul schlossen sie schnell ins Herz. Die Dreißigjährige wurde von ihnen wie eine große Schwester akzeptiert.

Kathi war auch einfach eine liebe Frau und hübsch dazu. Warum wohl hatte Gott diesem Menschen durch die tückische Krankheit das Leben so merkwürdig eingeschränkt, fragten sich Peter und Gustchen, so dass sie in vielen Dingen auf das Wohlwollen anderer angewiesen war? Dabei war sie eine große Hilfe in Haus und Garten. Freilich konnte sie einer anspruchsvollen selbständigen Arbeit in einem Geschäft oder Büro nicht nachgehen. Eigenverantwortung konnte man kaum von ihr verlangen. Aber im Garten arbeitete sie sehr gerne. Da kannte sie sich aus. Landwirtschaftliche Arbeit hatte sie in jungen Jahren bei den Eltern gelernt, und auch jetzt noch, mit ihrem kranken Kopf, wusste sie Wildkräuter von Nutzkräutern zu unterscheiden.

Auguste gewann ihre Schwägerin bald richtig lieb. So wurde Kathi gar nicht zu der erwarteten Belastung der Familie, eher zu einer Entlastung, obwohl sie ja nichts mitbrachte, was die Versorgung der jetzt sechs Personen erleichtert hätte.

Entlastung für die Haushaltskasse konnte nur eine Arbeit für Peter bringen. Aber woher die nehmen, wenn der Mann keine schwere Arbeit mehr tun sollte, und wenn er etwas brauchte, bei dem er seinen verletzten rechten Arm mit einsetzen konnte?

Peter hatte gar keine Ideen, was das sein könnte. Sich bei der Stelle für Arbeitslose zu melden, gefiel ihm nicht. In der Korbflechterei arbeiten? Das war mit dem etwas steifen und verstellten rechten Arm wohl schwer möglich. Außerdem sollte er viel an der frischen Luft sein. Als Papiersammler in den Straßen wäre er das. Aber das konnte es wohl auch nicht sein.

Da entdeckte sein Gustchen in der Saarbrücker Zeitung eine Annonce, in der die »Elektricitäts- und Gasvertriebsgesellschaft Saarbrücken (SVG) von 1912«, die seit dem Völkerbundmandat »Saarland-Lothringen Elektrizitäts AG« hieß und unter französischer Leitung stand, einen Kontrolleur suchte, der in den Haushalten der Stadt die Strom- und Gaszähler ablas und die Gebühren an Ort und Stelle kassierte. Der Bewerber musste also ein zuverlässiger Mensch sein, der auf Leute zugehen und in kritischen Situationen auch einmal unerbittlich sein und sich durchsetzen konnte.

»Glaubst du denn, dass das für mich eine Aufgabe sein könnte?«, zweifelte Peter. »Ich kann doch mit Geld gar nicht umgehen. Das weißt du doch ganz genau, Gustchen.«

»Du sollst das Geld ja auch nur kassieren und in den Sack stecken. Du sollst damit ja nicht kalkulieren und es wieder ausgeben.«

»Ich weiß nicht recht.« Peter war nicht von seiner Eignung für diese Aufgabe überzeugt.

»Du liest die Zähler ab, mein Lieber, trägst die Zahlen in die

Listen ein, kassierst das Geld und lieferst es später bei der SVG ab. Außerdem hätte eine solche Arbeit für uns drei Vorteile.«

»Drei Vorteile, meinst du?«

»Du bekommst erstens ein festes Gehalt, mit dem wir gut rechnen können. Zweitens bist du zugleich in einer der neuen Krankenkassen versichert und wir anderen mit dir.«

»Und drittens?«

»Du suchst doch auch eine Möglichkeit, etwas für die Verbreitung des Evangeliums zu tun, oder?« Ein verschmitztes Lächeln ging über Gustchens Gesicht.

»Ich verstehe dich nicht.«

»Die Sache ist doch ganz einfach, mein Lieber. Du bekommst Kontakt zu vielen Menschen. Denen kannst du das Evangelium ins Haus bringen.«

»Aber doch nicht, wenn ich zum Ablesen und Kassieren komme. Das werde ich nicht dürfen.«

»Natürlich nicht. Du kassierst aber nur an Werktagen. Dann kannst du die Leute fragen, ob du ihnen vielleicht am Sonntag gute Schriften ins Haus bringen kannst.«

»Gustchen, du bist ein Schatz. Wenn ich dich nicht hätte, was wollte ich machen!«, begeisterte sich der Mann für die Möglichkeiten, die sich ihm da auftaten. »Wann gehe ich zur SVG, damit ich mich vorstellen kann?«

»Gleich morgen gehst du hin, mein Lieber«, griff Gustchen sofort die Zustimmung ihres Mannes für die Arbeit auf. »Hoffentlich war da nicht schon jemand schneller als du.«

»Wir sollten es machen wie immer bei solchen Fragen«, schlug Peter vor. Jetzt wusste seine Frau für einen Augenblick nicht, wovon er redete.

»Na, mein Gustchen, wir beten darum, dass Gott mir diese Stelle reserviert. Und wenn wir ihm sagen, dass ich die amtliche Arbeit gerne mit der missionarischen verbinden möchte, erhört Gott unser Gebet ja vielleicht noch lieber.«

Wie gesagt, so getan. Am selben Abend noch das Gebet um

die Angelegenheit, und am nächsten Tag ging Peter hinunter in die Stadt zur Verwaltung der SVG.

Der Bewerber machte seine Sache beim Vorstellungsgespräch sehr gut. Die Mitarbeiter der SVG bekamen einen guten Eindruck von dem Einundvierzigjährigen und stellten ihn ein. Gott hatte die Gebete vom Vorabend umgehend erhört. Und er hatte die Möglichkeit vorbereitet, das gedruckte Evangelium in die Häuser zu bringen.

Einen weiteren Vorteil hatte Peters neue Arbeit auch noch. Er brauchte sich erst vormittags um 10 Uhr auf den Weg zu machen und hatte Feierabend, wenn er seine Tagesliste abgearbeitet hatte. Wenn er die Leute antraf und sich nicht zu lange in den einzelnen Haushalten aufhielt, konnte er nachmittags fertig sein. Wenn es einmal nicht so gut ging oder er Haushalte mehrmals besuchen musste, wurde es später. Vielleicht musste er auch schon einmal abends unterwegs sein. Das konnte er sich alles selbst einteilen. Wichtig war, dass er das kassierte Geld mit den zugehörigen Listen jeweils bis sechs Uhr abends im Amt ablieferte. Das sollte wohl alles möglich sein. Auch mit der Umstellung auf den Französischen Franc als Währung würde er sicher zurechtkommen. Mit dieser Regelung blieb immer noch Zeit für Arbeiten in Haus und Garten.

Peter war also fur die kommende Zeit versorgt. Sein Gustchen hatte bis jetzt einen ausgefüllten Tag gehabt, mit Kindern, Haushalt und Garten. Aber seit Kathi in der Familie war, gab es plötzlich für sie Zeit, die sie doch eigentlich mit einträglicher Arbeit füllen konnte. Auch Kathi verlangte nach weiterer Beschäftigung. Nichtstun konnte sie nicht leiden. Da bot es sich an, zum Garten noch eine kleine Landwirtschaft als Nebenerwerb dazuzunehmen. Das war nicht einmal schwierig.

Peter und Auguste pachteten für wenig Geld ein Feld von Melchiors Ilse, einer Bäuerin, die ihren Hof nahe der Metzer Landstraße am Hang hinunter ins Ehrental hatte. Auf diesem

Hof war Auguste schon länger bekannt, weil sie dort immer wieder einmal Milch oder Eier holte. Ilse Melchior kam dem Wunsch nach einem Stück Land gerne entgegen.

Mit einem Viertel Hektar Land war es nun aber nicht getan. Die Hölckers bauten im Garten einen kleinen Stall und kauften einen starken Ziegenbock. Wenn dieses Tier nur nicht so gestunken hätte! Aber als Zugtier war es zu gebrauchen. Ein vierrädriger Handwagen wurde besorgt, und das Geschirr für den weißen, gehörnten Bartträger, den die Kinder bald »Fürst Ludwig« nannten. Wenn es also künftig hinüber auf das Feld an der Südseite der Bellevue-Höhe ging, dann zog »Fürst Ludwig« den Wagen. Meistens zog er ihn auf dem Weg nach Hause lieber als umgekehrt.

Mit Kathi und Elisabeth freundete sich das Tier besonders an. Mit Gustchen kam es auch einigermaßen gut aus. Vielleicht lag das daran, dass die drei weibliche Wesen waren. Der Bock war ja ein »Mann«. Mit den beiden Jungen und auch mit Peter konnte er es nicht so gut, als mochte er keine Leute, die Hosen trugen. Wenn die mit ihm unterwegs waren, dann bockte er gerne. Sollten doch die großen und kleinen Mannsbilder den Wagen selber ziehen oder wenigstens schieben, damit er es leichter hatte! Was sie auch meistens taten, zumindest bis auf die Höhe. Wenn »Fürst Ludwig« dann seinen Stall witterte, zog er den Wagen gerne, und die Menschen mussten sehen, wie sie nachkamen.

Der Ziegenbock blieb übrigens nicht allein. Er bekam ein paar Geißen zugesellt, damit es bald auch Zicklein gab. Gustchen musste das Melken lernen.

Dazu baute Peter mit der Hilfe von Kathi und seinen beiden Söhnen ein kleines Hühnerhaus mit Auslauf, einen Verschlag für Gänse und einen Kaninchenstall.

Das Grundstück füllte sich so richtig mit Leben, das mit viel Liebe gehegt und gepflegt wurde. Jedes Familienmitglied hatte seine Aufgaben.

Kritisch wurde es nur, wenn eins der Tiere im Kochtopf landen sollte. Niemand im Haus brachte es fertig, einem Tier den Garaus zu machen. Peter blieb dann nichts anderes übrig, als den nächsten Nachbarn zu bitten, das Tier zu schlachten und küchenfertig zu machen. Dafür bekam dieser Nachbar dann ab und an ein Tier für seinen eigenen Kochtopf geschenkt.

Durch das gute Miteinander mit verschiedenen Nachbarn am Hagen und am Dellengarten konnte Peter deren Kinder ins Haus einladen. Er erzählte ihnen Geschichten aus der Bibel und sang mit ihnen geistliche Lieder. Das machte allen Freude. Ob diese Saat aufging und Frucht brachte – das war Gottes Sache.

Glückliche, sichere Jahre waren das für die Familie, trotz des Währungswechsels von Reichsmark auf Franc, trotz zeitweiser Lebensmittelknappheit im Land und aufkommender Weltwirtschaftskrise. Gott hielt deutlich seine Hand über sie. Was sich in diesen Jahren in wirtschaftlicher, kultureller und gesellschaftlicher Hinsicht in atemberaubendem Tempo in Saarbrücken entwickelte und änderte, bekamen die Hölckers lediglich am Rande mit. Natürlich war Peter in der Stadt unterwegs, um die Zähler abzulesen, das Geld für Wasser, Strom und Gas einzutreiben und abzuliefern, und dabei bekam er vieles mit, was sich in der Stadt änderte. Aber das vermochte ihn nicht sonderlich zu begeistern. Dass Strom-, Wasser- und Gasleitungen bald auch die Bellevue-Höhe erreichten und das Leben dort angenehmer machten, nahmen sie im Haus von Peter und Auguste natürlich gerne an.

Aus den Debatten um den Status des Saargebietes hielten sie sich wie aus allem Politischen möglichst heraus. Für Peter und seine Familie waren die gegenwärtigen Verhältnisse gottgegeben. Nach dem, wie es der Apostel Paulus in seinen Briefen geschrieben hatte, waren sie Untertanen dieser Obrigkeit und beauftragt, sie zu achten und für sie zu beten. Was die beiden auch regelmäßig taten, und in letzter Zeit auch Kathi und die Kinder, so weit sie schon alt genug waren. Die Abendandacht war immer noch fester Bestandteil des hölckerschen Tages. Zum Segen für alle, wie sie fest überzeugt waren.

Zum Segen für alle war es wohl auch, dass die Familie für die Sonntagvormittage wieder einen Ort gefunden hatte, wo die Großen und die Kleinen im Glauben gestärkt wurden. Sie besuchten seit Peters Rückkehr vom Sonnenberg die Baptistengemeinde drüben im Ortsteil St. Johann. Das war ein fröhlicher Kreis, der die neuen Besucher gerne aufgenommen hatte. Mitglieder werden konnten sie freilich nicht, da sie immer noch in den Büchern der Ludwigs-Gemeinde standen und auch nicht vorhatten, aus der Kirche auszutreten. Es mochte ja doch sein, dass die richtige geistliche Orientierung auf die Mitte des Evangeliums an den Ludwigsplatz zurückkehrte. Die Möglichkeit der Rückkehr in ihre ursprüngliche Gemeinde wollten sich die Hölckers gerne offen halten.

Den Heimweg nach dem Gottesdienst nutzte Peter dann häufig, um das gedruckte Evangelium in viele Häuser der Stadt zu tragen, jeden Sonntag auf einem anderen Weg. Die Haushaltskasse erlaubte die Ausgabe für kleine Schriften über das Leben der Menschen in dieser Zeit und darüber, was Jesus und sein Vater damit zu tun hatten. »Wer den Sohn Gottes hat, der hat das Leben; wer den Sohn Gottes nicht hat, der hat das Leben nicht.« An dieser Wahrheit hatte sich nichts geändert. Deshalb musste der Sohn Gottes den Leuten bekannt gemacht werden.

Außerdem gehörte der Zehnte des Einkommens doch sowieso Gott. Warum also nicht einen Teil davon für gute Schriften ausgeben? Die biblische Regel hatten Peter und Gustchen schon lange praktiziert, wenn es nur eben möglich gewesen war. Die damit verknüpfte Verheißung aus dem Propheten

Maleachi hatte sich immer wieder bewahrheitet. »… und prüfet mich hierinnen, spricht der Herr Zebaoth, ob ich euch nicht des Himmels Fenster auftun werde, und Segen herabschütten die Fülle.«

Ja, die Hölckers betrachteten sich als eine reich gesegnete Familie. Manche Not der Bevölkerung sonst war weitgehend an ihnen vorbeigegangen, zum Beispiel in den Jahren der Inflation in Deutschland, die auch im Saargebiet zu spüren gewesen waren, und zuletzt während der schlimmen Weltwirtschaftskrise der ausgehenden Zwanziger Jahre. Manche Not und Entbehrung, die Peter und Gustchen in früheren Jahren erlebt hatten: die schlechte Versorgung mit Lebensmitteln, die Totgeburt ihres ersten Kindes, die Anfechtungen ihres Glaubens, zuletzt durch Peters Unfall und seine Krankheit, standen dazu nicht im Widerspruch.

Auch Kathi empfanden sie in der Familie als Segen. Diese Frau mit ihrer stillen Fröhlichkeit brachte immer wieder Licht ins Haus. Als Kathi im Herbst 1931 nach nur kurzer Krankheit plötzlich starb, hinterließ sie eine große Lücke. Erst jetzt merkte Auguste so recht, was sie an ihrer Schwägerin gehabt hatte. Nicht nur, dass die immer in ihrer Nähe gewesen war, während die Kinder in der Schule und Peter bei seiner Arbeit waren, nein, Kathi hatte ja einen großen Arbeitsbereich im Garten und bei den Tieren übernommen und weitgehend selbständig erledigt. Das mussten jetzt Gustchen und Elisabeth zusätzlich zu den eigenen Pflichten übernehmen. Ein wenig erleichterte ihnen das die Tatsache, dass Elisabeth wegen ihrer schwachen Lunge – sie litt an chronischer Kurzatmigkeit – keinem Beruf nachging. Aber das Mädchen hatte ja auch vorher schon einen guten Anteil an Arbeit getan. Die Neunzehnjährige noch mehr belasten? Ob das ging?

Es gelang ihnen tatsächlich für eine Weile, alle Arbeiten bei den Tieren, auf dem Feld und im Garten neu zu verteilen und zu bewältigen.

Da kündigte sich eine weitere Veränderung an. Die Stadt Saarbrücken brauchte Wohnungen. Da die Talebene an der Saar nicht viel Platz für weitere Häuser bot, sah man sich an den Rändern der Stadt nach neuen Baugebieten um. Der Feldweg entlang dem kleinen Exerzierplatz wurde bei der Erschließung des Geländes zur Zeppelinstraße, der Parallelweg unterhalb zur Lilienthalstraße. Hier sollten geschlossene Stadtrandsiedlungen mit vielen Doppelhäusern entstehen. Melchiors Ilse musste dafür einen großen Teil ihrer Ackerflächen abtreten, sie bat daher die Hölckers um die Auflösung des Pachtvertrags.

Da passte es gut, dass die Hölckers gerade ihre Arbeit draußen verringern wollten. Emanuel und Paul gingen noch zur Schule und waren natürlich nachmittags mit ihren Hausaufgaben beschäftigt. Sie wollten ja gute Abschlüsse machen. Emanuel hatte vor, nach der Schule das Lehrerseminar in Ottweiler zu besuchen. Peter kam nachmittags meist so spät zurück, dass ihm für die Arbeit im Garten nicht viel Zeit blieb. Deshalb verkauften sie die Ziegen und behielten nur Kaninchen, Gänse und Hühner.

Braune Saat

Vielleicht gehörten die folgenden Monate zu den glücklichsten für die Familie. Es war ein friedliches Miteinander zwischen den Generationen. Sie hatten jetzt zu fünft genug Platz, nachdem die letzten Mieter auch ausgezogen waren. Die Tätigkeit des Vaters brachte ein regelmäßiges Einkommen, und alle waren dankbar für den bescheidenen Wohlstand.

Peter zog sich ab und an wieder in sein Gartenhäuschen zurück und malte. Freilich musste er sich von seiner bisher geliebten naturalistischen Malweise trennen. Es ging nicht mehr mit den dünnen Haarpinseln und feinen Strichen. Das ließ der rechte Arm nicht mehr zu. Peter arbeitete jetzt eher großflächig und mit großzügigeren Strichführungen im Stile des Kubismus oder auch des Expressionismus, die in den ersten Jahrzehnten des Jahrhunderts die Malerei bestimmten. Die ganze Familie freute sich über seine neuen künstlerischen Aktivitäten.

Bald aber kündigte sich neues Unheil im Land an. Die Agitation der Kommunistischen Partei auf der einen Seite und die wachsende Propaganda der Nationalsozialisten auf der anderen wurden in Saarbrücken immer lauter und erreichten auch die letzte Ecke der Stadt. Wenn eine der beiden Gruppen zu einer öffentlichen Versammlung aufrief, konnte man sicher sein, dass die andere nicht tatenlos blieb. Häufig kam es zu gewalttätigen Auseinandersetzungen. Die Ordnungskräfte der Stadt hatten immer wieder zu tun, die kämpfenden Parteien auseinander zu bringen und die Ruhe wieder herzustellen.

Nach der »Machtergreifung« Adolf Hitlers am 30. Januar 1933 im Deutschen Reich war dann auch im Saargebiet bald nichts mehr, wie es vor diesem Tag gewesen war. Vor allem bekamen die Diskussionen um die Zukunft des Landes ganz neue Dimensionen. Im Januar 1935 sollte die Bevölkerung darüber abstimmen, ob das Saargebiet bleiben sollte, was es seit 1920 war, also dem Völkerbund unterstellt, ob es Frankreich angeschlossen werden sollte oder ob es »heimkehren wollte ins Reich«. Wie würde die Abstimmung der Bevölkerung wohl ausgehen?

Inzwischen hatte die NSDAP des Saargebiets rasch an Größe und Einfluss gewonnen und machte sich im Saarbrücker Stadtbild breit. Hakenkreuzfahnen und »Führer«-Bilder waren immer häufiger an Fassaden und in Schaufenstern zu sehen. Die noch gar nicht alte Lilienthalstraße wurde schon wieder umbenannt, als erste Saarbrücker Straße. Sie hieß jetzt symbolträchtig Andreas-Hofer-Straße, benannt nach dem Tiroler Freiheitshelden, der am Anfang des 19. Jahrhunderts gegen

Bayern und Franzosen aufgestanden war, nach mehreren Siegen aber verraten wurde und auf Befehl Napoleons 1810 in Mantua erschossen wurde.

Wem imponierte eigentlich dieser braune Haufen?, fragten sich nicht nur Peter und Auguste. Der NS-Landesleiter Spaniol war ein übler Schreihals. Er machte von sich reden, indem er einem schwedischen Journalisten gegenüber doch tatsächlich Adolf Hitler als »neuen, größeren, gewaltigen Christus« bezeichnete. So war es in der Saarbrücker Landeszeitung nachzulesen.

Bisher hatte sich Peter in den Diskussionen zur politischen Entwicklung am Abendbrottisch sehr zurückgehalten. Nachdem er dieses Zitat in der Zeitung gelesen hatte, konnte er sich nicht mehr bremsen. »Das ist Gotteslästerung, pure Gotteslästerung!«, empörte er sich. »Den Hitler als ›neuen, größeren, gewaltigen Christus‹ zu bezeichnen, das ist eine große Frechheit und Gotteslästerung. Das wird sich rächen. Das lässt Gott sich nicht gefallen. ›Irret euch nicht, Gott lässt sich nicht spotten‹, sagt die Schrift.« Der sonst so ruhige Mann war erregt wie lange nicht mehr.

»Was regst du dich eigentlich so auf, Vater?«, gab der siebzehnjährige Emanuel darauf zurück. »Das sind sicher starke Worte, aber du wirst noch sehen, dass der Spaniol Recht hat. Hitler ist ein ganz Großer! Der weiß, was er will. Der sorgt dafür, dass das Saargebiet wieder Reichsgebiet wird.«

»Dafür braucht das Saargebiet keinen Hitler, mein Junge, schon gar keinen, der sich als Christus fühlt.«

»Ob der sich als Christus fühlt, weißt du doch gar nicht. Der Spaniol hat ihn doch nur so genannt«, verteidigte der Junge seine Meinung.

»Glaubst du etwa, Junge, dass der sich das einfach aus den Fingern saugt? Glaubst du etwa, dass einer, der seine Porträts überall in die Fenster und an die Wände hängen lässt, ein friedlicher und harmloser Politiker ist, der von einer bescheidenen

Position aus seine Regierungsgeschäfte betreibt? Glaub das nur nicht! Du wirst es noch erleben, dass dieser Mann dem deutschen Volk nicht nur Gutes tut! Sei wachsam, mein Junge, und leih dieser braunen Propaganda nicht zu sehr dein Ohr.«

»Aber was die Nazis sagen, klingt doch alles gut«, versuchte Emanuel noch einmal einzuwerfen.

Peter Hölcker seufzte leicht auf und schaute seinem Sohn ernst in die Augen. Der wich dem Blick aus. Gustchen übernahm die Antwort, die der Vater sicher hatte geben wollen: »Dein Vater hat Recht, Junge, sei wirklich wachsam, und nimm das Propagandageschrei bitte nicht zu ernst.«

»Das kann man doch gar nicht ernst genug nehmen«, wollte sich der Junge nicht zurechtweisen lassen.

»Lass es jetzt gut sein, Emanuel«, versuchte die Mutter, das Gespräch, das Elisabeth und Paul mit großen Augen verfolgten, zu beenden, »du solltest Vater nicht weiter herausfordern. Warten wir doch ab, wie die Zeit weitergeht und ob der Spaniol sich nicht doch sehr weit vergriffen hat mit dieser Beschreibung.«

Bei ihren Worten nahm der Vater seine Bibel vom Regal und schlug das Buch Josua auf. Er las aus dem letzten Kapitel das große Bekenntnis dieses Gottesmannes:

»So fürchtet nun den Herrn und dienet ihm treulich und rechtschaffen, und lasset fahren die Götter, denen eure Väter gedienet haben, jenseits des Wassers, und Ägypten, und dienet dem Herrn. Gefällt es euch aber nicht, dass ihr dem Herrn dienet, so erwählet euch heute, welchem ihr dienen wollet; dem Gott, dem eure Väter gedienet haben jenseits des Wassers, oder den Göttern der Amoriter, in welcher Lande ihr wohnet. Ich aber und mein Haus wollen dem Herrn dienen.«

Peter Hölcker schlug seine Bibel wieder zu und wiederholte mit großem Nachdruck den letzten Satz: »Ich aber und mein Haus wollen dem Herrn dienen! Amen!« Gustchen wiederholte ebenso nachdrücklich: »Amen!«, und Elisabeth tat es ihr nach. Paul hielt sich zurück. Ihm hatte der ältere Bruder zwar imponiert, er wollte ihm aber doch nicht Recht geben. Emanuel blickte nur vor sich hin und schwieg.

Einige Monate später bekam das Dritte Reich einen neuen Saarbevollmächtigten, den pfälzischen »Gauleiter« Josef Bürckel. Der sorgte dafür, dass der Schreihals Alois Spaniol abgelöst und die saarländische NSDAP aufgelöst wurde.

»Da könnt ihr euch ja jetzt wieder freuen«, spöttelte Emanuel abends am Tisch. »Der Spaniol ist weg und die Partei auch.«

»Hast du schon einmal etwas von einem trojanischen Pferd gehört, Junge?«, gab Peter Hölcker darauf zurück. Emanuel wusste nicht sofort, was sein Vater damit meinte.

»Was glaubst du denn, wer sich hinter der ›Dritten Deutschen Front‹ verbirgt? Na?«

»Die Nazis können das nicht sein. Da ist doch ein Pastor mit im Führerrat. Der kann ja wohl nicht Nazi sein«, gab sich Emanuel überzeugt.

»Dass du dich da mal nicht schon wieder irrst«, meinte der Vater. »Die Kirche hat sich vor gar nicht langer Zeit auch vor den politischen Karren spannen lassen, ohne es zu merken, und das Kaiserreich verherrlicht. Später hat sie dann einen Weltkrieg gesegnet. Selbst wenn dieser Pfarrer Wilhelm seine Ideen aus der alten Zentrumspartei in diese Dritte Deutsche Front bringen könnte, würde er sehr bald überstimmt oder mundtot gemacht. Ich befürchte, die Kirche lässt sich auch hier wieder vor den Karren spannen. ›Dritte Deutsche Front‹ ist doch nur ein neues Firmenschild für altes Gedankengut.«

»Wäre ja auch schade, wenn die Braunen nichts mehr zu sagen hätten«, hielt Emanuel ihm trotzig entgegen.

»Sie haben viel zu viel zu sagen, Junge«, mischte sich seine Mutter jetzt ein. »Was die im Reich zu sagen haben, vertreibt ihnen die Leute.«

»Wie meinst du das, Mutter?«, fragte Elisabeth.

»Seid wachsam, Kinder, und achtet auf die Zeichen der Zeit, kann ich euch nur bitten. Seit Hitlers Machtergreifung in Berlin sind hier im Saargebiet schon mehr als 20 000 Leute aus dem Reich angekommen. Das sind Flüchtlinge und Vertriebene. Die werden schon Gründe haben, weshalb sie an ihren Orten nicht mehr leben konnten.«

»Wahrscheinlich selber schuld«, meinte Emanuel unbekümmert.

»So ähnlich selber schuld wie du bei deinem Rauswurf aus der Lehrerbildungsanstalt«, warf Paul ein. »Deine Dozenten in Ottweiler blicken da vielleicht weiter, dass sie einen wie dich nicht Lehrer werden lassen, der dann die kleinen Kinder mit brauner Soße vergiftet.«

»Die sind doch alle hinterm Mond. Die sollte man von ihren Posten vertreiben«, empörte sich Emanuel.

»Paul wird da schon Recht haben, Bruder. Hättest du dich anders verhalten und nicht so hitlerisch herumgetönt, könntest du demnächst dein Lehrerexamen machen«, mischte sich Elisabeth ein. »Du bist deinen Rausschmiss selbst schuld. Die Leute, die als Flüchtlinge das Reich verlassen haben, sicher nicht.«

»Ich glaube das auch nicht«, meinte Auguste. »Das sind Leute, die Hitler und seinen Ideen widersprochen haben. Und Widerspruch duldet dieser Mann nicht.«

Peter ergänzte: »Und es sind Leute, die Hitler nicht in den Kram passen. Er wettert gegen Sozialisten, und er hetzt die Leute auf gegen Katholiken, gegen Zigeuner und gegen Juden. ›Am deutschen Wesen soll die Welt genesen.‹ Unmöglich, eine solche Denkweise! Wenn die Nazis sich hier bei uns breit machen sollten, werden wir noch unser blaues Wunder erleben.«

»Wohl eher unser braunes.« Emanuel grinste spöttisch.

»Das möge Gott verhindern!« Mit diesem Seufzer beendete die Mutter das Gespräch am Tisch. Es war nur eins von vielen zum Thema Nazis. Mit Sorge dachten die Eltern an Emanuels offene Parteinahme für die Braunen. Der Junge würde doch wohl nicht …

Das Abendgebet der Eltern für die Kinder und ihr Seelenheil wurde seit diesen Tagen dringlicher. »Gott, erbarme dich, kümmere dich und bewahre.«

Langsam, aber sicher wurde Emanuel seiner Familie auf der Bellevue-Höhe fremd. Seine Besuche in der Gemeinde wurden immer seltener, bis er ihr schließlich völlig fernblieb, zum Unverständnis auch seiner Geschwister, die sich nicht von den NS-Parolen hatten infizieren lassen. Dafür suchte er jede mögliche Gelegenheit, an Versammlungen der »Dritten Deutschen Front« teilzunehmen, und kam von Mal zu Mal begeisterter zurück. Seinen Eltern verweigerte er bald den Gehorsam. Er ließ sich den Besuch der »Deutschen Abende« nicht mehr verbieten und auch nicht den Gasthausbesuch am 6. Mai 1934, um wie Tausende andere einer Göbbels-Kundgebung in Zweibrücken zuzuhören, die über den Rundfunk übertragen wurde. »Wir leben in einer neuen Zeit. Da möchte ich den Anschluss nicht verpassen. Ihr könnt ja im ewig Gestrigen versauern«, rechtfertigte er sich. Das Argument, dass sich die Richtigkeit und der Wert von Menschen und ihrer Sache erst an den Früchten erkennen ließe, akzeptierte er nicht.

Den »deutschen Gruß«, den Emanuel sich auch angeeignet hatte, durfte er allerdings zu Hause nicht zeigen. Sein Arm musste unten bleiben. Hitlers »Mein Kampf« blieb aus dem Haus verbannt. Das Buch vertrug sich nicht mit der Bibel auf dem Regal. Und auch das gottlose Hakenkreuz wurde im Haus nicht geduldet. Das passte einfach nicht zum reformierten Kreuz an der Küchenwand.

In diesen Fragen war Emanuel doch lieber noch gehorsam, wenngleich wortreich widerstrebend. Er wollte es sich nicht ganz mit seinen Eltern verderben. Mit allem Frommen hatte er allerdings inzwischen gebrochen. Deshalb tat er deren Hinweis auf das Bekenntnis des Apostels Petrus zu Jesus Christus: »Und ist in keinem andern Heil, ist auch kein anderer Name den Menschen gegeben, darinnen wir sollen selig werden«, nur kurz und bündig mit der Bemerkung ab: »Dummes Judengeschwätz!«

Peter und Auguste stockte dabei schier der Atem, aber sie antworteten nicht darauf. Die bösen Worte zeigten ihnen, dass ihr Sohn schon stärker von braunem Gedankengut angesteckt war, als sie es bisher hatten wahrhaben wollen.

Am Sonntag vor der Volksabstimmung über den künftigen Status der Saar-Region erlebten Saarbrücken und das Land umher die größte Massenkundgebung ihrer Geschichte. 300 000 Menschen fanden sich zum »letzten Appell« auf dem Wackenberg zusammen – Emanuel begeistert mittendrin –, und ließen sich selbst vom heftigen Schneegestöber nicht abschrecken.

»Ewig deutsch die Saar!«, »Der deutsche Aar über der Saar!«, und: »Zurück zum Reich!« waren die Parolen der Deutschen Front, deren Redner mit ihren aufstachelnden Worten die Massen begeisterten. Das ließ für die Abstimmung am folgenden Sonntag nichts Gutes erahnen.

Gut 90 Prozent der Bürger waren es dann, die am Wahltag ihre Stimme für die Rückkehr des Saargebietes ins Deutsche Reich abgaben. Dass kaum jemand zu Frankreich gehören wollte, war schon immer klar gewesen, aber dass nur gut zehntausend Bürger den Status quo erhalten wissen wollten, um der drohenden braunen Diktatur im Saargebiet zu entgehen, war beängstigend für die, die für diese Lösung geworben hatten. Sie waren ja öffentlich bekannt und mussten jetzt wegen ihrer Meinung Konsequenzen fürchten.

Vielen blieb nur die Möglichkeit, bis zur offiziellen Gebietsübergabe an das Deutsche Reich am 1. März 1935 die Koffer zu packen und so schnell wie möglich das Land zu verlassen, wie es andere zuvor im Reich hatten tun müssen. Für die, die sich von dort ins Saargebiet abgesetzt hatten, hieß es nun noch einmal, ins Ungewisse aufzubrechen, wollten sie ihr Leben retten.

Die anderen Bürger würden versuchen, das Beste aus der neuen Lage zu machen. Das galt auch für Peter und Auguste. Sie erwarteten für die kommenden Jahre nichts Gutes für ihre Stadt und die Menschen.

Als das Amtliche Abstimmungsergebnis am 15. Januar bekannt gegeben wurde, war der Jubel der Saarländer schier unbeschreiblich. Die Prozentzahlen übertrafen die kühnsten Erwartungen dieser Bewegung. Das Ergebnis wurde auf den Straßen und in den Lokalen der Stadt laut und überschwänglich gefeiert. Überall hingen schwarz-weiß-rote Fahnen – die Fahnen der nationalen Rechten – und große rote Hakenkreuzflaggen. Überall prangten Hitlerbilder und hingen Siegeskränze, Girlanden und Spruchbänder mit braunen Losungen.

Die Straßen tönten von Hurra- und Heil-Hitler-Rufen und von Hohnreden auf die Verlierer der Abstimmung und – von ersten deutlich antisemitischen Parolen. In der Bahnhofstraße wurden Särge getragen mit Aufschriften wie: »Hier ruht der Status quo«, und: »Hier ruht Matz Braun«. Mit diesem Namen war Max Braun gemeint, der SPD-Vorsitzender gewesen war und sich vehement für den Erhalt des Status quo ins Zeug gelegt hatte. Dieser Mann tat sicher gut daran, die Stadt möglichst bald in Richtung Ausland zu verlassen.

Angewidert wandten sich Peter und Auguste von diesem Treiben ab, das sie sich für eine Weile angesehen hatten, und machten sich auf den Heimweg. Sie wären wohl besser gleich oben auf der Bellevue geblieben und hätten sich dem hier nicht ausgesetzt. Wie waren diese Menschen doch alle schon verblendet! Wohin ließen die sich noch ziehen? Armes Deutschland! Armes deutsches Volk! Arme Menschen, die in den Augen der neuen Machthaber nicht deutsch genug waren! Was kam da nur auf Land und Leute zu?

Im Hause Hölcker herrschte in diesen Tagen eine große Niedergeschlagenheit. Außer bei Emanuel. Der warf sich stolz in die Brust, rühmte lauthals die kommenden Veränderungen und ließ seine Genugtuung über die wunderbare Entwicklung seine Familie deutlich merken. »Jetzt wirst du wohl auch bald schlau«, versuchte er seinen siebzehnjährigen Bruder auf seine Seite zu ziehen.

Paul war jedoch nicht für diese Sache einzunehmen. »Lass mich in Ruhe mit dem braunen Geschwafel. Wenn du meinst, du müsstest mit diesen Wölfen heulen, dann heul ruhig, bis du heiser bist. Ich mache meine Arbeit, und das reicht mir.«

»Und was ist mit dir, meine fromme Schwester? Hier gibt es demnächst auch den Bund Deutscher Mädels. Der ist doch sicher was für dich.« Emanuel schaute Elisabeth verächtlich an.

»Der wird mich aber nicht interessieren, mein verehrter Herr Bruder«, erwiderte die Dreiundzwanzigjährige. »Ich halte es weiter wie die Eltern, bleibe bei Jesus und in der Gemeinde. Adolf Hitler soll mich nicht kümmern. Geh du deinen Weg, wenn du meinst, der führe dich ins Paradies. Ich gehe meinen. Der führt mich hin. Es wird sich bestimmt bald herausstellen, wer den besseren Weg geht.«

»Da hast du Recht, Schwesterchen. Der bessere Weg ist der deutsche. Den gehe ich. Notfalls auch allein. Und übrigens: Alles, was nicht deutsch ist, wird es sowieso bald nicht mehr geben.«

»Was redest du da eigentlich für einen Unsinn, Emanuel?«, mischte sich der Vater, der gerade in die Küche kam, in das Gespräch der drei Geschwister ein.

»Kennst du das Programm deines Kollegen eigentlich immer noch nicht, Vater? Der ist ein wahrer Deutscher. Der hat richtig erkannt, dass Sozialisten, Juden, Zigeuner, Freimaurer und …«

»Du hältst sofort deinen Mund, Emanuel«, unterbrach der Vater seinen Ältesten scharf, »solche Reden will ich in meinem

Haus nicht mehr hören. Und sag nicht, dass ich mich auch nur ganz entfernt als Kollege dieses so genannten Kunstmalers sehen könnte. Dieser Mann ist eine Gefahr für Land und Leute, sonst gar nichts. Dieser selbst ernannte Führer wird uns alle ins Verderben führen und dich mit. Werde wach, Junge, ehe es zu spät ist!« Peter geriet bei seiner Rede in starke Erregung. Seine Stimme zitterte.

Gustchen legte die Hand auf seinen Arm. »Bleib ruhig, Peter. Wenn der Junge in sein Verderben rennen will, können wir ihn nicht aufhalten. Da kann nur Gott helfen. Und wir können auch nur beten, dass wenigstens die anderen beiden standhaft bleiben.«

Bei diesen Worten sprang Emanuel in heftiger Bewegung auf. »Ihr seid ja ...« Wutentbrannt verließ er die Küche. »Passt nur auf, dass ihr als Fromme mit dem Juden Jesus nicht auch noch auf die Abschussliste geratet«, tönte er noch von der Tür her und war draußen. Am Schlagen der Haustür wenige Augenblicke später merkten sie, dass Emanuel das Haus verlassen hatte.

Schweigend saßen sie am Küchentisch. Mutter und Tochter rannen ein paar Tränen über die Wangen. Der Vater musste offenbar erst seine Gefühle und Gedanken sortieren. Eine ganze Weile starrte er auf die Tischplatte, ehe er seine beiden anderen Kinder mit einem Seufzer fragen konnte, was denn mit ihnen sei.

»Mich interessiert das alles nicht, Vater. Ich möchte damit nichts zu tun haben und halte mich da raus«, gab Paul zur Antwort.

»Mir geht es genauso, auch wenn ich für Emanuel eine Volksverräterin bin, wie er das ausdrückt«, sagte Elisabeth. »Das wird mich aber nicht stören, bei dem Juden Jesus zu bleiben. Ihr könnt da ganz ruhig sein.«

Peter und Auguste atmeten hörbar auf. Wenn es doch nur so blieb!

Danach war Emanuel, wenn er denn mit am Tisch saß, sehr verschlossen. Durch seine Anwesenheit verhinderte er jedes politische Gespräch. Er hätte schon gerne seine Familie hier und da mit Sticheleien herausgefordert, aber er ließ es dann doch lieber sein. So drehten sich die Gespräche um Alltäglichkeiten des Haushalts und des Gartens.

Sie erwähnten selbst die Übergabe des Saargebietes an das Reich am 1. März 1935 in Anwesenheit des Innenministers Dr. Frick und die Einsetzung des »Reichskommissars für die Rückgliederung des Saarlandes« nicht. Bürckel hieß der Mann, der sich vorgenommen hatte, als treuer Vasall seines großen »Führers« zum wichtigsten Mann des Reiches zwischen Ludwigshafen und Metz zu werden.

Über den Besuch des Propagandaministers Dr. Joseph Goebbels und des »Reichsführers SS« Heinrich Himmler schon am Vormittag und die überraschende Visite des »Führers« persönlich samt seinem Stellvertreter Hess am Nachmittag wurde im Haus der Hölckers nur in Abwesenheit von Emanuel gesprochen. Umso mehr brachten die Einzelnen die neue Zeit im Gebet vor Gott und baten um Weisheit, mit ihr richtig und verantwortungsvoll umzugehen.

Einmal noch gab es im hölckerschen Haus eine hitzige Debatte zwischen den Eltern und ihrem Sohn, der inzwischen in die SS eingetreten war. Gauleiter Bürckel hatte bei einer der häufigen Massenveranstaltungen davon gesprochen, er werde seinen Gau »judenfrei« machen. Peter und Gustchen hatten sich furchtbar darüber aufgeregt, und sie sprachen ihren Sohn darauf an, wie sich ein Mensch in dieser Weise über das Volk Gottes äußern könne. »Judenfrei, was heißt das, Emanuel? Was hat der Bürckel vor?«, fragte Peter.

»Juden sind undeutsch, sie haben keinen Platz in der deutschen Volksgemeinschaft«, bestätigte Emanuel die Aussage des Gauleiters.

»Und dem kannst du zustimmen? Junge, bist du denn von allen guten Geistern verlassen? Juden sind Menschen wie du und ich und wir alle«, ereiferte sich der Vater.

»Bleib bitte ruhig, Peter«, versuchte Gustchen die steigende Erregung ihres Mannes zu dämpfen.

»Ich kann dabei nicht ruhig bleiben, Frau. Die Juden sind das Volk Gottes. Verstehst du, Emanuel, das Volk Gottes!«

»Ph, Volk Gottes! Dass ich nicht lache! Bastarde, Läuse und Wanzen sind das, Parasiten, die ausgetreten und beseitigt gehören.«

Peter wäre seinem Sohn am liebsten an den Hals gegangen. So aufgebracht hatte Gustchen ihren Mann noch nie erlebt.

»Ausgetreten, beseitigt? Gottes Volk ausgetreten und beseitigt? Und du machst da mit? Mein Sohn macht da mit? Emanuel, wo bist du hingekommen? Wer hat dich verblendet?«

»Die Frage ist nicht beantwortet, wer hier verblendet ist«, gab der junge SS-Mann kalt zurück.

»Und was hat der vor, der Bürckel, um das Volk Gottes zu zertreten und zu beseitigen?«, wollte die Mutter wissen.

»Das wird sich zeigen. Der hat seine Pläne. Ihr werdet es sicher rechtzeitig erfahren, wenn der Gau judenfrei ist und keiner dieser Bastarde mehr deutschen Lebensraum verunreinigt.«

»Jetzt reicht es! Emanuel, jetzt reicht es!« Gustchen hatte alle Mühe, ihren Mann davon abzuhalten, handgreiflich auf seinen Sohn loszugehen. Mit vor Erregung zitternder Stimme fuhr der Vater fort: »›Wer euch antastet, der tastet meinen Augapfel an‹, sagt die Schrift. Wehe jedem, der sich am Volk Gottes vergreift, Emanuel. Wehe dir, wenn du bei irgendwelchen Aktionen des Bürckel mitmachst. Wehe dir, Junge.«

»Willst du mir drohen, Vater?«

»Nenn mich nicht Vater, Emanuel. Einer, der sich am Volk Gottes vergreifen will, kann nicht mein Sohn sein. Verstehst du? Gott erbarme sich. Und jetzt geh mir aus den Augen. Geh und verlass mein Haus!«

Emanuel zögerte. Sein Gesicht war kreideweiß. Erregt wog er die Worte des Vaters ab. Musste er das als Rausschmiss verstehen? Verweis aus Haus und Familie? Er wusste es nicht recht. »Gut, ich gehe«, sagte er dann kalt. »Aber ich warne euch. Haltet euch zurück mit allem, was sich gegen die neue Zeit richtet. Ihr könntet es sonst bereuen.« Als letzte Provokation knallte er die Hacken zusammen, hob die Hand zum »deutschen Gruß« und verließ mit einem »Heil Hitler!« den Raum. Einige Minuten später war er aus dem Haus, um es vorläufig nicht wieder zu betreten.

Lange saßen Peter und Gustchen erschüttert schweigend in der Küche und bemühten sich, ihre Fassung wiederzufinden. Was hätten sie sagen sollen? Die Tränen liefen ihnen die Wangen hinunter. Schließlich griff Peter zur Bibel und schlug den 31. Psalm auf. Er las die ersten Verse:

»Herr, auf dich traue ich, lass mich nimmermehr zuschanden werden; errette mich durch deine Gerechtigkeit.

Neige deine Ohren zu mir, eilend hilf mir. Sei mir ein starker Fels und eine Burg, dass du mir helfest.

Denn du bist mein Fels und meine Burg, und um deines Namens willen wollest du mich leiten und führen.

Du wollest mich aus dem Netze ziehen, das sie mir gestellet haben; denn du bist meine Stärke.

In deine Hände befehle ich meinen Geist; du hast mich erlöset, Herr, du treuer Gott.«

Peter verharrte einige Augenlicke und sprach dann noch ein ganz persönliches Gebet, wobei er besonders Emanuel der Gnade Gottes anbefahl. Wenn Gott sich nicht selbst um den Sohn kümmerte, konnten sie als Eltern nur schwarz sehen. Wobei sie sich wünschten, dass Emanuel nie in der schwarzen SS-Uniform das Haus betreten möge.

Dieser »deutsche Weg« des Sohnes machte seinen Eltern auch in den folgenden Jahren viele Sorgen. Dass Emanuel in seinem Denken und Handeln so widerspruchslos auf die Linie der Nazis einschwenken konnte, war ihnen ein Rätsel, dessen Lösung ihnen unerfindlich blieb.

Dass die Nazis Regimegegner ohne großes Federlesen mundtot machten, war schon schlimm. Wie sie aber mit den Juden umgingen, erschien den Hölckers weit schlimmer.

In der Nacht vom 9. auf den 10. November 1938 zündeten auch in Saarbrücken Männer des SS-Sturms die Synagoge an – sie stand in der Kaiserstraße –, zerrten die männlichen Juden bis fünfundsechzig Jahren aus den Häusern, setzten sie dem Gespött, den Beschimpfungen und auch Handgreiflichkeiten der Leute aus und trieben sie wie Freiwild durch die Straßen. Auch in der Saarstadt wurden jüdische Wohnungen demoliert und verwüstet, Frauen und Kinder bedroht und gedemütigt. Viele Männer wurden anschließend wochenlang im Gefängnis in der Alexanderstraße oder oben auf der Lerchesflur inhaftiert und bösem seelischem und körperlichem Terror ausgesetzt. Dann wurden etliche in die Konzentrationslager Dachau und Buchenwald deportiert, von wo aus sie nie zurückkehrten. Anderen gelang es nach ihrer Freilassung aus der Haft, mit ihren Familien nach Frankreich zu fliehen. Viele verschwanden einfach nach unbekannt.

Als im Sommer 1940 die letzten fünf jüdischen Menschen der Stadt auf Befehl des Gauleiters Bürckel gemeinsam mit saarländischen, pfälzischen und badischen Juden deportiert wurden, hatte sich die Ankündigung dieses Unmenschen erfüllt: die Region war »judenfrei«.

Für Peter und Auguste Hölcker war jede einzelne Nachricht über das Schicksal ihrer jüdischen Mitbürger wie ein Angriff auf ihr eigenes Leben. Dass solche Dinge überhaupt möglich waren, wollte ihnen nicht in den Kopf gehen. Dass Menschen sich selbst zu Herrenmenschen erklären konnten und aus dieser Haltung mit anderen Menschen umgingen, als wären die das übelste Ungeziefer, überstieg ihre Vorstellungskraft. Nicht auszudenken, dass der eigene Sohn an solchen Aktionen beteiligt sein mochte ... Dass sie selbst als Christen und als Menschen mit anderer Denkart keine Möglichkeiten sahen, irgendetwas dagegen zu tun, raubte Peter und Gustchen immer wieder den Schlaf.

Tage schlimmer Nachrichten über Menschen des Volkes Gottes waren für sie immer Trauertage und zugleich Gebetstage. Dabei drehten sich die Gebete nicht nur um die Tagesereignisse und um die Kinder und ihre Bewahrung vor schlimmen Dingen. In den Dreißiger Jahren drehten sie sich auch zunehmend um die nahe Zukunft, die mit hoher Sicherheit den Krieg bringen würde. Aus welchem Grund sonst hatte Hitler die Wiederbewaffnung Deutschlands durchgesetzt und mit der neuen Wehrmacht per Vertragsbruch sogar die linke Rheinseite besetzt? Weshalb trat Hitlerdeutschland aus dem Völkerbund aus? Aus welchem Grund ließ Hitler die Westgrenze des Reiches durch den so genannten Westwall befestigen? Wieso ließ er auch in und vor der Stadt Saarbrücken umfangreiche Sicherheitsbauten errichten, riesige Panzersperren, umfangreiche Bunkeranlagen?

Das Kriegsgespenst stand vor den Augen derer auf, die die Zeichen der Zeit wachsam beobachteten. Schon 1938 zogen die ersten Familien ihre Konsequenzen aus dieser Entwicklung und verließen die Stadt. Dass sie wegen ihres mangelnden Vertrauens zum »Führer« getadelt und als »Kofferpatrioten« verspottet wurden, störte sie nicht.

Das hätten sich die Hölckers durchaus auch sagen lassen. Sie hatten überhaupt kein Vertrauen in den »Führer«, aber großes Vertrauen in ihren Gott. Deshalb kamen sie gar nicht auf die Idee, die Stadt zu verlassen. Hier waren sie zu Hause und auch versorgt. Hier würde Gott sie tragen und bewahren, auch wenn sie nichts Gutes ahnten für das Reich und seine Zukunft. Schon deshalb nicht, weil es sich am Augapfel Gottes vergriffen hatte.

Peter und sein Gustchen trösteten und stärkten sich immer wieder mit Zusprüchen Gottes aus der Bibel.

Paul suchte sich hier keine Hilfe mehr. Er hielt inzwischen nicht mehr viel vom Glauben an Gott und an Jesus und von einer Gemeinde-Zugehörigkeit. Innerlich hatte er sich schon länger von christlicher Denkungsart gelöst, jetzt stand er auch nach außen dazu. Zum Glück ließ er sich nicht von den Nationalsozialisten einfangen. Er wollte frei sein, auf gar keinen Fall Nazi werden. Dafür aber Soldat! Saarbrücken war ja längst wieder Garnisonsstadt. Die Wehrmacht interessierte ihn, und der würde er sicher eines Tages beitreten. Hier wollte er seinen Mann stehen, auch wenn es tatsächlich zum Krieg kommen sollte.

Für die Eltern war das eher zu ertragen, auch wenn sie schon jetzt um das Leben des Sohnes bangten. In ihrer Not erwuchs ihnen immer wieder starker Zuspruch aus den Worten des 124. Psalms:

»Wo der Herr nicht bei uns wäre, so sage Israel, wo der Herr nicht bei uns wäre, wenn die Menschen sich wider uns setzen, so verschlängen sie uns lebendig, wenn ihr Zorn über uns ergrimmete; so ersäufte uns Wasser, Ströme gingen über unsere Seele; es gingen Wasser allzu hoch über unsere Seele.

Gelobet sei der Herr, dass er uns nicht gibt zum Raub in ihre Zähne.

Unsere Seele ist entronnen wie ein Vogel dem Strick des Voglers, der Strick ist zerrissen und wir sind los.

Unsere Hülfe stehet im Namen des Herrn, der Himmel und Erde gemacht hat.«

Stadt in Flammen

Gut, dass das Leben auch immer wieder seine hellen Stunden hatte. Dass sie sich gegenseitig hatten, war für Peter und sein Gustchen immer wieder wie ein besonders gesegneter Sonntag. Füreinander da zu sein, sich einander Zuneigung und Liebe zu zeigen, einer für den anderen einstehen zu können, einander zu helfen in kritischen Situationen, zu erleben, dass Gott Peter die Gesundheit doch geschenkt und erhalten hatte, zu erfahren, dass er seine eigentliche Lebensberufung in der Gabe des Zeichnens und Malens nicht völlig aufgeben musste, zu wissen, dass wenigstens Elisabeth ein Kind Gottes geworden war und hier ihren Weg ging – das alles erfüllte Peter und Auguste immer wieder mit Freude und Dankbarkeit. Sie waren materiell versorgt und hatten ihren Glauben bewahren können. Durch Gottes Gnade waren sie inzwischen immerhin schon um die Sechzig. So alt wie sie waren ihre Eltern nicht geworden. Gott war ihnen sehr gnädig gewesen. Ob er sie noch Enkel erleben ließ? Das wäre noch eine besondere Gnade.

Elisabeth hatte mit fünfundzwanzig von einem Ausflug mit dem Gemeindechor eine Freundschaft mitgebracht, aus der bald Liebe wurde. Mit ihrem Wilhelm war sich das Mädchen bald einig. Wenn die Eltern keine Einwände hatten, wollten die beiden gerne im Haus die obere Wohnung renovieren und dann bald heiraten und einziehen.

Peter und Gustchen hatten keine Einwände gegen den jungen Mann aus dem Hunsrückdorf Budenbach, und sie ließen die beiden gewähren. Wilhelm Klump war Schreiner und handwerklich vielseitig begabt. Gerne sollten sich die beiden ihr Nest bauen.

Bis zum Jahresende 1939 sollte die Renovierung beendet sein, und dann wollten die Verlobten heiraten. Doch wie so viele wurde Wilhelm Klump in diesem Jahr zur Wehrmacht einberufen. Am 28. August hatte er sich zur Grundausbildung in Rüdesheim am Rhein zu melden. Was tun? Peter und Gustchen rieten ihrer Elisabeth, wenn möglich, ihren Wilhelm vorher zu heiraten. Sie gehörten doch zusammen.

Noch am 27. August gingen die beiden jungen Leute zum Standesamt und anschließend in die Gemeinde, um den Segen Gottes für ihre Ehe zu empfangen. Zum Feiern blieb leider keine Zeit. Gerade einmal die Hochzeitsnacht war den beiden vergönnt, dann trennten sich ihre Wege schon wieder. Nein, doch nicht ganz. Elisabeth begleitete ihren Wilhelm an den Rhein und suchte sich in Rüdesheim ein Zimmer, um in der Nähe ihres Mannes zu sein. Die Eltern hatten ihr ausdrücklich dazu geraten. »Eheleute gehören zusammen«, hatte die Mutter gesagt, und der Vater hatte dem zugestimmt. Wer wusste denn, was auf die beiden zukam?

Am 1. September überfielen deutsche Truppen den östlichen Nachbarn Polen. Am selben Tag noch ordnete Frankreich die Generalmobilmachung an. Als Hitler seine Truppen aus Polen nicht zurückrief, wie es Frankreich und Großbritannien ultimativ gefordert hatten, erklärten die beiden Staaten aus Gründen ihrer Bündnisverpflichtungen Deutschland den Krieg.

Es herrschte Krieg! Und Saarbrücken lag unmittelbar im Feuerbereich französischer Geschütze drüben auf dem Spicherer Berg. Die alten und neuen Wohngebiete auf der Bellevue würde es zuallererst treffen. Dass Saarbrücken längst Pläne zur Evakuierung der Bevölkerung in der Schublade liegen hatte, war den Bürgern mehrfach durch die Presse mitgeteilt worden.

»Was wird jetzt, mein Gustchen?«, fragte Peter bekümmert.

Die atmete schwer auf. »Gott weiß es, mein lieber Mann. Emanuel bei der braunen Elite irgendwo, Paul bei der Wehrmacht und sicher bald mit Marschbefehl, und Elisabeth bei ihrem Wilhelm …«

»... der sicher auch bald seinen Marschbefehl bekommt. Dass wir alten Leute das noch erleben müssen.«

»Erstens sind wir noch nicht alt, Peter. Und zweitens sollten wir nicht klagen«, versuchte Gustchen ihren Mann aufzumuntern, und sie zitierte wieder einmal zwei ihrer immer noch geliebten Paul-Gerhardt-Strophen:

»Dein ewge Treu und Gnade,
o Vater, weiß und sieht,
was gut sei oder schade
dem sterblichen Geblüt;
und was du dann erlesen,
das treibst du, starker Held,
und bringst zum Stand und Wesen,
was deinem Rat gefällt.

Und ob gleich alle Teufel
hier wollten widerstehn,
so wird doch ohne Zweifel
Gott nicht zurücke gehn;
was er sich vorgenommen
und was er haben will,
das muss doch endlich kommen
zu seinem Zweck und Ziel.«

»Ob Gott das Reich in diesem Krieg demütigen wird für seine Gräueltaten an den Menschen seines Volkes und am ›lebensunwerten Leben‹, wie die Nazis das nennen?«, sorgte sich Peter.

»Ich befürchte, so wird es sein. Aber was auch immer kommt – wir sind und bleiben in seiner Hand, mein Lieber. Gott ist treu ...«

»... auch wenn wir untreu sein sollten.«

»Warum sollten wir, Peter? Wir nehmen Gott natürlich mit, wohin wir zu gehen haben.«

»Du hast Recht, mein Schatz. Ich bin ein wenig verzagt«, gab Peter zu. »Aber ich will mich schicken und jetzt noch beten und dann den Tag mit dir beschließen, mein Gustchen, und dann werden wir sehen, was morgen wird.«

Am nächsten Morgen fanden die beiden ein Flugblatt unter der Haustüre, in dem sie aufgefordert wurden, sich bis zum Mittag um ein Uhr am Hauptbahnhof für die Evakuierung bereit zu halten.

»Jetzt wird es Ernst, mein Schatz«, stellte Peter sachlich fest und seine Stimme klang gar nicht verzagt wie am Vorabend.

»Also packen wir, für jeden zwei Koffer«, befand Gustchen und begab sich schon nach hinten zum Anbau, wo die Koffer standen.

Drei Stunden später machten sich die beiden Menschen, trotz Sommerwetters in Mantel und Hut, jeder mit zwei Koffern in der Hand und einem Rucksack auf dem Rücken auf den Weg hinüber in den Stadtteil St. Johann, um dort Platz in einem Zug zu bekommen, der sie und viele andere ältere Menschen nach Osten tief ins Reich bringen sollte.

Vor der Straßenbiegung den Hagen abwärts stellten die beiden ihr Gepäck noch einmal ab und schauten zurück auf ihr Haus. Neunundzwanzig Jahre lang hatten sie Freud und Leid dort oben miteinander geteilt. Ob ihnen weitere Jahre vergönnt waren? Das lag in Gottes Hand. Ob sie als Familie dort jemals noch einmal zusammen sein konnten, ebenso. Gott mochte Haus und Hof unter seinen besonderen Schutz nehmen, wie auch die Häuser der Nachbarn, die sich erst in zwei Tagen auf den Weg nach irgendwo zu machen brauchten, weil sie noch nicht zu den Alten zählten. Die ganze Stadt mochte Gott vor Schlimmem bewahren.

»Wir haben hier keine bleibende Stadt, sondern die zukünftige suchen wir«, zitierte Peter mit einem leichten Seufzer ein Wort aus dem Hebräerbrief.

»Und das im doppelten Sinne, mein Lieber«, ergänzte sein Gustchen und musste dabei sogar ein wenig lächeln. »Wer weiß, wo diese Stadt liegt. Komm, wir müssen weiter. Der Zug wird nicht warten.«

Viele Stunden später hatten die beiden ihr fernes Reiseziel erreicht: Merseburg an der Saale, ihren Wohnort für die nächsten elf Monate. Ein kleines Zimmer mit Bett, Tisch, zwei Stühlen und einem Schrank. Eine Waschgelegenheit gab es im Badezimmer, Kochgelegenheit in der Küche der Gastgeber, die gar nicht erfreut waren über die Zwangseinquartierung der beiden älteren Menschen. Aber sie mussten sich in dieses Geschick fügen. Es fiel ihnen leichter, als sie merkten, dass diese Leute aus dem Saarland wie sie selbst gläubige Leute waren. Auf dieser Grundlage ließ es sich zusammen leben. So konnte man auch die bescheidene Haushaltsführung gemeinsam gestalten. Gott war gnädig gewesen, dass er gerade sie zusammengeführt hatte.

Hoffentlich war er auch gnädig mit Elisabeth, von der die Eltern nicht wussten, wo sie geblieben war. Nach Saarbrücken hatte sie ja wahrscheinlich nicht zurückgekonnt. Die Stadt war weitgehend evakuiert. Nur wenige Menschen waren zurückgeblieben, weil sie für die Aufrechterhaltung der Ordnung und des restlichen städtischen Betriebs unabkömmlich waren.

Die Sorge der Verantwortlichen, die Saarstadt werde zur besonderen Zielscheibe für den Kriegsgegner Frankreich, erwies sich in den folgenden Monaten allerdings als unbegründet. Im Sommer konnten die Evakuierten in ihre Häuser zurückkehren.

Und so sah man Anfang August 1940 Peter und Auguste Hölcker den Hagen hinaufwandern, trotz hochsommerlicher Temperaturen mit Mantel und Hut und mit dem Gepäck, mit dem sie seinerzeit hatten abreisen müssen. Unterwegs konnten sie bereits verschiedene Nachbarn begrüßen, die auch schon wieder da waren. Und dann standen die beiden Menschen endlich wieder im Garten vor ihrem Haus. Alles war da, nichts war beschädigt oder zerstört, nur das Unkraut war wild gewuchert.

»Gelobt sei der Herr täglich. Gott legt uns eine Last auf, aber er hilft uns auch«, zitierte Peter ein Bibelwort, als er mit seinem Gustchen Hand in Hand einen ersten Gang durch den großen Garten machte.

»Wir haben einen Gott, der da hilft, und den Herrn, der vom Tode errettet«, ergänzte Gustchen die Worte aus dem 68. Psalm. »Ist das nicht schön, mein Schatz, dass wir wieder zu Hause sind?«

»Das ist sehr schön«, bestätigte der Mann und nahm seine Frau in den Arm, »aber wir haben viel Arbeit, das alles hier wieder herzurichten.«

»Das werden wir schon schaffen, Peter. Schau, Erdbeeren können wir noch ernten und anderes Obst. Vielleicht kann ich ja noch ein wenig Kopfsalat und Feldsalat säen oder Endivien. Samen müsste noch im Keller sein. Aber jetzt lass uns erst einmal ins Haus gehen und sehen …«

Gustchen brach ab. Das konnte doch nicht wahr sein!? »Vater, Mutter, wie schön, dass ihr da seid!« Elisabeth kam aus dem Haus ihren Eltern freudig entgegen. Auf dem Arm hielt sie ein kleines Bündel Mensch.

»Elisabeth, Kind, du bist hier?« Auguste Hölcker lief ihrer Tochter mit offenen Armen entgegen. »Wie schön, wie schön! Gott sei Dank! Du bist hier!« Dann lagen sich Mutter und Tochter in den Armen, so weit das mit dem Säugling dazwischen ging. »Und du hast ein Kind! Ich bin Oma. Peter, komm her, du bist Opa.« Gustchen strömte schier über vor Wiedersehensfreude und vor Glück über das Enkelkind, das sie hier auf den Armen halten durfte.

»Komm, Vater, schau dir Hildegard an. Sie sieht ganz aus wie ihre Mutter.«

Dann hielt auch Peter die junge Mutter lange im Arm. »Gott

sei Dank!«, war das Einzige, was er für den Moment herausbekam. Vor Bewegung hatte es ihm die Sprache verschlagen. »Schön, dass du da bist, dass ihr da seid«, konnte er dann doch seiner Freude Ausdruck geben.

Dann saßen Eltern und Tochter lange in der Küche mit dem Säugling mitten auf dem Tisch und erzählten ihre Erlebnisse der vergangenen Monate, fragten sich, wo Wilhelm denn wohl jetzt sei, wo Paul und Emanuel. »Sie sind in Gottes Hand, dem wir jetzt erst einmal danken für seine Bewahrung in den vergangenen Monaten.« Zum Dank kam selbstverständlich die intensive Fürbitte für den jungen Vater und seine beiden Schwäger.

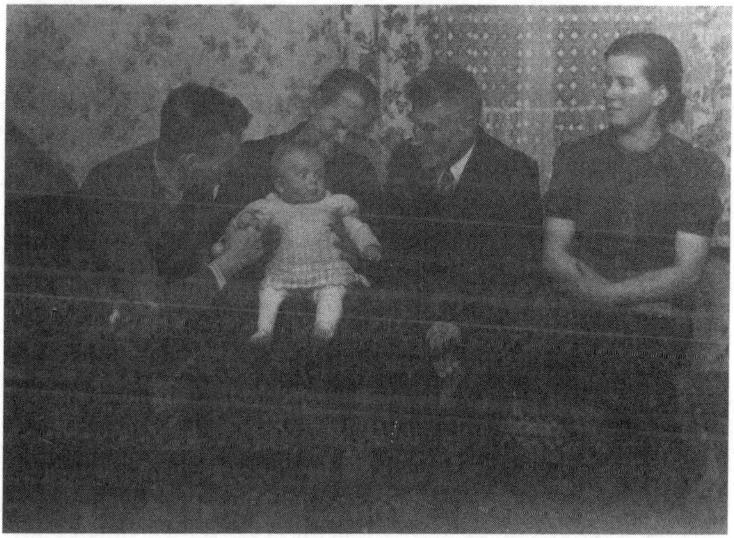

Die Großeltern Peter und Gustchen mit Tochter Elisabeth, Schwiegersohn Wilhelm und Enkelin Hildegard; Anfang 1941 (vermutlich an Peters Geburtstag 15. Januar 1941)

Die nächsten Wochen waren für die drei mit viel Arbeit drinnen und draußen sehr ausgefüllt. Der Krieg ging noch weitgehend an ihrer Stadt vorbei. Die kleinen Attacken mit wenigen Opfern und recht geringen Schäden aus der Luft vermochte die Bevölkerung von Saarbrücken kaum ernsthaft zu beunruhigen. Aus anderen Regionen des Reiches und von fernen Frontabschnitten sickerten ganz andere, teilweise sehr erschreckende Nachrichten durch.

Im Frühjahr lernte Wilhelm bei einem Kurzbesuch seine kleine Tochter kennen. Danach war Elisabeth mit ihrem zweiten Kind schwanger. Sie und die Großeltern waren allerdings nicht sehr glücklich darüber, ab Dezember mit zwei Kleinen den Krieg überstehen zu müssen. Denn dass es so ruhig blieb in Saarbrücken wie bisher, damit war wohl nicht zu rechnen.

Die Lage änderte sich dann Mitte des Jahres 1942 erheblich. Edith war zur Welt gekommen, und seit einiger Zeit lebte eine Frau mit im Haus, die auf der anderen Saarseite ausgebombt war. Saarbrücken geriet mehr und mehr ins Fadenkreuz der alliierten Luftflotten. Die nächtlichen Angriffe nahmen zu. Die scheußlichen Fliegeralarme riefen die Menschen immer häufiger in die Bunker und Schutzanlagen. Die Notkoffer mit den wichtigsten persönlichen Unterlagen und Habseligkeiten blieben gepackt.

Nur einige Steinwürfe weit vom Haus der Hölckers wurde am Lulustein eine Batterie der Luftabwehr aufgestellt. Ob das Schutz bedeutete oder eher Gefahr für die Menschen und ihre Häuser auf der Bellevue? Die Anwohner waren nicht gerade begeistert von der Geschützstellung. Am 11. Mai 1944, einem Donnerstag, bekam diese Stellung dann auch tatsächlich einen Volltreffer ab. Sechzehn Jungen, Luftwaffenhelfer im Alter von sechzehn und siebzehn Jahren, verloren dabei ihr Leben. Die Menschen der umliegenden Häuser kamen mit dem Schrecken davon.

Dann kam der 6. Oktober. Peter und Gustchen hatten den ganzen Tag Kartoffeln ausgehackt. Elisabeth hatte geholfen, soweit sie das mit ihren beiden kleinen Mädchen konnte. Dankbar für die gute Ernte und recht müde saßen die Erwachsenen abends noch am Tisch, während die beiden Kleinen schon schliefen, als gegen acht die Sirenen wieder einmal ihr furchtbares Geheul anstimmten, was sie länger nicht hatten tun müssen.

»Ich geh heute nicht in den Bunker, Gustchen. Jetzt noch rüber zum Nussberg? Ich bin einfach zu müde. Es wird schon nicht schlimm werden.« Peter strich seinen grauen Bart und rieb sich über die Augen. »Ich möchte eigentlich gleich schlafen gehen.«

»Wenn du nicht gehst, bleibe ich auch hier«, beschloss seine Frau. »Du solltest dich aber auf den Weg machen, Elisabeth. Du musst mit den Kindern in den Bunker. Ich komme und helfe dir, dass ihr bald wegkommt.«

»Ich bin schon unterwegs, Mutter. Ich möchte kein Risiko eingehen. Vielleicht überlegt ihr euch ja doch noch, ob es richtig ist, was ihr macht.«

Wenige Minuten später verließ Elisabeth mit ihren beiden Mädchen im Kinderwagen und dem Notkoffer als Rucksack auf den Rücken geschnallt das Haus, um möglichst bald den Schutzstollen unten im Nussberg zu erreichen.

Ihre Eltern saßen wieder am Tisch, um noch ein Gotteswort zu lesen und den Tag wie üblich zu beschließen. Während sie noch beteten, setzten die Sirenen zum zweiten Alarm ein. Peter und sein Gustchen sprachen ihr Amen und schauten sich fragend an. Dann hörten sie die Mieterin von oben herunterkommen. Die Frau hatte vielleicht beobachtet, dass Elisabeth mit ihren Kindern das Haus ohne die Eltern verlassen hatte. Deshalb wohl klopfte sie an die Küchentür. »Kommen Sie und beeilen Sie sich, oder wollen Sie etwa nicht mit in den Schutzraum?«

»Wir bleiben hier«, gab Peter Hölcker zurück. »Wir vertrauen auf den Schutz Gottes.«

»... den Sie allerdings nicht herausfordern dürfen, Herr Hölcker. Sie sind nichts anderes als andere Leute, die weniger an Gott glauben«, mahnte die Frau.

»Da hat sie eigentlich Recht, Peter«, griff Gustchen diese mahnenden Worte auf. »Komm, lass uns lieber mitgehen. Die Sirenen heulen nicht umsonst so kurz hintereinander zum zweiten Mal.«

»Wenn es denn sein muss«, stöhnte Peter und ging mit deutlichem Widerwillen in die Schlafstube, um die beiden Notkoffer zu holen. Jacken, Mäntel und Hüte hingen an der Garderobe auf dem Flur.

Augenblicke später verließen auch diese drei Menschen das Haus und eilten mit vielen anderen Bewohnern der Bellevue-Höhe über die Lerchesflur in Richtung Nussberg, um bald ihren Schutzraum unter diesem Berg zu erreichen. Die armen Strafgefangenen und Wachleute in der Haftanstalt, an der sie vorbei mussten! Ob die auch Schutzräume in ihrem Gefängnis hatten?

Die Nacht wurde sehr unruhig. Den Geräuschen nach, die von draußen in den unterirdischen Bunker drangen, musste dort die Hölle los sein. So ein Lärm war zuvor bei keinem Alarm nach drinnen gedrungen. Kaum einer von den Erwachsenen konnte ein Auge zutun. Manche stierten ängstlich vor sich hin, andere weinten still in sich hinein, wieder andere schrien bei jedem neuen Schlag vor Schreck und Entsetzen auf, um dann eine Weile laut zu klagen und zu weinen. Was mochten den Einzelnen – die meisten waren Frauen, Kinder und ältere Männer – durch den Kopf gehen?

Die Hölckers und ihre Tochter hockten in einer Ecke auf Pritschen zusammen, äußerlich recht ruhig. Aber in ihrem Inneren tobte es ähnlich wie bei den anderen Leuten. Nur dass ihre Gedanken immer wieder in Gebete mündeten. Als dann auch noch das Licht ausfiel, wurde das Klagen, Jammern und Schimpfen auf die, die diese Zeiten heraufbeschworen hatten, lauter. Zum Glück schliefen die kleineren Kinder weiter, als wäre die Welt in schönster Ordnung.

Da sagte Gustchen in fester Glaubenszuversicht in die Unruhe hinein laut: »Leute, klagt und weint nicht und schimpft nicht, betet! Gott hört unsere Gebete.

›Er hört die Seufzer deiner Seelen
und des Herzens stilles Klagen,
und was du keinem darfst erzählen,
magst du Gott gar kühnlich sagen.
Er ist nicht fern, steht in der Mitten,
hört bald und gern der Armen Bitten.
Gib dich zufrieden!

Lass dich dein Elend nicht bezwingen,
halt an Gott, so wirst du siegen;
ob alle Fluten einhergingen,
dennoch musst du oben liegen.
Denn wenn du wirst zu hoch beschweret,
hat Gott, dein Fürst, dich schon erhöret.
Gib dich zufrieden!‹«

Für den Rest der Nacht wurde es draußen tatsächlich etwas ruhiger. Schließlich herrschte eine gespenstische Stille. Oder die Geräusche drangen nicht unter die Erde. Auch drinnen wurde es ruhiger. Vielleicht hatte sich doch der eine oder andere Gustchens Worte zu Herzen genommen und seine Gedanken Gott zugewandt, der auch im schlimmsten Chaos Ruhe schenken konnte. Das mochte vorbereiten auf das, was am hellen Morgen nach Öffnung des dunklen Schutzraumes draußen auf sie zukommen würde.

Als die Leute dann am nächsten Morgen ins Freie traten, bot sich ihnen ein schreckliches Bild. Die vielen britischen Bomber hatten ganze Arbeit geleistet. Das alte Saarbrücken stand an vielen Stellen in hellen Flammen. Der Blick über das Schloss, den Ludwigsplatz und weiter nach Nordwesten zu trieb auch den Hölckers die Tränen in die Augen. Bis hinüber an die Saar und auf der St. Johanner Seite nur brennende Gebäude und rauchende Trümmer.

Wie sah es wohl auf der Bellevue-Höhe aus? Mit bangen Herzen machten sich die Bewohner dorthin auf den Weg. Die Häuserzeilen an den Straßen nach oben waren weniger betroffen als die unten im Tal, wenn es auch hier recht wüst aussah. Manchen Häusern fehlten die Dächer, anderen ganze Wände, wieder andere schienen unbeschädigt. Noch weiter oben gab es dann nur geringe Schäden an den Häusern. Noch einmal davongekommen?!

Peter und Gustchen und die anderen Bewohner vom Hagen und dem kleinen Exerzierplatz schöpften Hoffnung, dass ihre Häuser verschont geblieben sein könnten. Umso schlimmer war die Wahrheit, die sich bald vor ihnen auftat. Die Tragödie war schon von der Lerchesflur aus zu sehen. Gerade hier oben musste es einen Volltreffer gegeben haben. Etliche Häuser am kleinen Exerzierplatz und am Hagen waren in Rauch gehüllt oder standen noch in Flammen.

Zu löschen und zu retten war für die Bewohner nur noch wenig, vielleicht gar nichts mehr. Da half es nichts, die Lerchesflur hinunterzulaufen. An ihren Häusern blieb den Leuten nichts anderes, als weinend und schreiend oder auch stumm leidend, zornig oder traurig vor ihrer zerstörten Habe zu stehen und zu sehen, wie ihr Lebenswerk oder jedenfalls ihr bisheriges Zuhause mit allem Hab und Gut Opfer eines sinnlosen Krieges geworden war.

Peter, Gustchen, Elisabeth mit den beiden Mädchen, dazu die Mieterin standen auch eine ganze Weile fassungslos vor den Resten ihres Hauses. Gott, was war das? Wozu das? Den vier Erwachsenen rannen die Tränen über ihre blassen Gesichter, die Frauen schüttelte heftiges Schluchzen. Peter nahm sein Gustchen in die Arme. Sie mochte gar nicht mehr hinsehen, während er seine Augen nicht von dem traurigen Bild vor ihm abwenden konnte. Elisabeth murmelte etwas von der Schuld Hitlers und der Nazis für das Drama dieses Krieges. Peter Hölcker sagte mit einem tiefen Seufzer nur einen einzigen Satz: »Der Herr hat's gegeben, der Herr hat's genommen, der Name des Herrn sei gelobt!« Dann wandte er sich an die Mieterin und sagte: »Danke, dass Sie uns zum Mitgehen überredet haben. Wir würden wohl sonst nicht mehr leben.« Und dann: »Komm, Gustchen, lass uns in den Garten gehen. Das Häuschen dort steht noch und die Bank davor auch.«

Da saßen Eltern, Tochter und Enkelinnen dann bis zum Mittag nahezu wortlos, still trauernd über den Verlust des Hauses, von dem nur der Anbau noch einigermaßen brauchbar aussah. Später rafften sie sich auf, um den Schaden in Augenschein zu nehmen.

Vom Haus standen die Außenmauern und Reste der Innenwände. Den Dachstuhl und das Treppenhaus gab es nicht mehr. Reste brannten noch im Inneren der Ruine. Vielleicht hätten ja rechtzeitige Löschversuche etwas retten können. Aber wer hätte die unternehmen sollen? Und womit? Hier oben waren nur ein paar Häuser betroffen. Wenn irgendwo gelöscht wurde, dann sicher unten in der Stadt. Und die Leute von hier oben waren doch alle in den Schutzräumen gewesen.

Den Hölckers blieb nichts anderes als abzuwarten, bis die Glutnester von allein erloschen. Ein kräftiger Regen wäre da vielleicht hilfreich gewesen. Aber der kündigte sich nicht an. Das war ja auch gut so. Wo hätten sich die Ausgebombten zum Schutz vor der Nässe hinwenden sollen? Wohin sollten sie sich überhaupt wenden? Es wurde ja auch einmal Nacht. Und dann brauchten zumindest die Kinder ein Dach über dem Kopf. Da schien guter Rat teuer. Es mussten ja Tausende in der Stadt sein, die keine Bleibe mehr hatten.

Die Menschen im Garten machten aus ihrer Sorge ein Gebet. »Gott im Himmel, zeige uns eine Lösung in dieser Frage.« Dabei hatte Gott das Gebet bereits erhört, ehe es gesprochen war. Im Laufe des Nachmittags kamen immer wieder Leute aus dem neuen benachbarten, unzerstörten Wohngebiet, um zu schauen, Betroffenen ihr Bedauern und ihr Mitgefühl auszudrücken und Hilfe anzubieten. Unter diesen Leuten war auch eine Frau Scharnhorst, die mit den Hölckers eine gute Bekanntschaft pflegte. »Ihr könnt für die nächsten Tage zu uns kommen. Wir rücken zusammen, und dann geht das«, bot sie an.

»Dich schickt der Himmel, Emma«, freute sich Auguste und nahm die Frau dankbar in die Arme. »Gott weiß, in was für einer Not wir im Augenblick sind.«

»Und er weiß auch, wie das hier wieder aufzubauen ist. Der Hiob hatte viel mehr wieder aufzubauen«, fügte Peter hinzu. »Wichtig ist, dass wir leben und selbst keinen Schaden genommen haben.«

»Und was wird mit Wilhelm sein? Und mit meinen Brüdern?«, fragte Elisabeth, »Was werden die sagen, wenn die das hier sehen?«

»Wilhelm wird sich freuen, wenn er dich sieht, wenn er wiederkommt, und seine Kinder.« Peter legte seiner Tochter tröstend den Arm um die Schulter.

»Wird er wiederkommen, Vater?«, fragte die junge Frau, und ihre eigene Frage trieb ihr die Tränen wieder in die Augen.

»Ich weiß es nicht, Kind. Gott weiß es. Aber ich bin zuversichtlich, dass er eines Tages einfach vor der Tür steht und dann Hand anlegt, dass in diese Ruine wieder Leben kommt.«

»Deine Zuversicht in Gottes Ohren, Vater. Manchmal ist mir richtig bange. Wilhelm hat sich so lange nicht gemeldet.«

»Alle unsere Sorgen in Gottes Ohren, Elisabeth. Und Gott wird machen, was richtig und gut ist.«

»Ist das hier richtig und gut?«, wies Elisabeth auf die immer noch rauchende Ruine.

»Wenn Gott das deutsche Volk ins Gericht nimmt wegen der Überheblichkeit seiner Regierenden und wegen ihrer Gräueltaten gegen sein Volk und gegen das ›lebensunwerte Leben‹, wie die das genannt haben, dann kann er uns nicht verschonen, Kind. Aber Gott wird uns hindurch- und heraushelfen. Ob er das bei den Nazis tut, weiß ich nicht. Das siehst du am Schicksal vom Gauleiter.«

Elisabeth wusste nicht, wie ihr Vater das meinte.

»Der Bürckel ist tot. Todesursache unklar. Man munkelt etwas von erzwungenem Selbstmord. Ob es seinem Nachfolger, dem Stöhr, eines Tages besser ergeht, bezweifle ich. Aber jetzt lass uns hinübergehen zu Emma. Mutter ist mit ihr schon vorgegangen. Morgen schauen wir hier, ob irgendetwas Brauchbares übrig geblieben ist.«

»Gast auf Erden«

Erst nach Monaten, am 20. März 1945, endete die Leidenszeit der Saarbrücker Bevölkerung mit dem Einmarsch der Amerikaner. Da war die schwer zerstörte Stadt durch erneute Evakuierung fast menschenleer. Jetzt kamen die Bewohner nach und nach zurück, richteten sich in den Ruinen ein und begannen mit dem Aufräumen der Schuttmassen. Später lösten die Franzosen die Amerikaner als Besatzer ab. Aber auch sie wollten so schnell wie möglich für die Menschen wieder ein Dach über dem Kopf und eine Versorgung mit dem Lebensnotwendigsten.

Als dann die Alliierten das besiegte Deutschland in Besatzungszonen aufteilten, wurde das Saarland erst einmal wieder französisch und vom übrigen Deutschland abgetrennt.

Noch im Jahr 1945 kam Elisabeths Mann nach Hause. Eine längere Gefangenschaft war ihm erspart geblieben. Wilhelm zog zunächst in der Lilienthalstraße – die hatte inzwischen ihren alten Namen zurückerhalten – bei Emma Scharnhorst mit ein, obwohl es im Haus dadurch noch enger wurde.

Der junge Mann war ein geschickter Handwerker und begann gleich mit dem Wiederaufbau des Hauses am kleinen Exerzierplatz. Jetzt hieß die Straße »Am Lulustein«. Auch nachdem Wilhelm Klump Arbeit bei der Bahn bekommen hatte, war er unermüdlich am Haus tätig, nach Kräften unterstützt von seinem Schwiegervater, der seines Alters wegen keine neue Arbeit mehr anzunehmen brauchte. Sein Gustchen half vor allem im Garten, wo sie bald wieder ernten konnten, was die Versorgung der Familie deutlich verbesserte.

Als dann wenigstens der Anbau fertig war, konnten die beiden Hölckers und die vier Klumps wieder auf das eigene Grundstück zurückkehren, auch wenn der Platz hier zunächst ebenso begrenzt war wie bei Scharnhorsts. Aber das Ende dieser Enge war ja in Sicht. Und meistens vertrugen sich die Menschen aus den drei Generationen auch recht gut.

Sie verband der gemeinsame Glaube. Täglich hielten sie zusammen ihre Andachten und besuchten sonntags gemeinsam die Gottesdienste der Methodistengemeinde. Der hatten sie sich angeschlossen, seitdem sich ihre alte Baptistengemeinde schon vor dem Krieg an Erkenntnisfragen zerstritten hatte. Geistlich zu Hause fühlten sie sich in der Evangelischen Gemeinschaft, in deren Haus die Methodisten bis 1953 zusammenkamen.

Als Nächster kam dann Paul nach Saarbrücken zurück. Er war lange in Norwegen eingesetzt gewesen. Nach Kriegsende hatten ihn die Engländer monatelang in einem Internierungslager in Norddeutschland festgehalten und schließlich zu seiner Familie entlassen. Eine Zeit lang lebte er mit am Lulustein, bis er sich mit seiner Frau, die er bald heiratete, eine eigene Bleibe suchte.

Emanuel war zu seinem Glück den Russen entkommen und bei den Amerikanern gelandet, die ihn als SS-Mann lange gefangen setzten. Er verstand die Welt nicht mehr. Dass die NS-Herrschaft Deutschland in den Ruin geführt hatte und schließlich in sich zusammengebrochen war, wollte er auch viele Jahre danach noch nicht wahrhaben. Die bösen Nachrichten über die vielen Konzentrationslager, in denen Millionen Menschen umgebracht worden waren, wollte er einfach nicht akzeptieren. »Alles Lüge, alles erstunken und erlogen!«, war und blieb sein Widerspruch, wenn die Sprache darauf kam. Dass er selbst als SS-Mann diese Dinge mit zu verantworten hatte und die Amerikaner ihn deshalb zu Recht drei Jahre lang gefangen gehalten hatten, wies er immer weit von sich. An die neue Zeit musste er sich dann aber doch anpassen. Er tat es, indem er die Vergangenheit verdrängte. Erst im Alter meldete sich sein Gewissen zu Wort und ließ ihm keine Ruhe mehr. Nach einer stundenlangen Generalbeichte mit einem Seelsorger fand er schließlich doch noch seinen inneren Frieden und konnte am Ende im Frieden mit Gott und Menschen sterben.

Das Bauen am Lulustein zog sich über viele Jahre hin. Ein ganzes Haus am Feierabend wieder aufzubauen, kostete Zeit. Die einzelnen Baumaterialien immer gerade dann zu haben, wenn sie gebraucht wurden, erforderte in den Nachkriegsjahren viel Geschick und Organisationstalent. Dazu mussten die Männer häufig zu den Orten fahren, wo es gerade etwas gab. Opa Peter Hölcker hatte dieses Talent nicht. Aber da gab es ja Wilhelm, den Schwiegersohn. Was der für den Bau so alles herbeischaffte an Steinen und Platten, an Rohren und an Holz, das war schon erstaunlich. Das Bauholz besorgte er zum Beispiel nach Absprache mit dem Forstamt direkt im Wald, schlug es dort, holte es mit Hilfe eines Nachbarn nach Hause und bearbeitete es mit Maschinen, die er selbst konstruierte, zusammenbaute und auch wartete.

Ein geschickter Bursche, dieser Wilhelm! Zuweilen hätte er ein wenig mehr Geduld mit seinem alten Schwiegervater aufbringen sollen. Lange am Tisch sitzen, lag ihm nicht. Aber der Opa musste doch immer nach dem Essen seine Tischandacht halten. Alle in der Familie hatten sehr viel Grund, Gott für seine Güte, Treue und Hilfe zu danken. Dafür musste täglich Zeit sein, und das mehr oder weniger umfangreich nach jeder gemeinsamen Mahlzeit. Der Opa ließ da nicht mit sich reden.

Wilhelm begann manchmal zu grummeln, wenn die Andacht wieder lang wurde und er noch etwas vorhatte. Die vielen Gebetsanliegen, die der Opa dann jeweils nannte, waren doch jedes Mal dieselben. Es ging ihm immer um seine Kinder und Schwiegerkinder, um die Enkel, die Nachbarn und Freunde, um Kranke und Notleidende. Dazu um das Volk Israel und um die Wiederherstellung eines geeinten Deutschlands.

Jung und Alt kannte das Gebet des Ältesten der Familie bald auswendig. Es hätte doch zuweilen wirklich kürzer sein können. Wenn sie dann aber eine deutliche Gebetserhörung erlebten, musste auch ein besonderer Dank sein. Das galt zum Beispiel für den Tag der Staatsgründung Israels am 15. Mai 1948, der für Peter Hölcker ein besonderer Freudentag war, ebenso wie später für die Eingliederung des Saarlandes in die Bundesrepublik Deutschland.

Bald nach der Rückkehr ins Haus am Lulustein ordneten Peter und Gustchen die Eigentumsverhältnisse an Gebäude und Grundstück. Sie wollten als älter werdende Menschen nicht das Sagen behalten. Den Jungen gehörte die Zukunft, also sollten sie sie auch gestalten können, wie es ihren Vorstellungen entsprach.

Wilhelm wurde also mit seiner Elisabeth schon im ersten Jahr nach dem Krieg Eigentümer des Hauses und eines angemessenen Teils des Gartengrundstücks. Für ihre beiden Brüder wurde das übrige immer noch große Grundstück einmal halbiert, so dass jeder Platz genug hatte, wenn er selbst einmal bauen wollte. Elisabeth würde allerdings auch die Eltern im Alter pflegen. Ob das immer leicht sein würde, konnte noch niemand wissen.

Das Zusammenleben war jetzt nicht immer einfach. Wilhelm bekam bald Grund, sich über seinen Schwiegervater zu ärgern. Der alte Peter entwickelte sich mit der Zeit zum Altwarensammler. Er brachte von seinen Gängen in die Stadt und von seinen Spaziergängen zu den Halden, auf denen der Kriegsschutt gelagert wurde, immer irgendetwas mit, von dem er glaubte, dass es beim Bauen oder für den Garten verwendet werden konnte. Mal war es ein Brett, mal alte Leitungsrohre, mal ein Stück Leiter, mal eine verrostete Schubkarre, eine Handvoll Nägel oder Schrauben, mal dieses und mal jenes. Manchmal fuhr er sogar mit dem Handwagen durch die Straßen, um alle möglichen Dinge irgendwo aufzusammeln. Der Platz auf dem Grundstück wurde mit der Zeit knapp und knapper, das überflüssige Gerümpel türmte sich immer höher.

Alt geworden und dennoch fröhlich: Peter Hölcker im winterlichen Garten Ende der 50er Jahre

Anfangs konnten sich Gustchen und die Kinder noch über Opas Sammelleidenschaft amüsieren. Manchmal war ja wirklich ein verwendbares Stück dabei. Aber mit den Jahren nahm die Sammelwut doch beängstigende Züge an. Aber was tun dagegen? Alles Schimpfen und Dagegen-Angehen der jungen Leute half nicht. Auguste gab sich alle Mühe, ihrem Mann seine Marotte auszureden.

»Peter, mein Lieber, musst du denn alles auflesen, was andere liegen lassen?«

»Ich kann die Sachen doch nicht liegen lassen, Gustchen. Wilhelm hat doch vieles schon verwendet. Und Emanuel wird auch einmal bauen und kann bei seinem Neubau manches gebrauchen.«

»Aber wir sind doch mit dem Bauen bald fertig. Da braucht Wilhelm doch gar nicht mehr so viele Sachen.«

»Aber Emanuel wird noch bauen.«

»Das dauert noch, Peter. Der braucht deinen Krempel dann auch nicht. Der will den gar nicht, wenn der einmal baut.«

»Nenn das nicht Krempel, Gustchen. Das sind alles wertvolle Sachen. Wir haben Not und Entbehrung erlebt. Da hätten wir manches gebrauchen können, was es damals nicht gab. Jetzt gibt es die Sachen, und die Leute werfen sie weg. Das kann man doch nicht einfach so mitmachen.«

»Nein, Peter, das musst du ja auch nicht mitmachen«, redete Gustchen ihrem Mann zu. »Du musst ja auch nichts wegwerfen. Du sollst nur nicht alles auflesen, was andere wegwerfen. Wilhelm muss das eines Tages alles wieder loswerden.«

»Der soll sich hüten, der Junge«, erregte sich Peter, »und du wirst darauf achten, dass der nicht hinter meinem Rücken …«

»Ich achte darauf, wenn du mir versprichst, deine Sammelei einzustellen«, kam Gustchen ihrem Peter entgegen.

»Und wenn ich das nicht tue, bist du mir dann böse, mein Schatz?«, griff der alte Mann zärtlich nach den Händen seiner Frau.

»Das überlege ich mir dann noch, mein Lieber«, lächelte die ihren Peter an.

»Aber du kannst mir doch gar nicht böse sein, mein Liebes, oder?« Peter streichelte seinem Gustchen die Wange.

»Nein, Peter, ich kann dir nicht böse sein. Dafür hab ich dich immer noch zu lieb«, beruhigte sie ihren Mann. »Trotzdem musst du aufhören, alles anzuschleppen, was irgendwo herumliegt. Versprich mir das, Peter, bitte.«

Der versprach es. »Ich gebe mir Mühe, mein Gustchen, ich gebe mir wirklich Mühe.«

Aber mit dem Halten dieses Versprechens war das schwierig. Irgendwann musste Wilhelm dann doch mit einem Nachbarn, der ein Fuhrgeschäft betrieb, vereinbaren, ab und zu eine LKW-Ladung von Opas Sammelgut abzufahren. Geladen wurde, wenn der Opa seinen Mittagsschlaf hielt oder wenn er einmal für ein paar Stunden irgendwo unterwegs war.

Zunächst ging das gut. Der Opa merkte nichts davon. Als es ihm dann doch auffiel, gab es Ärger mit dem Schwiegersohn. Doch der setzte sich durch, und in der Folge gab Peter tatsächlich seine Sammelleidenschaft auf und ertrug es schweren Herzens und mit innerem Widerstand, dass der Hof vom Müll geräumt wurde. Dass dazu mehr als 20 LKW-Fahrten erforderlich waren, wollte er nicht wahrhaben. So viel Zeug hatte er doch gar nicht zusammengetragen.

Jetzt zog er sich immer wieder schmollend in sein Gartenhäuschen zurück, um sich an seine Staffelei zu setzen und Malversuche zu machen, wobei ihn die Ergebnisse nicht mehr so recht zufrieden stellten. Schade, er war wohl für das Malen schon zu alt und hatte es in den Jahren des Verzichts auf diese Tätigkeit zu sehr verlernt.

Durch die Sache mit dem Gerümpel und seinem Abtransport war ein Knacks in der Beziehung der beiden Männer im Haus entstanden. Irgendwie wurde das Zusammenleben schwieriger. Opa und Schwiegersohn gerieten immer wieder aneinander, was vorher kaum vorgekommen war. Meistens passierte das samstags beim besonderen Wochenend-Abendessen am allgemeinen Feierabend. Die getrübte Stimmung zog sich dann über das ganze Wochenende hin, und auf dem Besuch des Gottesdienstes lag etwas wie Mehltau der Unversöhnlichkeit, unter dem vor allem Elisabeth und ihre Mutter litten. Peter entwickelte eine Art Hornhaut gegenüber den Empfindungen der Frauen und eine gewisse Blindheit für die richtige Einschätzung des Miteinanders.

Vielleicht versuchte der alte Herr für sich selbst einen Ausgleich dadurch zu schaffen, dass er nach dem Gottesdienst nicht gleich mit nach Hause ging. Er war dann lieber noch in der Stadt unterwegs wie schon vor dem Zweiten Weltkrieg, um seine Blätter und Traktate an den Mann und die Frau zu bringen. Das Evangelium musste unter die Leute! Die Aussage des Apostels Johannes, die ihn selbst vor vielen Jahrzehnten zum Glauben geführt hatte, galt so wie immer. Die Leute mussten den Sohn kennen lernen, um das Leben zu haben. Wenn die Kraft für körperliches Arbeiten auch nachließ – den Leuten den Sohn lieb machen wollte Peter Hölcker, solange ihn seine Füße trugen.

Und seine Enkelinnen sollten das auch lernen. Deshalb nahm er Hildegard und Edith häufig auf seinen Verteilgängen mit, solange die beiden noch in einem Alter waren, in dem sie sich mitnehmen ließen, weil ihnen das Blätterverteilen Spaß machte. Später war das dann nicht mehr das Richtige für die heranwachsenden Mädchen, was der Opa erst lernen musste. Dass er Hildegard und Edith morgens immer persönlich an der Haustüre in die Schule verabschiedet hatte mit einem Kuss auf die Stirn und einem Segenswort, hatte ihnen als Kindern gefallen. Als Mädchen mochten sie das nicht mehr. Der Opa lernte, dass Teenager anders dachten als bezopfte oder bubiköpfige kleine Mädchen.

Wenn Peter Hölcker dann wieder einmal enttäuscht war über die Veränderungen der Zeit, suchte und fand er Trost bei seinem Gustchen. Die Oma hatte in vielen Dingen mehr Verständnis, und sie hatte immer noch einen guten Einfluss auf ihren Mann. Sie liebte ihn ja auch immer noch wie in jungen Jahren, was ganz auf Gegenseitigkeit beruhte.

Am 1. Januar 1957 wurde das Saarland nach einer neuen Volksabstimmung in die Bundesrepublik Deutschland eingegliedert. Ein Ereignis, das Peter und sein Gustchen im hohen Alter noch gemeinsam erlebten. Vier Wochen später konnten die beiden als Bürger des jüngsten Bundeslandes der Bundesrepublik ihre Goldene Hochzeit feiern. Gottes gnädige Führung über die fünf Jahrzehnte des gemeinsamen Weges musste gebührend gewürdigt werden! Es wurde ein großes und fröhliches Fest mit allen Kindern und Enkeln und vielen Verwandten und Freunden, und selbstverständlich mit einem feierlichen Gottesdienst mit den Bibeltexten und den Paul-Gerhardt-Liedern von damals. Ein richtig glücklicher Tag, dieser 2. Februar 1957, so hell und klar und warm wie das frühlingshafte Wetter dieses Tages.

Ihm folgten noch neun glückliche gemeinsame Jahre für Peter und Gustchen, in denen sie viel Schönes mit der Familie und drum herum erlebten. Ein Höhepunkt war die Hochzeit ihrer Enkelin Edith mit Reinhold, die dann auch bald das Haus auf ihren Namen überschrieben bekamen. Wilhelm und Elisabeth zogen sich in die Wohnung oben »aufs Altenteil« zurück und nahmen dabei die eigenen Eltern mit. Ein anderer Höhepunkt war die Geburt von Claudia, der ersten Urenkelin im Haus.

Das hätten sich Gustchen und Peter nie träumen lassen, dass sie einmal ein solch hohes Alter erreichen und mit vier Generationen unter einem Dach leben würden. Und das in großer Rüstigkeit und Fröhlichkeit und auch Zufriedenheit.

Auch im hohen Alter Hand in Hand; Peter und Gustchen im Frühjahr 1964

Die Oma blieb sich in den Jahren treu. Eine liebe, stille, bescheidene Frau, mit der immer ein gutes Auskommen war. Der Opa dagegen entwickelte allmählich gewisse Schrulligkeiten des Alters, mit denen aber hauptsächlich sein Gustchen zu tun hatte. Zum Beispiel trug er werktags immer dieselben Sachen, wenn er draußen im Garten herumkroch oder sich in sein Atelier zurückzog. Als ob er wirklich nur eine Hose und eine Jacke besäße. Alle anderen Kleidungsstücke waren den Sonn- und Feiertagen vorbehalten und mussten ansonsten geschont werden. Mehr als drei Hosen brauchte ein Mann ohnehin nicht zu haben, war seine Meinung. Er hatte in seinem langen Leben nie mehr als drei Hosen gehabt. Was nicht unbedingt richtig war, wie Gustchen mit einem Augenzwinkern bemerkte, wenn das wieder mal zur Sprache kam.

Dann ließ der Opa beim Waschen nur Wasser und Kernseife

an sich heran. Das hatte sich in seinem langen Leben bewährt, und Besseres gab es für ihn nicht. Dabei gab es doch inzwischen so schöne duftende Seifen und Duschcremes. Hätte er die doch nur ab und an benutzt, dann wäre der penetrante Knoblauchgeruch wenigstens ein wenig überlagert worden, den Peter Hölcker immer häufiger um sich verbreitete. Er begrenzte nämlich sein Frühstück auf ein Vollkornbrot mit Butter und drei gehackten Knoblauchzehen. Das schmeckte ihm und tat ihm offenbar gut, und er machte ein richtiges Ritual daraus, diese leckere Schnitte zu essen.

Darunter hatte allerdings die Familie zu leiden. Besonders sein Gustchen, die mit ihm die kleine Stube und das Schlafzimmer teilte und dem Geruch ständig ausgeliefert war. Es kam dann auch schon einmal vor, dass sie die Nase rümpfte oder sich sogar laut beklagte oder die Stube zu lange lüftete. Ihr guter Mann war dann immer sehr besorgt darum, dass seine geliebte Frau ihm nicht die Gunst entzog.

»Gustchen, du mein Gottesgeschenk, liebst du mich trotzdem noch?«, fragte er immer wieder. Dann streichelte Gustchen ihrem Peter die Wange und antwortete ihm mit einem verschmitzten Lächeln und stets denselben Worten: »Wenn du mir nicht immer die Atemluft mit Knoblauchduft vernebeltest, liebte ich dich noch mehr als so.« Dann strahlten die beiden sich wieder an und küssten sich wie zwei jung Verliebte.

Im Jahr vor der Diamantenen Hochzeit wurde Peter plötzlich von einer bösen, wuchernden Geschwulst in der Achselhöhle geplagt. Zum ersten Mal seit der Tuberkulose vor vielen Jahrzehnten wurde der Mann ernsthaft krank. Bald konnte der Neunzigjährige seine Tage nur noch im Bett verbringen und musste in allem versorgt werden. Was dabei sein Gustchen und Tochter Elisabeth nicht schafften, übernahm der Sozialdienst. War es nicht doch besser, den Kranken ins ... Nein, ins Krankenhaus bringen mochte niemand den alten Mann. Sein Wunsch, zu Hause zu sterben, sollte ihm gerne erfüllt werden.

Viel Zeit würde ihm nach ärztlicher Auskunft nicht mehr bleiben.

Gustchen wich ihrem Mann in diesen letzten Wochen kaum von der Seite. Sie saß stundenlang an Peters Bett, las ihm seine Lieblingstexte aus der alten Bibel vor – an neuere Übersetzungen und Übertragungen hatte er sich nie gewöhnen wollen – und auch einmal eine Andacht, las oder sang ihm Lieder aus dem Gesangbuch vor, betete mit ihm oder hielt ihm auch nur die Hand, wenn er wieder einmal eine Zeit lang schlief.

In diesen Wochen bekam ein Paul-Gerhardt-Lied besondere Bedeutung. Als die Kräfte mehr und mehr nachließen, musste Gustchen dieses Lied vom »Gast auf Erden« immer wieder lesen. Vor allem die letzten Strophen wurden Peter von Mal zu Mal wichtiger:

»Die Herberg ist zu böse,
der Trübsal ist zu viel.
Ach komm, mein Gott, und löse
mein Herz, wenn dein Herz will;
komm, mach ein seligs Ende
an meiner Wanderschaft,
und was mich kränkt, das wende
durch deinen Arm und Kraft.

Wo ich bisher gesessen,
ist nicht mein rechtes Haus.
Wenn mein Ziel ausgemessen,
so tret ich dann hinaus;
und was ich hier gebrauchet,
das leg ich alles ab,
und wenn ich ausgehauchet,
so scharrt man mich ins Grab.

Du aber, meine Freude,
du meines Lebens Licht,
du ziehst mich, wenn ich scheide,
hin vor dein Angesicht
ins Haus der ewgen Wonne,
da ich stets freudenvoll
gleich wie die helle Sonne
mit andern leuchten soll.

Da will ich immer wohnen –
und nicht nur als ein Gast –
bei denen, die mit Kronen
du ausgeschmücket hast;
da will ich herrlich singen
von deinem großen Tun
und frei von schnöden Dingen
in meinem Erbteil ruhn.«

Jedes Mal, wenn der Kranke diese Verse hörte, ging ein Leuchten über sein Gesicht. Dann suchte er mit seiner geringen Kraft die Hand seiner Frau. »Nicht wahr, mein Gustchen, mein teures Gottesgeschenk, im Himmel ist es schön. Wer den Sohn hat, der hat das Leben. Ich gehe bald zu Jesus, und dann beginnt das Leben.« Mit schwächer werdender Stimme fragte der Schwerkranke auch immer wieder einmal: »Bist du mir noch gut, Gustchen? Sehen wir uns im Himmel wieder?«

Seine Frau streichelte ihm dann seine eingefallenen Wangen. »Ganz sicher sehen wir uns wieder, mein lieber Peter. Da brauchst du dich nicht zu sorgen, mein Schatz.« Danach schloss der Mann wieder glücklich lächelnd die Augen.

Als Peter sein Ende kommen fühlte, hatte er nur noch einen Wunsch: Die Hochzeit seiner Enkelin Hildegard sollte nicht durch sein Sterben beschwert werden. Die jungen Leute und ihre Eltern und Freunde sollten sich doch freuen können an diesem wichtigen Tag. Und sein Gustchen doch auch. Die sollte wenigstens bei der Trauung dabei sein und dann zu ihm zurückkommen.

Gott erwies Peter diese letzte Gnade und erfüllte ihm den Wunsch. Der alte und lebenssatte Mann schlief ein, als sein Gustchen, von der Trauung zurückgekehrt, schon wieder eine Weile an seinem Bett gesessen hatte, und wurde am nächsten Morgen nicht mehr wach. Irgendwann in der Nacht zum 28. August 1966 hatte sein Herz aufgehört zu schlagen. Peter Hölcker hatte die Augen für immer geschlossen, um den zu schauen, an den er seit jenen Tagen in Mülheim an der Ruhr geglaubt hatte.

Am Abend hatte er noch wie in einer letzten Erleuchtung sein Gustchen gebeten, ihm ein paar Verse aus dem 2. Timotheusbrief zu lesen. Diese Worte sollten dann auch sein letztes irdisches Bekenntnis sein: »Die Zeit meines Abscheidens ist vorhanden. Ich habe einen guten Kampf gekämpfet, ich habe den Lauf vollendet, ich habe Glauben gehalten. Hinfort ist mir beigelegt die Krone der Gerechtigkeit, welche mir der Herr an jenem Tage, der gerechte Richter, geben wird; nicht mir aber allein, sondern auch allen, die seine Erscheinung lieb haben.«

Gustchen litt unter dem Verlust des geliebten Mannes, aber sie war durch ihren Glauben getröstet, und sie hatte die starke Hoffnung, ihrem Peter bald folgen zu können. Was sollte sie jetzt noch auf der Erde halten? Die Kinder waren versorgt, die Enkel auch, die Geburt des Urenkelchen hatte sie auch noch erleben dürfen. Sie war bereit, wenn Gott auch sie rufen würde.

Aber Gott rief nicht. Er rief noch lange nicht. Die alte Witwe musste sich tatsächlich noch auf das veränderte Leben ohne ihren Mann einlassen. Und sie tat es dann doch fröhlich und nach Kräften. Gerne passte sie auf Claudia auf und auf die Geschwister, die in Ediths Familie nachkamen, und erzählte den Kleinen biblische Geschichten. Auch den anderen Kindern, die immer wieder einmal zu Besuch kamen. Gerne machte sie auch selbst noch den einen oder anderen Besuch, solange die Kräfte dazu reichten. Ebenso gerne war sie dann aber auch für sich, um in Erinnerungen zu leben und betend nach vorne zu schauen und für die Menschen einzutreten, die Gott ihr vor Augen stellte.

Auguste war und blieb eine zufriedene Frau mit wenigen Wünschen an ihre alten Tage. Sie machte es ihren Lieben im Haus leicht, ihr eigenes Leben zu gestalten. Nur ihre Geburtstage wünschte sie immer in großer Gesellschaft zu feiern. Das war auch bei ihrem 94. so. Als hätte sie es geahnt, dass es ihr letzter sein würde.

Wie eine Königin saß die Oma und Uroma an diesem 2. Juni 1975 am Kopfende der Geburtstagstafel und strahlte über ihr ganzes rundes, runzliges Gesicht. War das schön, dass sie alle dabei waren, Kinder und Schwiegerkinder, dazu die Enkel und ihre Männer und Frauen und neun Urenkel. Gott, du bist groß! Schade, dass Kaffee und Kuchen nicht schmecken wollten. Ob die Freude doch zu groß war? Oder was war es, was Auguste hinderte, kräftig zuzugreifen, wie sie das sonst so gerne tat?

Am Schluss der Feier hatte die alte Dame noch einen Wunsch: »Singt mir doch noch einmal meine beiden Lieblingslieder«, bat sie. Durch die Gesellschaft ging ein stiller Schreck.

»Oma, alle Strophen?«, fragte jemand.

»Bitte«, antwortete die Oma mit einem entwaffnenden Lächeln, »es sind doch nur einmal fünfzehn und einmal zwölf. Die schafft ihr doch wohl.«

Also wurden rasch die Liederbücher verteilt, denn die vielen Strophen konnte keiner mehr auswendig. Dann sangen ihre Lieben der Jubilarin noch einmal alle Strophen von »Befiehl du deine Wege …« und von »Geh aus, mein Herz, und suche Freud …« Mit geschlossenen Augen und still lächelnd hörte sie zu. Bei der letzten Strophe sang sie mit, so kräftig das noch ging, und dabei brauchte sie kein Gesangbuch:

»Erwähle mich zum Paradeis
und lass mich bis zur letzten Reis
an Leib und Seele grünen,
so will ich dir und deiner Ehr
allein und sonsten keinem mehr
hier und dort ewig dienen.«

Diese Liedstrophe war die letzte, die Auguste Hölcker in ihrem irdischen Leben sang. Am Abend des Festtages legte sie sich ins Bett, um es nicht mehr zu verlassen. Eine plötzliche Schwäche, die sich vielleicht in der Appetitlosigkeit angekündigt hatte, hinderte die alte Frau, am nächsten Morgen aufzustehen. Den ganzen Tag über lag sie nur still im Bett und war innerlich mit irgendetwas beschäftigt, das sie offenbar froh und heiter stimmte. Darüber sprechen konnte sie nicht mehr.

In der darauf folgenden Nacht schlief sie dann ebenso still und friedlich ein wie ihr Peter neun Jahre zuvor. Mit lächelndem Gesicht war sie ihrem geliebten Mann gefolgt. Wie hatte sie doch vorgestern noch singen lassen?

»Mach End, o Herr, mach Ende
mit aller unsrer Not;
stärk unsre Füß und Hände
und lass bis in den Tod
uns allzeit deiner Pflege
und Treu empfohlen sein,
so gehen unsre Wege
gewiss zum Himmel ein.«

Auguste Hölckers langer Lebensweg war in dieser Nacht in den Himmel eingegangen. Gustchen durfte nun auch den sehen, an den sie seit ihrer Kindheit geglaubt hatte und dem sie in Treue gefolgt war, und sie durfte ihrem Peter begegnen, der dort seit neun Jahren auf sie wartete.